【四方风杂文文丛】第二辑 朱铁志·主编

孔子论·鲁迅辩

宋志坚 著

商务印书馆
The Commercial Press

2013年·北京

图书在版编目(CIP)数据

孔子论·鲁迅辩/宋志坚著.—北京：商务印书馆，2013
（四方风杂文文丛第二辑）
ISBN 978—7—100—09789—5

Ⅰ.①孔… Ⅱ.①宋… Ⅲ.①杂文集—中国—当代 Ⅳ.①I267.1

中国版本图书馆CIP数据核字(2013)第020650号

所有权利保留。

未经许可，不得以任何方式使用。

孔子论·鲁迅辩

宋志坚　著

商 务 印 书 馆 出 版
（北京王府井大街36号　邮政编码 100710）
商 务 印 书 馆 发 行
三河市尚艺印装有限公司印刷
ISBN 978—7—100—09789—5

2013年6月第1版　　　开本 710×1000　1/16
2013年6月北京第1次印刷　印张 22 1/2
定价：45.00元

网络时代的杂文创作
——序《四方风杂文文丛》第二辑

朱铁志

不知是杂文独特的艺术魅力使然，还是商务印书馆特有的号召力使然，"四方风杂文文丛"第一辑出版以来，得到同行认可和读者喜爱，也受到出版方的肯定。一些论者对其赞誉有加，市场销售态势良好，几位作者一而再、再而三地购买样书，还是被朋友索要一空。作为文丛的主编，这个结果我是没有想到的。杂文作为"社会批评、文明批评"的犀利工具，向来只存在于"小众"之中，即便是在思想解放的狂飙突进年代，杂文的繁荣也是有限而节制的。但在整个社会日趋物质化的今天，人们并没有忘记杂文。无论客观环境怎样变化，它始终在不满足于思想高度同一化的人群中、在努力保持思想尊严的独立个体中，坚韧地存在着、顽强地生长着，并持续不断地放射出思想的光辉。是的，它从来没有大红大紫过，从来没有站在舞台中央,但它就像冬天的溪水,静静的,却在流;就像春天的桃花,淡淡的,却在开。肃杀的风景里有它生命的律动,盎然的春色中有它一抹亮色。安徒生的童话历久弥新,而杂文,正是那个说出皇帝光屁股的孩子。

很多人喜欢这个单纯而没有城府的孩子,因而杂文不管景气不景气,总是有人热衷撰写、热衷阅读、热衷出版,甚至连大名鼎鼎的商务印书馆,也加入到出版杂文的行列当中。这是否可以认作是对杂文价值的一种肯定,是对杂文家工作的一种尊重和推崇呢?长期以来,在读书人的心目中,商务印书馆是以出版权威工具书和汉译世界学术名著著称的。能被商务印书馆所接受、所认可,既是杂文的光荣,也是杂文家的光荣。"四方风杂文文丛"定位于中青年作者,既有借此向老一辈杂文家致敬的意味,又彰显了出版方对杂文未来的信心。第一辑四位(瓜田、徐怀谦、安立志、朱铁志)作者经历不同、职业各异,但分别代表了一种风格和特点。我们不敢说自己写得有多好,但这份追求是真诚的,读者是认可的。

正是基于对第一辑整体质量的认可和对未来杂文发展趋势的信心,商务印书馆决定出版"四方风杂文文丛"第二辑。经过反复比较甄别,出版方在多位备选作者中最终确定宋志坚、李乔、杨庆春、阮直四位。一般读者对四位作者也许并不十分熟悉,但对杂文界同仁来说,四位都是实力出众、特点鲜明的杂文作家。宋志坚人到中年"半途出家"之后,长期从事编辑工作,是福建杂文当之无愧的标志性人物之一,在杂文理论研究和创作两端,均有独特发现和不俗业绩。近年来沉湎于孔子与鲁迅的对比研究中,在锐利观察当下世相的同时,常发思古之幽情,知其者谓其心忧,不知其者谓其何求。李乔系知名学人和报人,是广有影响的北京日报理论周刊主任、报社编委。理论眼界开阔,史学功底扎实,办报策略高妙,文笔辛辣老到,

网络时代的杂文创作

是新史学随笔有影响的写家之一。杨庆春原为工科男，长期痴迷哲学，嗜书如命，对自然辩证法多有研究心得。学术领域介于自然科学和哲学社会科学之间，如今是空军报社领导之一。其深刻的理论见解和敏锐的战略思维，常常流露于杂文创作笔端，成为杂文界一道独特的风景。阮直先生虽是地方报人，却有全国影响，在京沪穗各大报的曝光率甚至高于本地报纸。于杂文和散文两方面创作均得心应手，是有名的得奖专业户。其文风软（阮）中带直，柔中见刚，端的是软硬兼施、刚柔相济，文如其人，人胜其文。

在审读各位同道的文稿时，我不时为精彩的观点和巧妙的表达而击节叫好。临渊羡鱼之际，不免对过往的创作进行一点浅陋的反思。愚者千虑，竟有数得，匆匆记下，就教于方家。

网络时代杂文依然有其独特的存在价值。 我们处在一个信息瞬息万变、思想异彩纷呈的网络时代。互联网和手机的迅速普及，使传统的意识形态传播方式发生根本改变，战争年代和计划经济时期那样一种自上而下的传递模式，正为以计算机和手机为代表的即时通讯工具所消解，"海量信息、实时更新、双向互动"逐渐取代了单向度的灌输，很少有人再把提前知晓某种精神和某条消息当作高人一等的"政治待遇"，很少有人能够再让民众成为"使由之"的"庸众"、玩弄于股掌之间。只要一机在手，每个人都可以成为事实的见证者，成为现场直播者。"真相"通过无数个体的眼睛折射，"事实"经由不同视角独立解读。企图一手遮天式的"引导"和"教育"，必须经得起事实和民众的双重检验，方能取得有限的信任和接纳。于是有人惊呼：互联网搞乱了人们的思想，颠覆了传统的价值，必须限制、封堵乃至关闭，方能保持社会的稳定和人们思想的单纯。这样的惊呼，既来自深受传统观念浸淫的老派人士，也来自某些意识形态管理者。而早已习惯于平面写作的杂文作者,是否也感到手机和网络的冲击,认为"段子"和"微博"作为一种更直接、更犀利的"新杂文",对传统杂文创作形成了强力挑战?我想是的,是挑战,是一种积极而良性的挑战,更是一种促进。任何一种文体的进步,不仅来自自身的觉醒,也来自外部的冲击。段子具有简洁、犀利、辛辣、一语中的的特点,同时也带有碎片化、浅陋化、简单化、情绪化的缺点。而杂文不受微博 140 字的限制,可以在思想和艺术两个层面进行更加深入的开掘、更加从容的展开、更加理性的辨析、更加婉转的表达。一句话,网络时代没有终结杂文,而是对杂文提出了新的更高的要求,有出息的杂文家应该正视这种挑战,力求写出更多、更好的作品,而不是哀叹杂文的式微。

  思想性永远是杂文的灵魂。毫无疑问,思想是杂文的灵魂,批判是杂文的根本属性。再好的材料、再好的文字、再好的构思,如果不以思想为灵魂、为内核,都是枉然。有时巧妙的构思、优美的文字,可以掩盖文章思想力度之不足,也能给人以一定的阅读美感,但稍微一深入,就容易发现花哨外表下的空洞和虚弱。严秀先生说:加强杂文的思想深度和广度,是所有杂文家的首要任务。这是锥心之论,是至理名言。鲁迅杂文之所以让人百读不厌、常读常新,根本原因就在于其深刻的思想见解和独特的艺术魅力。一个杂文作者如果不在这上面下功夫,注定是难有所成的。这当中,最要紧的是要有自己富于创见的新思想,而不是简单重复任何别人的现成结论。杂文不是阐释学,不是说明书,更不是复印机,不能容忍老生常谈,不能接受人云亦云。在写作一篇杂文时,一定要有一个"文无新意死不休"的顽强意念在脑中。没有新思想,起码要有新材料;没有新材料,起码要有新表达。如果一篇杂文既没有新思想,也没有新材料,甚至没有新表达,那就压根儿不要写了,何必"无端地空耗别人的时间",干这种"无异于谋财害命"的勾当?

杂文需要学养灌注。 杂文的思想性不是凭空产生的。它既来自实践,更来自学养根底。鲁迅先生"孤岛"十年几乎足不出户,却创作了大量脍炙人口的杂文佳作,靠的就是学养灌注的深刻洞察力。朱光潜先生说:"不通一艺莫谈艺。"第一个"艺"字,是指具体的艺术门类,如文学、戏剧、电影、建筑、绘画等;第二个"艺"指美学和艺术规律。就是说,如果不掌握、不通晓一门具体的艺术形式,最好不要妄谈艺术规律。同样道理,写作杂文最好也受过文史哲、政经法等某一学科系统的学术训练,具有较为完备的逻辑思维能力和理论基础。如此,写作过程中才会有左右逢源、如虎添翼的感觉。当然,我不是说没有受过系统学术训练的朋友就没有资格写杂文,但通晓一门,旁及其他,总是有利无弊的。如今很多报刊青睐专家学者的言论,看重的其实就是那个学理背景和专业化的论说。但在注重学养灌注的同时,要特别警惕把杂文写得了无生气,仿佛一篇缩微版的蹩脚学术论文。是真佛只说家常话,即便是学术论文,也照样可以写得才华横溢、生趣盎然。看看冯友兰、闻一多、朱自清先生的论文,就知道什么叫思想深度,什么叫富有情趣,什么叫异彩纷呈,什么叫明白晓畅,什么叫深入浅出。杂文作者当有如是追求。

引经据典但不陷于吊书袋的泥坑。 杂文常常引经据典,这是增强文章思想性、知识性和历史纵深感的需要。优秀的杂文通过现实穿透历史,同时也从时间深处洞察现实,从而引来横跨古今的深沉思考。有些杂文以史料为由头,由此说开去,犹如抽丝剥茧,层层递进,最后导出结论;有些杂文似乎通篇"讲古",不涉及现实,却是声东击西,意在言外,最后略点一笔，全篇皆活。在这方面，不少前辈杂文家如王春瑜、牧惠、陈四益等都是高手，本辑所收李乔、宋志坚也有不少成功的尝试。在我看来，第一，"引"和"讲"都是手段，不是目的，是"台"，不是"戏"，不能以材料淹没观点，更不能以材料代替观点。有人以为杂文的正路便是来上一段"古人云"，再发上一通议论。这是对杂文写作的误解，也是许多读者对杂文不以为然的原因之一。第二，杂文写作当然不妨从史料说起，但不能说起就是说止，必须由此及彼、由表及里、生发开去，有所发挥、有所超越，成一家之言，说出属于自己的观点。正如严秀先生提醒的那样：无力"说开去"，千万不要用这样的标题。第三，引述古籍和典故，应有自己的发现，是大量阅读基础上的信手拈来，不是东拼西凑、东挪西借的装点门面。最好采用别人很少使用，或者即使别人使用，但没有独特发现的材料，而不是用尽人皆知的东西作旁征博引状。一说纳谏，就扯出李世民和魏徵，说得读者耳朵都起老茧了。说到底，引述只是由头，是引子，是闲笔，不是正剧。一些作者之所以引得蹩脚，还是因为功底不深、肚里没货，又硬要作出渊博状，书袋子没有吊成，反而暴露了思想和学问的浅薄来。

杂文最忌"杂而无文"。杂而无文，行之不远。所谓"杂而无文"，是说一些杂文缺乏艺术表现力，语言枯涩，结构松散，逻辑随意，缺乏一种内在的从容气质和理性之美。优秀的杂文家往往自觉排斥杂而无文的杂文。在他们的心目中，杂文与一般的时评是有界限的。并不是排成楷体字的就是杂文，也不是放在花边里的就是杂文。要言之，杂文之"文"，是文明之文、文化之文、文学之文、文雅之文。这"四文"说，我在"四方风杂文文丛"第一辑序言中已经说过，这里不再赘述。

杂文须有一双文学的翅膀。杂文作为一种特殊的文学形式，应该有自己的文体特征和独特的美学表达,这是它区别于小说、戏剧、诗歌,同时也区别于时评、政论、论文的特点所在。它的文学性并不简单表现在虚构情节、塑造人物形象上。而是更加注重文章的理趣,通过正论、反论、驳论、归谬等手法明察秋毫、见微知著,陷论敌于被动。如此说来,杂文岂不成了论文?没错,从本质上讲,它更倾向于论文,是瞿秋白所谓"艺术的政论",思想是它的灵魂。问题在于,哪种文体"思想"不是灵魂呢?没有灵魂的文章算什么文章呢?"艺术的政论"核心词在"政论",限制词是"艺术的"。这就决定了杂文尽管以表达思想观点为目的,但其手段必须是艺术的,是可以广泛借鉴和使用所有文学手法的。一方面要像何满子先生说的那样:注重杂文的论辩性,强调言论的正确性和逻辑的扣杀力。撇开对手的枝节问题,抓住要害,一击致其死命,绝不让对手牵着鼻子走,作无谓消耗性的纠缠。要善于"以子之矛,攻子之盾",将对手自以为"精彩"的论点变成他们"窝里斗"的武器,化对手的杀伤力为其自我残杀的力量。另一方面,要综合运用归纳、演绎等多种手段,既从个别到一般,又从一般到个别,通过典型事件、典型人物的剖析,弘扬真善美,鞭挞假恶丑,揭示社会发展规律,维护人民根本利益。在注重论辩性的同时,也可以通过白描等手法塑造典型形象,使读者以小见大,窥见世相。鲁迅的《阿Q正传》、胡适的《差不多先生传》等都是这方面的典范。杂文作为一种语言艺术,除了论辩文章的一般要求外,还应力求做到机智幽默而不流于油滑、善用反讽而不尖酸刻薄。适当使用方言土语也可以起到通过语言塑造地域形象的良好效果。杂文的行文要富于感染力和暗示性,隐晦曲折不仅是"安全生产"的需要,也是杂文文体美的内在要求。只有努力形成自己独特的语言风格,才能使杂文更有杂文味儿和艺术性。

杂文的"杂"与"精"。有人以为杂文姓"杂",故而杂七杂八、东拉西扯,下笔千言,离题万里,这是天大的误会。不少知名杂文家创作数量并不大,能够使人记住的或许只有那么几篇甚至一两篇,但其作用却远远胜过一些"著作等身"的"高产作家"。比如创作《鬣狗的风格》的秦牧先生、创作《江东子弟今犹在》的林放先生、创作《〈东方红〉这个歌》的吴有恒先生等,仅凭上述一篇佳作,就足可奠定在杂文史上的地位。正确处理"杂"与"精"、"博"与"专"的关系,是所有杂文家需要共同面对的问题。一般来说,"杂"是指思想、题材、风格多样之杂,不是杂乱无章,信口开河之杂,不能以胡言乱语、信口开河冒充潇洒从容。有人错误理解"世事洞明皆学问,人情练达即文章",把随便什么鸡零狗碎、不加提炼的东西都塞进杂文,仿佛老太太的絮叨。还有人实在找不到说话的由头,索性将自己以往的创作当成经典来引用,一上来就是"不才曾在文章中说过……",实在有些自恋加自不量力。好的杂文家动笔是很慎重的,"厚积薄发"是基本原则,但也不排除长期积累后的"火山爆发"。邵燕祥、牧惠、何满子、章明、陈四益诸公创作数量很大,几近著作等身,但总体质量非常过硬,足可成为后世学习的楷模,所以也不可一概而论。问题在于,具有上述各位的丰富阅历和深厚学养的作者并不多,他们的成功经验并不能简单复制。问题的另一面是过于关注"厚积",轻视甚至否定"薄发",终于由"薄发"而"不发",甚至"发不出来",彻底枯竭了。从哲学的角度说,"厚积"是"量的积累","薄发"是质的飞跃,"厚积薄发"并不是"积而不发"。还有一种情形是过于追求数量,竭泽而渔,年产百八十篇,甚至更多。其数量固然可观,但质量很难寄予太高期望。我的态度是要掌握两者之间适当的度,不能太多,也不能太少。具体到某位作者,当然很难界定多少算多,多少算少，还是要从个人的实际情况和综合实力出发决定。杂文史上，无论是鲁迅先生，还是其他优秀作者，都有日产一两篇，甚至两三篇的记录。何满子先生和舒芜先生论战，不到二十天写了十四篇，而且篇篇尖锐有力，质量上乘，我们只有羡慕和佩服的份儿。

  杂文的"帮忙"与"添乱"。"要帮忙，不要添乱"，这句通俗的大白话据说是宣传思想工作的基本原则。从常情常理出发，话是没错的，错在一些人对它的片面理解和错误使用上。什么叫"帮忙"？什么叫"添乱"？一些人认为歌功颂德是"帮忙"、文过饰非是"帮忙"，而针砭时弊是"添乱"、反腐倡廉是"添乱"。一句话：歌颂孔繁森是"帮忙"，批判王宝森是"添乱"。因为孔繁森是"九个指头"，王宝森是"一个指头"，"九个指头"不看，专盯着"一个指头"，不是"添乱"是什么？严秀先生说："有些同志认为，凡是批判错误的东西的批评本身就叫'右'，只有批'右'的东西才是永远正确的。""左"是认识问题，"右"是立场问题，所以宁"左"勿"右"，这是几十年政治斗争的经验总结。问题在于，杂文的使命在于"揭出病苦，引起疗救的注意"。以为揭露腐败是给党"抹黑"、是"添乱"的想法，不知是真的热爱党，还是有意粉饰太平，硬作"歌德"状？老话说，成绩不说跑不了，问题不说不得了。现在的问题恰恰是说"问题"太难、说真话太难，这是杂文的困境，更是我们国家发展的困境。"忠言逆耳利于行"的道理谁都懂，但要把它变成一种自觉的理性精神，却是一件难之又难的事情，这或许正是杂文存在的根本理由吧。

  是为序。

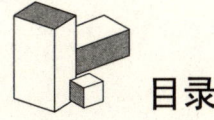 目录

自　序 / 1

孔子论

孔子居然"著"了 / 7

《论语》不为夫子讳 / 10

孔子不喜欢孟子的推论 / 12

孔子怎样评说管仲 / 15

子路是不是好学生 / 19

孔子的"礼"与"非礼" / 23

孔子落难之时曾有"三问" / 26

孔夫子的最后一次"面试" / 30

孔子为什么喜欢颜回 / 34

子贡如"器"亦君子 / 37

晏子未必不如孔子论 / 40

孔夫子的"男女关系"观 / 44

孔夫子的致命弱点 / 47

孔子不言"文死谏" / 50

"放鲫知德"感言 / 53

"萍实通谣"发微 / 55

关于孔子父母的"野合" / 58

解读《猗兰操》 / 61

孔子为什么不见阳货 / 63

今人缘何删《孟子》 / 66

孟子的"时评" / 69

孔子后人要有孔子风范 / 72

孔子与孔门弟子 / 75

"还原"中庸 / 80

从养生学的角度看孔子 / 85

"朽木不可雕"之辩说 / 88

孟子怎样评说管仲 / 91

孔孟之"尺"有别论 / 94

孔孟之"仁"异同论 / 97

孔孟被"硬捏合拢"说 / 100

何谓"思孟学派" / 103

孔门有几个子思 / 106

子贡的尴尬 / 109

少正卯的幽灵仍在游荡 / 112

孔子不可能诛少正卯吗 / 115

孔子"焉用杀"之疑 / 119

孔子为什么多才多艺 / 122

孟子为何滞留昼邑 / 125

"人皆可以为尧舜"议 / 128

管仲不荐鲍叔 / 131

荀子怎样评说孔子 / 133

荀子怎样评说孟子 / 137

周公不乐拘泥周礼 / 141

银川与羊及其他 / 144

孟子的"贵贱"论 / 146

孟子的"考核"论 / 149

孔子的"宽恕"亦有度 / 152

孟子也有人格缺陷 / 156

闵子骞之孝 / 159

孔子的"无违"怎么解 / 162

公祭孔子的新闻解读 / 165

"天下为公"审议 / 168

孔老夫子说小人 / 172
"部长荐书"的联想与困惑 / 175
"全民皆儒"三疑 / 178
"国学热"三题 / 184
"儒家一直都想限制绝对权力"吗 / 194

鲁迅辩
鲁迅,永远的话题 / 215
关于李长之的《鲁迅批判》 / 218
"做鲁迅"? / 222
武松活着会怎样 / 225
许寿裳与《鲁迅年谱》 / 228
鲁迅也怕世俗 / 231
《夸张规律》异议 / 234
"北平五讲"缘何没有清华 / 237
鲁迅愿不愿当"国学大师" / 242
关于《随感录·三十八》 / 245
关于"尚无佐证,录以备考" / 248
许寿裳与《鲁迅全集》 / 250
被忽略的预言 / 256

鲁迅与绍兴历代先贤 / 259

鲁迅与绍兴同代名贤 / 272

《要不要读中国书》有"硬伤" / 275

鲁迅与《沈下贤文集》 / 278

鲁迅的气度 / 285

钱锺书对鲁迅的评价是负面的吗 / 288

钱锺书与鲁迅的相通之处 / 294

钱锺书"排斥鲁迅"评说 / 299

辛亥百年重读《〈越铎〉出世辞》 / 303

鲁迅是辛亥革命的旁观者吗 / 306

鲁迅与梅兰芳及其他 / 310

鲁迅"一个都不宽恕"的是哪些人 / 316

怎样理解《狂人日记》中的"吃人" / 321

关于周木斋的"沉冤" / 326

再谈鲁迅的气度 / 331

"不客气"的知己 / 334

鲁迅怎样评说"国学" / 337

后　记 / 341

自 序

圣人是当不得的。一旦成了圣人，头顶闪耀光环，脚下腾起祥云，通体完美无缺。至于圣人所言，则是句句真理、字字珠玑，普天之下的人们，便都笼罩在圣人的光环之中。

人之成为圣人，往往是在他死了之后。用鲁迅的话说，是被权势者们捧起来的，或曰"被圣人"。这种圣人，很容易有这样几种负面效应：一是因为圣人所言"字字珠玑"，就会被权势者们用来禁锢人们的思想，形成以圣人之是非为是非的思维方式。二是因为圣人通体"完美无缺"而人非圣贤孰能无过，往往造成人们的人格分裂，尤其是那些追捧圣人的权势者，更是满口仁义道德，一肚男盗女娼。三是因为圣人神圣不可冒犯，往往成为权势者整人的工具，以所谓"离经叛道"的名义将异己置于死地。

孔子就是这样的圣人。他是"至圣"，孟子则以"亚圣"之称出现在他的谱系之中。

20世纪初期的新文化运动对于孔子以及儒家思想的冲击，具有其历史

孔子论·鲁迅辩

的必然性。这未必全是孔子自己的过错,是一代一代的权势者们的追捧与神化,将孔子带入了绝境。新文化运动对于孔子及其儒家思想的批判,与20世纪70年代的"批孔"闹剧全然不同。参加新文化运动的诸公或有偏激之词,却是极而言之,其中不乏真知灼见。例如,在鲁迅眼中就有两个孔子,一个是权势者们捧起来的孔子,一个则是有血有肉也有七情六欲的原生态的孔子。他的批孔,批的主要是那个被权势者们捧起来的孔子,对于原生态的孔子,他说的是"不全拜服"。

"时代不同了",将孔子当"敲门砖"的,都会"明明白白地失败"。这是鲁迅对于前事的总结,也是鲁迅对于后事的预言,这种预言早已为历史所证实。但鲁迅未能预见,在此八九十年之后,孔夫子居然还会重新"摩登"起来。

如今的"国学热",其核心便是孔子热。祭孔规格不断升级,尊孔调门日见高涨,不但有人口口声声地称孔子为圣人,而且还有提出中国人必须"回到儒家去"的。与此相对应的,则是鲁迅的冷落与不景气,甚至还有出版物以"新文化运动以来最不认同鲁迅的声音"作为广告词以招徕读者。"历史真像古老自鸣钟的单摆,向左摆过去多少度,向右也得回摆多少度",这是八年之前,我在《公祭孔子的新闻解读》一文中说的。我以为明白了这一点,许多事便都在意料之中了。但这只说明"都在意料之中"的"许多事"之事出有因,并非其"合理"之确证。这种报复性的"回摆",往往也是非理性的折腾。

在我的头脑中,孔子与鲁迅,便由这条逻辑链串在一起。

我不想随大流而再将孔子神化为圣人,却也不想贬损孔子,将他妖魔化。我只想将他当做一个人:一个出类拔萃的古人,既有其人格魅力,也

自序

有其人性缺陷；一个有深远影响的文化名人，既有其对于中华民族文化的重大贡献，也有其思想局限以及对于中国历史发展的负面影响。鉴于孔子长期以来被当做"圣人"而如今又在"圣"起来的历史与现实，对于孔子，我难免会有"挑剔"，但力求言之有据，决不瞎说一气。

我不想赶时髦而挖空心思地去贬损鲁迅，却也不想神化鲁迅。将鲁迅当做"现代圣人"的迹象，在新中国成立后的几十年中，是有所显现的。诸如以鲁迅的是非为是非，或将"反对鲁迅"作为整人的罪名。如今有些人之以"做鲁迅"为业，在某种意义上说，或许也是对于这种"神化"的逆反。对此，我在一定程度上表示理解。我为鲁迅辩，只凭事实说话。我同样只想把鲁迅当做一个出类拔萃的现代人，鲁迅确实也有其人性之弱点与思想之局限，却终究如蔡元培所说，是中国"新文学之开山"。而且，较之孔子，鲁迅与我们现代人，与普通老百姓，毕竟更为切近。

有效地继承前人的精神遗产，首先得将他们当做有血有肉也有七情六欲的人，从这个意义上说，我们也得告别"圣人"。

2012年7月4日

孔子论

孔子居然"著"了

万卷出版公司出版的《图解论语》，封面上赫然标着"孔子著"。怀疑自己老眼昏花而拭目再看，一点不错，确是"孔子著"。孔夫子"述而不作，信而好古"，如今居然也有"著"了，不免心中嘀咕。转念又想，出版者（或编者）大概也有如此标署的道理，直至看完全书，却是疑团未释。

组成《图解论语》的当有两个部件，一是"图解"，二是"论语"。说是"孔子著"，重在"图解"么？那些"图"，并非都是孔子时代或反映孔子时代的作品，《学而篇第一》的插图"弃官寻母"者朱寿昌是宋代的人，《公冶长篇第五》的插图"东山携妓"之谢东山谢安是晋代的人，《宪问篇第十四》的插图"吕布月夜夺徐州"说的是汉末的事，《卫灵公篇第十五》的插图"敬贤怀鹞"说的是唐太宗与魏徵，如此"图解"，当然非孔子所为。准确地说，此书不是"图解"而是"今释"，"今释"者当然也不是孔子。

那么，说是"孔子著"，莫非重在"论语"了？

若说《论语》是由孔子的弟子记录整理的孔子的言论，故为"孔子著"，

孔子论·鲁迅辩

似还可凑合，但也仅是凑合，如能标署"孔子口述"，后面再加上"某某、某某等记录整理"，或许更为合适，此"某某、某某"者，当是为此出力的孔门弟子。

在《论语》之中，不仅有"孔子曰"或"子曰"，也有"曾子曰"、"有子曰"，更有"子贡曰"、"子路曰"、"子游曰"、"子夏曰"，尤其是《子张篇第十九》，几乎全是孔门弟子的言论。如此而论，《论语》应是孔子学派的"集体创作"，虽以孔子为主，却也有不少是孔门弟子的思想结晶，标署"孔子著"，硬是使孔子霸占与剽窃了他的弟子们的成果——这倒很像当今学界某些"大师"的做派——将孔子陷于不仁不义的境地。

《论语》记载的，还有孔子的行状。他在国君面前的那种诚惶诚恐的神态，就有绘声绘色的描述：上朝堂时，不仅鞠躬似的弯下身来，还要屏住气，像是呼吸停止似的；经过国君座前时，立即庄重起来，说话都要压低了声音，好像力气不足似的；退下来时，精神放松，快步行走，如同鸟儿展翅一般。如此等等，即使出于孔门弟子之手，已使其奴气毕现，若是"孔子著"，即孔夫子自己津津乐道，岂不臭美得令人作呕？

时人对孔子的评价，也是《论语》的内容之一。有说"四体不勤，五谷不分，孰为夫子"的，好像是一位隐居的高人；也有说"天下之无道也久矣，天将以夫子为木铎"的，却是一位封疆官吏。在后面这一句之中，"木铎"的含义非同一般。若是"孔子著"，则无疑是借某封疆官吏之口说自己是"救世主"。处世谨慎为人谦虚的孔夫子，也会狂妄得如此目空一切，包括君父，可谓不忠不孝，让人不可思议。

《汉书·艺文志》说："《论语》者，孔子应答弟子、时人及弟子相与言而接闻于夫子之语也。当时弟子各有所记，夫子既卒，门人相与辑而论纂，

孔子论

故谓之《论语》。"其编纂者到底是谁，历代都有争议，东汉的郑玄，唐代的柳宗元，宋代的程颐与朱熹，似也各有所见。因为早已无从查考，也就从未有过定论。如今竟有人堂而皇之地标署为"孔子著"，这玩笑却是开大了。

看来，国学是"热"不得的。一"热"，就会洋相百出。

《论语》不为夫子讳

为尊者讳，为亲者讳，为贤者讳——此"三讳"出自孔夫子编纂的《春秋》。对于孔门弟子而言，孔夫子既是尊者，也是亲者，更是贤者，可谓三者兼之。《论语》由孔门弟子"相与辑而论纂"，读完全书后的印象却是不足道：《论语》不为夫子讳。

我读《论语》，从不少描述孔夫子行状的篇幅中，看到的孔夫子的形象，并不是"高大全"的。他对颜回赞不绝口，颜回一死，几乎痛不欲生，没想到颜父竟会要求用他的车子"为之椁"，只好推说"以吾从大夫之后，不可徒行"；他专门找了阳货不在家的时候去回访对他有所馈赠的阳货，却又在半途与阳货相遇；他兴致勃勃地想在齐国去谋取要职，齐景公却明白无误地告诉他，不可能像鲁国重用季氏那样的重用他，以后又说，"吾老矣，不能用也"，孔夫子自讨没趣，怏怏离去，如此等等，无疑都有损于他庄重、端正、威严的形象，使人大有"尴尬人偏遇尴尬事"之感慨，然而，《论语》不为夫子讳，硬将此类"尴尬"记录在案。

孔子论

我读《论语》，从许多记载孔夫子与他的弟子的对话中，看到的孔门师生之间的关系，也不是"亲密无间"的。孔子对他的学生多有批评，尤其是对冉求与子路，因为季氏富有胜于周公，作为季氏家臣的冉求为之聚敛并"附益之"，孔夫子说，这不是他的学生，弟子们可以"鸣鼓而攻之"；子路刚强而勇武，孔夫子说他"不得其死"（不能善终）；子路曾说孔夫子"迂"，孔夫子直称子路为没有教养的"野人"。孔门弟子之间也有攻讦与算计，公伯寮也是孔门弟子，他与子路都是季氏家臣，公伯寮却在季氏那边进了子路的谗言。如此等等，也都有损于孔门的声誉，使一般人唯恐掩之而不及，然而，《论语》不为夫子讳，硬将此类"家丑"公诸于世。

我读《论语》，看到时人对孔夫子的评说，却是毁誉参半。有为他歌功颂德的，说是"天下之无道也久矣，天将以夫子为木铎"，却也不乏相当尖锐的批评——有隐逸于野的高人说他"四体不勤，五谷不分，孰为夫子"，有守护城门的汉子说他"知其不可为而为之"，还有"荷蒉而过孔氏之门者"说他"鄙哉！硁硁乎"（识见浅陋，太固执），话不多，分量却很重，且都说在要害之处，说得很致命。这些话虽是别人说的，一旦编入《论语》，仍有"蓄意贬损"之嫌，编纂者或许还会因此受到严厉指责，说是借"异端"之口"恶毒攻击"。然而，《论语》不为夫子讳，硬将此类"恶攻"实录于籍。

或许，那时候没有"高大全"的创作理念，没有一好百好的思维模式，更没有那种望文生义草木皆兵的书报检查；或许，那时候的孔夫子尚未成为头上罩有许多光圈的圣人，尚未被权势者们抬到吓人的高度，所谓"天不生仲尼，万古长如夜"，乃是很久很久以后的事。总之，孔门弟子在编纂《论语》之时没有为尊者、亲者、贤者讳，使《论语》在平实之中，多了一份可贵的真实。

孔子不喜欢孟子的推论

孔子不喜欢孟子,只是一种推论。孔子与孟子一直都被后人紧密地连接在一起,孔子被视为圣人,孟子被称为亚圣,他们的学说被合称为"孔孟之道"。其实,孔子根本不知孟子为何许人。孔子去世于公元前479年,孟子出生于公元前372年(一说公元前390年),孟子出世之时,孔子已去世百年左右,孔子与孟子从未有过也根本不可能有任何接触,谈不上喜欢与不喜欢,连说子思——孔子的孙子——喜欢或不喜欢孟子都有点玄。一直都说孟子是子思的门生,其实,孟子出世之时,子思也已去世多年。

将孔子与孟子连在一起,将他们的学说合称为"孔孟之道",当然是有道理的。至少,他们都相当看重"仁义"二字。假如哪天孟子回家看到马厩失火,他也会像孔子那样问"伤人乎"而"不问马";假如哪位国君因为财政困难而向孟子咨询,他也会像孔子的弟子有若那样劝说那位国君轻徭薄赋,改收十二税为十一税。就此而言,他们能够同气相求。至少,在他们活着的时候,他们崇尚的三代之德也都无人赏识,他们只讲仁义不讲功

孔子论

利的主张也都很难推行。就此而言，他们也是同命相连。

但我敢说，假如孟子也曾与颜回、子路同为孔门弟子，孔子不喜欢孟子。

孟子能言善辩，孔子不喜欢。你去读《论语》就会发现，孔子曾多次说到一个"佞"字。这个"佞"字，以后逐渐演变为拍马溜须、阿谀奉承，且与一个"奸"字结对，叫做"奸佞"。在孔子说那些话的时候，或者说，在孔子的那些话中，却只有能说会道、能言善辩的意思。所谓"佞"者，也不过是能说会道或能言善辩而已。孟子偏偏摊上了这一条。尽管他自己说"予岂好辩哉？予不得已也"，其实还是"好辩"的。不但好辩，而且雄辩；不但喜欢，而且擅长。辩，对于孟子来说，已可谓习以为常。

孟子率性而为，孔子不喜欢。在孔子那边，什么都要受礼的约束，所谓"非礼勿视，非礼勿听，非礼勿言，非礼勿动"；所谓"恭而无礼则劳，慎而无礼则葸，勇而无礼则乱，直而无礼则绞"。所以，他在君主面前才那么诚惶诚恐，连大气都不敢出；所以，他才会称赞"三分天下有其二"的文王对暴君也能俯首称臣，"可谓至德也已矣"。孟子却是"说大人则藐之，勿视其巍巍然"的，如他这般的"粪土当年万户侯"，难得孔子的青睐。

孔子说，颜回对他没有什么帮助，对于他说的话，颜回没有不心悦诚服的，但他最喜欢的弟子还是颜回，颜回一死，他就大声疾呼"天丧予"；孔子说，一旦"道不行，乘桴浮于海"，跟从他的可能只有子路一人，但他对子路还是多有不满。其个中原因，除了子路与冉求一起充当季氏家臣使他不快，还有两条便如上所述——子路是能言善辩，而且率性而为的。因此，孔子说他的这位弟子登堂而没有入室，除了胆子比他大，就没有别的长处。假如孟子也曾是孔门弟子，他在孔门之处境，未必就强于子路。

人是不可能复制的，尤其是有思想的人。即使像"孔孟"那样，虽有

13

思想的某一方面之大同将他们连接在一起，但因为所处的时代不同，各人的经历不同，他们之间还会有诸多不同。因为有"孔孟之道"一说而将孔子与孟子完全视为一体——某一特殊时期曾被称为"一丘之貉"——的思维应当束之高阁。孔子的所有毛病孟子未必都有；孟子的所有秉性也未必都来自孔子。颜回是被称为"复圣"的，如果细加考察，或许也能发现他与孔子之间的种种区别，哪能就是一个模子复制出来的孔夫子第二呢。

何况，人也根本没有必要复制，尤其是有思想的人。

孔子怎样评说管仲

如按儒法分界，管仲大概是要被划为法家的，后世之人总是将他冠之于李悝、吴起、商鞅、慎到、申不害以及韩非这一系列的历史人物之首，把他当做法家的先驱。孔子要比管仲小一百七十二岁，他出生之时，管仲已经去世九十多年。管仲无缘参加后世的百家争鸣，孔子也无法与管仲进行儒法斗争。看看孔子怎么评说管仲，或许是很有意思的。

在《论语》中，孔子评价管仲的有四处。

有一处明显是贬的，而且贬得很有儒家的特色。这一段话就在《八佾篇第三》之中，大概说他器量狭小，不知节俭，更不知礼，几乎什么都要与诸侯国的君主一样——"邦君树塞门（筑在大门外的矮墙），管氏亦树塞门；邦君为两君之好有反坫（类似茶几的土墩），管氏亦有反坫。管氏而知礼，孰不知礼？"在孔子那边，一个"礼"字的分量是很重的，所谓"克己复礼为仁"，管仲既不知礼，又何言仁？司马迁在《管晏列传》中说孔子"小管仲"，这大概是一个重要的依据。

孔子论·鲁迅辩

在《宪问篇第十四》中,孔夫子应他的弟子所问,对郑国的子产、子西做了评价之后,也评说了管仲:"人也。夺伯氏骈邑三百,饭疏食,没齿无怨言。"夺了那一位齐国大夫的采邑,还让人家老得牙齿都掉光了也没有怨言,这无异是说,管仲这个人很厉害,很有手腕。可谓褒中有贬。难怪此语中的"人也",有人翻译成"是个仁人",也有人翻译成"是个人物"。这种褒中有贬或贬中有褒,反映的或许正是他对管仲的矛盾心态。

反映这种矛盾心态的,见之于刘向《说苑·臣术》的也有一例:子贡问史上之名臣,齐国的,孔子说的是鲍叔,郑国的,孔子说的是子皮。子贡说:不对吧,应当是齐有管仲,郑有子产。孔子于是便说了一通"荐贤贤于贤"的道理:"知贤,智也;推贤,仁也;引贤,义也。"鲍叔牙向齐桓公推荐了管仲,却没听说管仲也曾有荐贤之举。

《宪问篇第十四》中还有两处,却是完全赞赏管仲,甚至为管仲辩说的了。公子纠与公子小白相争失利被杀,召忽与管仲都是公子纠的智囊,召忽以自杀尽忠,管仲当了公子纠的政敌小白即齐桓公的宰相。子路与子贡就此对管仲之"仁"提出质疑。孔子对子路说了"桓公九合诸侯,不以兵车"之事,将此归功于管仲,还连声说"如其仁!如其仁!"孔子对子贡则说:管仲为相,使齐国"称霸诸侯,一匡天下",使民众至今仍受他带来的实惠。如果没有管仲,我们恐怕早就成为蛮夷之人了。还反问子贡:管仲难道能像普通人一样只顾着为主子尽忠而忘了天下百姓,在山沟里自杀而不为人知吗!如此这般评说,从大处着眼,全不拘泥于小节。

同是评说管仲,却是贬褒不一。若是以孔子的是非为是非,也可以引发一场"语录仗"的。一派说:"子曰:管氏而知礼,孰不知礼?"一派说:"子曰:如其仁!如其仁!"旗鼓相当,难分胜负。难怪王充会说:(追)

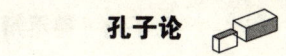

难孔子，何伤于义？伐孔子之说，何逆于理？

关于管仲的"礼"与"仁"，孔子评说贬褒不一，我以为有两种可能：

或是因为答问的对象不同。《论语》中多有孔子答人问仁、问政的，都因提问人的身份或性格不同而不同。最典型的是子路与冉求问"闻斯行诸"（听说这是好事就去做），孔子的回答截然相反。他的解释是：冉求谦退，所以促进他；子路好胜，所以抑制他。评说管仲，也系答人所问。他说管仲器量狭小，不知节俭，更不知礼的那一次，提问的人，《论语》只说"或曰"，后人也莫知其谁。假如此人也有"僭越"之念而想引管仲为例，孔子说"管氏而知礼，孰不知礼"，不也很自然吗？

或是因为评说的时期不同。人的认识，既会随着时代的发展而变化，也会随着年龄的增长而变化。孔夫子自然也不例外。孔夫子的弟子们曾有设想，假如给孔子一个平台，他也一定能把一个国家治理得井井有条，但这毕竟只是假设，真把这个平台给他了，按他的主张以礼让治国，是否就能治理得井井有条，还是一个未知数。管仲却是实实在在地创造了一个使齐国"称霸诸侯，一匡天下"的奇迹的。孔夫子怎能视而不见？

在此二者之中，我倾向于后面一种。刘向《说苑·尊贤》说到这样一件事：齐桓公使管仲治国，管仲对曰："贱不能临贵。"桓公以为上卿而国不治，桓公曰何故？管仲对曰："贫不能使富。"桓公赐之齐国市租一年而国不治，桓公曰何故？对曰："疏不能制亲。"桓公立以为仲父。齐国大安，而遂霸天下。管仲说了三个"不能"，齐桓公都遂了他的心愿，使他以"贱"为"贵"、以"贫"为"富"、以"疏"为"亲"。对此，孔子是这样评说的："管仲之贤，不得此三权者，亦不能使其君南面而霸矣。"这简直就是对于"管仲知礼，孰不知礼"那一条的直接颠覆。

儒家的老祖宗能克服本身思想之局限，正视法家先驱的功德，至少说明儒法之间并非就是那么的非此即彼，后人没有必要把他们搞得势不两立、不共戴天。

子路是不是好学生

孔夫子最喜欢的学生,肯定是颜回,这是"爱他没商量"的。颜回生前,孔子就赞不绝口,一口一个"贤哉,回也",还说颜回能够做到的,连他自己都做不到。颜回死后,孔子大声疾呼"天丧予,天丧予",还与人说,从此之后,就不会再有这样好学的学生了。从《论语》中,找不到一句他批评颜回或对颜回不满的话。子路就没有这份"礼遇"了。在《论语》的二十篇中,批评子路的话是很多的,尽管孔子对冉求也很不满,甚至说冉求不是他的弟子,他的弟子们可以对冉求"鸣鼓而攻之",但他批评冉求的,也没有批评子路的那么多。

将孔子对子路的不满梳理一下,比较典型的,大致有这样几点。

强词夺理。子路让一个叫子羔的学生去当费地的行政长官,或许因为子羔还年轻,学业也未了结,孔子便说子路误人子弟。子路说,那边有民众,有社稷,干吗非要在书本上学习才算学习呢?孔子于是说:所以我很讨厌强词夺理的人("是故恶夫佞者")。这句话是当着子路的面说的,这个被他

"恶"的"佞者"就是子路。

缺乏教养。子路问孔子，卫国新君想请您去治理国家，你首先想做的是什么。孔子说是"正名"，子路说孔子太迂，孔子于是说："野哉！由也！君子于其所不知，盖阙如也。"接着便说了那一通"名不正，则言不顺"的话。"野哉"就是粗鲁，就是没有教养。这话也是当面指责子路的，按照孔子的意思，你不懂，就不妨暂且存疑，谁让你信口开河了？

学业不精。孔子说子路的学业虽已"升（登）堂"却尚未"入室"（"由也升堂矣，未入于室也"），这是背着子路对他的其他门人说的。"登堂入室"这个成语，我怀疑就由此而来。这起因其实与学业深浅无关，无非是子路在他门口弹琴引起了他的不满，说是"由之瑟奚为于丘之门？"他的这种情绪影响所及，也使他的其他门人"不敬子路"。

孔子也夸奖过子路，所谓"道不行，乘桴浮于海。从我者，其由与？"这使惯受批评指责的子路"闻之喜"。然而，孔子立马给他泼了冷水，说你子路除了比我刚勇，也就没有什么长处了。对于子路的刚勇与果断，孔子多次说及，却也多有非议。子路曾经问他，你要是领兵打仗，带谁去呀？孔子则说："暴虎冯河，死而无悔者，吾不与也。"所谓"暴虎冯河，死而无悔者"，说的就是子路。他甚至还说："若由也，不得其死然。"

或许有人会说，对于子路，孔夫子是爱之深，责之切。然而，孔夫子对颜回从无有过批评指责，总不能说他根本就不爱颜回吧。在他老人家眼里，颜回通体光亮，几乎连每个毛孔都是优点，于是越看越可爱；子路却多有不是之处。颜回病死，孔子痛不欲生，子路"结缨而死"，实在比颜回死得壮烈，其英雄事迹简直可以彪炳千秋，孔子可曾喊过"天丧予"？而且，倘若真是"爱之深"，既不宜处处流露对子路的不满，更不宜用上"是故恶

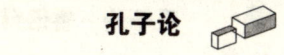

夫佞者"、"不得其死然"之类的语言。在孔子的学生中，子路的年龄是比较大的，比颜回大二十岁，堪为长辈。孔子批评与指责子路，也得考虑这个因素。"弟子三千，贤人七十二"，这是后世之人说的。尽管子路始终追随孔子，但在孔子眼中，子路未必就是一个好学生——强词夺理、缺乏教养、学业不精的子路，能是一个好学生吗？

细细想来，这也事出有因。在孔子的弟子之中，子路有一个很明显的特点，就是不迷信任何人，包括他的老师孔子。他求学，往往穷根究底，不止一知半解。例如，子路问怎样才能成为君子，就不满足于孔子的回答，接连问了几次"这样就够了吗"；子路也敢于提出与孔子不同的见解，他让子羔去当"费宰"时对孔子说的那一句让孔子讨厌的话，强调的是在社会实践中学习，虽与孔子的观点不同，却也未必就没有道理；"子见南子"，也只有子路敢于这样明白无误地表示自己的"不悦"，使孔子连连发誓，说是："予所否者，天厌之！天厌之！"就是"四体不勤，五谷不分，孰为夫子"以及"知其不可为而为之"之类民间对于孔子的非议，也是子路毫无顾忌地转达给孔子的，他想让他的老师"兼听则明"。读完《论语》，我倒以为在"七十二位贤人"之中，能够这样做的恰恰只有子路一人。

作为中国古代伟大的教育家，孔子有许多值得称道的东西，例如他的有教无类，他的因材施教，他的教学相长以及引导学生举一反三的启发式教育，至今仍值得我们借鉴与继承。然而，他在子路身上体现出来的好学生的标准，我以为很有些偏差。而且，不要以为孔子真的就能闻过则喜。在他身上，未必就没有人性的弱点。他之所以不喜欢子路，我以为也有这方面的原因。颜回对他说的话没有不心悦诚服的，他因此而说颜回对他没有什么帮助的话时,就不无得意之色。可见,这其实也是一个教育理念问题,或许还关系到教育者的肚量。

如今为人之师者,在夜深人静之时也不妨做一下自我测试:在你的心目中,子路是不是好学生?

孔子的"礼"与"非礼"

司马迁在《孔子世家》中说的"纥与颜氏女野合而生孔子"这句话,有学者翻译为"叔梁纥和颜氏的女儿在野外媾合而生下孔子",这有点搞笑。叔梁纥在颜氏徵在之前已有妻有妾。孔子出生的时候,叔梁纥已有六十几岁,颜氏徵在方才十几岁,这样的事,放在现在也是违反法律、违背道德的,因为十几岁的女孩,还是未成年人,说不准还得判个强奸少女罪。现在可以有八十岁的夫子与二十岁的女子结合,而且被媒体炒作,六十几岁的夫子与十几岁的女子发生性关系,却是万万不行的。在那个时候,也无疑是"非礼"之举,司马迁这才称此为"野合"。孔夫子之所以那么强调一个"礼"字,或许也与他父亲的"非礼"有关。

如果说孔子一生之中有什么绯闻,那就是"子见南子"了。孔子当然也有男女之情与爱美之心,但从这件事看,他的生活作风倒是比较严谨的。"子见南子"而能使"子路不说(悦)",说明他之见南子并非偷偷摸摸鬼鬼祟祟。孔子曾对他的弟子们说,他对他们是没有什么隐瞒的,我看此事可为佐证。南子是卫灵公夫人，据说貌美而心淫，子见南子，却不可能有非礼之念与非礼之为，卫灵公可是一国之君。这样一件事就引起了"子路不说"，可见在孔夫子的身边，还有人监督；这样的事也让孔夫子对天发誓，说是"予所否者，天厌之！天厌之！"可见孔夫子的自律也挺严。由此观之，孔老夫子不大像他之后直至现在的某些权势人物那样，白天满口仁义道德，夜里却是男盗女娼，似也没有狡兔三窟包养情妇。在这一点上，我投他的信任票。

"子见南子"居然千古流传，当然与"子路不说"并被写入《论语》有关。但我以为，"子路不说"也情由可原。他是按照孔子的教诲来要求孔子的，你老人家不是说"非礼勿视，非礼勿听，非礼勿言，非礼勿动"么？南子这个女人声誉那么不好，你去见她做甚，这不是没事找事吗？他也不迷信孔子，不想为他的老师能否坐怀不乱打保票。他只是在孔子面前表示自己的不悦，并没有去当长舌妇。所以我以为子路此举还有几分可敬。

后世对"子见南子"的议论，却是有些复杂。仅是儒家的学者，大致就可分为两类。

一类是为孔子遮掩的。最典型的要算南宋的朱熹。他说："此是圣人出格事，而今莫要理会它。"这话是对他的学生说的。程朱理学继承的是儒家的道统，儒家的"男女授受不亲"之"礼"，到了朱熹一代，可谓登峰造极，于是也就不假思索地一口咬定这是"出格事"了。但"出格"的既是"圣人"，也就能遮则遮、能掩则掩，自以不要再去提（理会）它为妙。这大概也就是"为尊者讳"了。

一类是为孔子辩饰的。最用力的当数明代的杨慎。他说了三条，一是南子以卫君的名义邀请孔子参加国宴，孔子不好拒绝；二是"子路不说"，并非怀疑孔子有"犯色"之想,只是怀疑孔子想去卫国做官;三是"夫子矢之"不是发誓,孔子只是告诉子路:道之不行,乃是天所弃绝,他不会指望南子来使他的一套大行其道。杨慎所说,在他之前也曾有人说过,只是没有那么系统,但《论语》中是没有的,那上面写的就是二十余字,大概是孔子与子路一起托梦给他们的吧。

挖空心思为孔子辩饰的,在别的事上也有。例如"由也好勇过我,无所取材",按钱穆的说法,是得不到造竹筏子的材料,并非对子路的责备,大概如此方能显示孔子的平和豁达。钱氏知道指责子路除了"好勇过我"而"无所取材",乃是不很圣人的。

孔夫子大概就是这样被继承他的道统的人打扮得完美无缺光彩照人,又被需要借助于他维护正统与等级的历代权势者们抬到吓人的高度的吧。然而,越是被卫道者打扮得完美无缺光彩照人,越是被权势者捧到九天之上,也就越能引发人们"恶搞"的冲动。20世纪20年代,在孔子故乡上演林语堂创作的《子见南子》,大概就是一个这样的实例。武夷山的那个"狐狸洞"的传说,即朱熹与"狐狸精"丽娘的恩爱故事,我怀疑也是后人对理学家朱熹的"恶搞"。

这一条其实也值得当代的"大师"或"准大师"们借鉴,你越是要为自己的某些事遮掩与辩饰,别人就越是因为感到滑稽而想逗着你玩。

孔子落难之时曾有"三问"

孔子落难之时曾有"三问",并非孔子提了三个问题,问题只有一个,但他接连问三个弟子——子路、子贡与颜回,是个别谈话,既像不耻下问的请教,也像成竹在胸的考问。

陈国与蔡国的大夫们听说楚国要聘用孔子,怕自己的现实生存状况受到威胁,合伙调拨人马将孔子与他的弟子们围困在野外,使他们陷于进退不得,疲惫不堪,病者不断,缺药断食的绝境,此所谓"厄于陈蔡"。孔子知道弟子们有怨气,便一个一个地找他们谈话,提出的问题就是:我们不是犀牛也不是老虎,却疲于奔命在空旷的原野,难道我们的学说有不对的地方吗,为什么竟会沦落到这个境地?

子路是这样回答的:或许我们的学说还没有达到仁吧,所以别人不信任我们;或许我们的学说还没有达到知(智)吧,所以别人不想践行。子路说的尚未达到"仁"与"知"的境界的学说,当然是孔子之"道"。我以为子路并非信口开河,他觉得孔子的学说有待于实践检验并予以适当变更,

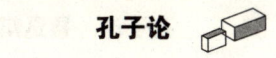

因为他听到过民间对于孔子及其学说的不少反映，包括"知其不可而为之"，包括"四体不勤，五谷不分，孰为夫子"。在孔子说"必也正名乎"之时，他还直截了当地说过孔子太迂。对于子路的回答，孔子是不能接受的。他反驳说：假如仁者就必定受到信任，怎么还会有伯夷、叔齐？假如智者就必定畅行无阻，那怎么还会有王子比干？看来孔子也是能言善辩的，他把子路回答的大前提归结为一个全称肯定判断，似乎子路也有"两个凡是"：凡是"仁"的学说，所有的人都会信任的；凡是"智"的学说，所有的人都会乐于践行的，于是只需一个特例，或者说只需一个特称否定判断，就可将它驳得体无完肤。

子贡的回答没有子路那么直率。他说：老师的学问相当之大，天下没有一个诸侯国能容纳得下，老师您是不是可以考虑稍稍降低一点标准？这话说得委婉，既肯定了"夫子之道"的伟大与正确，又提出了"夫子盖少贬焉"以适应当时现实状况的希望，其实也是想对"夫子之道"做些适当调整，但他强调之所以要调整，其过不在"夫子之道"，而在"天下莫能容"。以孔子之顶级智商，当然知道子贡这番话虽然委婉，却也不无批评"夫子之道"的意思。于是批评子贡的志向不够远大，说是"良农能稼"而未必有好的收成，"良工能巧"而未必能使所有客户称心，君子只能"修其道"去治理天下，怎么能为了"求为容"而去改变其道？他说得振振有词，因为他把自己预设为治理天下的"良农"与"良工"。

第三个回答的便是颜回，答得确实不同凡响。与子贡一样，他也肯定了"夫子之道"的伟大与正确，造成眼下之窘况的过失只在"天下莫能容"，不像子路那样对于"夫子之道"是否够仁够智提出疑问；不像子贡那样因为"天下莫能容"而希望降低"夫子之道"的标准，倒是斩钉截铁地说，"天下莫能容"怕什么，正是因为"天下莫能容"，方才能显出君子的本色。他还说，不坚持推行"夫子之道"，乃是我们孔门弟子的耻辱；尽力推行了"夫子之道"而不能为天下所容，乃是那些诸侯国的君主们的耻辱。这些话，句句说在孔夫子的心坎上，给他以极大的精神支撑。颜回并非因为听了前两位的回答都遭到孔子的驳难才这样说的，我已说过，孔子"三问"，乃是个别谈话，一个接着一个进去谈的，以颜回之贤，也不会去听壁角。难怪孔夫子听完颜回的话后"欣然而笑曰"：说得真有道理啊，颜家的孩子！假如你有许多财产，我真想给你去当管家。

　　以上所述，见诸《史记·孔子世家》。三个弟子三个样，便是我的读后感。

　　孔子曾经问过子贡："你与颜回相比，哪个更有悟性？"子贡说："我哪敢与颜回相比呀！他是闻一而知十，我最多也只是闻一能知二。"孔子说："确实不如他呀！我和你都不如他。"（《论语·公冶长第五》）在这段话中，孔子是明知故问，他不掩饰自己对颜回的偏爱；子贡是明知孔子故问而答，于是引出孔子那句异乎寻常的赏识与推崇颜回的话。确实，对于孔子说的话，颜回是没有一句不心悦诚服的，在他看来，孔子的话句句都是真理；颜回追随孔子，也是亦步亦趋，有一幅叫《步游洙泗》的"圣迹图"，画的就是孔子在洙水与泗水之间"步游"时，颜回"亦步亦趋"的典型情景。子贡说颜回是"闻一以知十"，还是不够到位的，对于"夫子之道"他倒真是"一以贯之"，能以不变应万变，他已经形成了这种思维模式。于是，我明白了，孔子为何那么赏识与推崇颜回，颜回为何会被称之为"复圣"。当然也明白了，孔子为什么会说子路虽登堂而未入室。

　　看来，无论是伟人还是圣人，都难免人性之弱点——喜有顺适之快。我想，假如孔子能够听得进子路的话，或者至少能够听得进子贡的话，反省一下"夫子之道",并作出适当的调整,恐怕就不会一直与时势较劲,以其不可而为之,以致使"天下莫能容",弄得到处碰壁,累累若丧家之犬。

这是把孔子当做政治家来议论的,如果把他当做教育家来议论,上述种种,也未必都很得当。孔子出的是一个考题,三个弟子给出的是三个答案,不要说是伟大的教育家,就是一位优秀的教师,也懂得这种问题没有标准答案,只要独树一帜而且言之成理,都应当予以鼓励,不能因为符合自己的意思就给高分甚至满分,不符合自己的意思就予以排斥。推而广之,三个学生三个样,各有各的长处,也各有各的短板。颜回的长处是很能克己,严于律己,不事张扬,他的缺点却在于几乎失去了自我,把自己变成孔子的复制品;子贡的长处是善于公关,擅长以言辞陈述利害,使人信服,很适合当外交官,而且在鲁国有危难之时确实也以自己的外交才能立过大功。他也有缺点,喜欢在背后议论别人便是其一。子路的直爽与刚勇,是优点也是缺点,我在别的文章中已经说得很多了,此不赘述。为人之师,应当对学生的优缺点都有比较客观的认识,不能顺己之心的就极力推崇,不很称己之心的就横竖看不顺眼。在这一点上,作为教育家的孔子,并非尽善尽美。

仅就"厄于陈蔡"时的"三问"而论,与其把孔子当做一个政治家,或把孔子当做一个教育家,我宁可把他当做一个思想政治工作者。就凭他能如此不厌其烦地个别谈话,就凭他能如此有的放矢地循循善诱,在困境中用这种方式把人心凝聚在一起,倒也不愧为思想政治工作者的祖师了。

孔夫子的最后一次"面试"

向孔子问政的人不少，有的是他的学生，例如子路、子贡、子张；有的则是那些诸侯国的君主，例如鲁定公、齐景公、卫灵公。学生问政，目的比较单一，大致都是求教。诸侯国的君主问政相对复杂一些，有的是求教，有的是咨询，有的则是想不想留用孔子的考核，相当于如今的面试。面试合格者留用，面试不理想的走人。

孔子一生，有过不少次这样的面试，他在离开鲁国十四年之后返回鲁国，曾有鲁哀公以及权臣季康子问政，这是他的最后一次面试。

事情还得从鲁定公十四年说起。那一年，孔夫子五十六岁，任鲁国大司寇并代理国相事务，这是他一生中仕途最畅通的时候。据说"与闻国政三月"，便已初见成效，以至使相邻的齐国人感到恐惧。他们怕孔子当政，鲁国称霸，齐国率先遭殃，于是便用美人计加以阻止：挑选齐国漂亮女子八十人，穿上华丽服装，跳起《康乐》舞蹈，连同"文马"三十驷，一起送去鲁国，搅得掌有鲁国实权的季桓子"往观终日，怠于政事"。孔子知道

孔子论

事情不妙，听取子路劝告，离开鲁国。季桓子一直为此不安，临终之前对他的儿子季康子说，我死后，你必为鲁国之相，可一定要把仲尼请回来呀。季康子继位之后准备执行其父遗嘱，大夫公之鱼站出来说：当时任用孔子有始无终，"终为诸侯笑"，这次不可再蹈覆辙，于是他们先召用了孔子的学生冉求。子贡知道孔子很想回鲁国从政，为冉求送行时告诫说："鲁国用了你，你一定要让他们起用孔子。"次年冉求率兵与齐军交战打了胜仗，乘机在季康子面前为孔子大大张扬了一番，大致是说：他的军事才能是向孔子学的（其实孔子根本不懂军事）；重新起用孔子又将于鲁国如何有益；如果真想起用孔子，就不要用小人来牵制他。有此种种铺垫，季康子派遣三位大夫带着厚礼去请孔子返回鲁国。

鲁哀公与季康子便是在这种背景下向孔子问政的。显然，这是一次要不要重用孔夫子的面试。对于孔子来说，也是他一生中的最后一次面试——此时的孔子，已近古稀之年。

按照《史记·孔子世家》所载，鲁哀公问政，孔子答的是"政在选臣"；季康子问政，孔子答的是"举直错诸枉，则枉者直"，此二者说的都是用人。以孔子之见，为政之道，关键在于选用大臣，只有把正直的人置于邪曲的人之上，邪曲的人才会变得正直。这是面试的第一道题。第二道题是季康子问的，问的是如何消除盗贼之患。孔子的回答是：如果你自己不贪，即使悬赏盗贼，他们也不敢偷窃（"苟子之不欲，虽赏之不窃"）。在《论语·颜渊篇第十二》中，意思类似的还有一条，也是季康子问政，孔子答曰："政者，正也。子帅以正，孰敢不正？"此言很可能也是那次面试之时所说。

面试的结果，《孔子世家》有一言交代："然鲁终不能用孔子，孔子亦不求仕。"我于是揣摩："鲁终不能用孔子"的原因到底是什么？

是鲁哀公与季桓子早有既定人选，根本就不想起用孔子，却装模作样地安排这场面试，让孔夫子做陪衬吗？倘若以今论古，或有这种可能，面试的弹性大得很，想舞弊的人在面试中大有可为。然而，大凡知道这次面试之背景的，都能判断，这只是"以今论古"的戏说，实际上，这种可能根本就不存在。鲁哀公与季康子都是很有诚意的，要不，他们犯不着这样做。是鲁哀公与季康子也像当年的季桓子那样贪图享乐，不思进取，做不到孔子说的自己不贪（"子之不欲"）以及"子帅以正"吗？这样的人当然也有，然而，要将孔夫子请回鲁国来从政，乃是季桓子临终前的嘱咐，季康子在执行这一遗嘱时，本身就以前车之辙为鉴。所以，"鲁终不能用孔子"的原因，并不在鲁哀公与季康子，倒很可能在孔夫子自己身上。

　　孔夫子在这次面试时给出的答案，一是"重在选臣"，这个道理，他不说别人也懂。鲁哀公与季康子在孔子身上花了那么多的心思，不就想选用一个能够经纶济世的重臣？！二是"子之不欲"。对于这一条，别人想不想这样做不好说，他们自己是有这个思想准备的。当然，做不做得到，谁都打不了保票。孔子说的这两条，其实就是所谓"人治"之要义：即国之治乱，不在法而在统治者的贤能与否。客观地说，这两条对于国之治乱，确有重要作用。问题是仅有这两条根本就不解决问题。选用贤能之臣的人本身是否贤能，即使选用了贤能之臣，是否就能一直贤能下去，这便都是问题，这是他在面试时给出的答案的第一个缺陷；第二个缺陷是，他看问题，基本都着眼于道德的层面。比如说，关于盗贼之患，他就不想从发展经济的角度去考虑，讲不出"饥寒生盗贼"这样的话来。实际上，他只讲仁义而不讲法规，只讲礼义而不知稼穑，也很难经纶济世。齐之晏婴说"儒者滑稽而不可轨法"的那些话，并不是没有道理的。你瞧"春秋五霸"，从齐之小白，到越之勾践，哪一位是靠孔夫子的一套"霸"起来的？

鲁国何以"终不能用孔子"？看来是鲁哀公与季康子对他的这一套缺乏信心，孔夫子的最后一次"面试"不及格。自此之后，"孔子亦不求仕"，全然打消了做官的念头，倒是沉下心来做学问了，并因此而编成了《礼》、《乐》、《书》、《诗》、《易》、《春秋》六经。

也好也好。

孔子为什么喜欢颜回

"苗而不秀,秀而不实"这八个字,据说是孔老夫子叹惜他的学生颜回的。颜回英年早逝,几乎使孔子痛不欲生,连呼"天丧予,天丧予!"有跟随他的弟子问,老师你真的那么悲痛吗?孔夫子回答说,不为像颜回这样的人悲痛,还为谁悲痛?鲁哀公问孔子:你的弟子中,谁是最好学的?孔子不假思索地说:有一个叫颜回的好学,他有怨气不发到别人的身上,也不犯同样的过错,不幸英年早逝,现在再也没有像颜回那样好学的人了。弟子三千,贤人七十二,孔夫子自己最喜欢的,毫无疑问的就是颜回。

孔夫子为什么喜欢颜回?只要看看他如何称赞颜回,也就可知一个大概。

在孔夫子的弟子中,颜回大概是家庭比较贫困的一个。一竹筐饭,一瓢水,住在简陋的巷子里,别人不能忍受这种贫苦,颜回却是自得其乐,对此,孔夫子就赞不绝口,连声说"贤哉回也"。就是这样一个出身贫困的孩子,学习却是相当刻苦。孔子说:听我讲述而始终聚精会神不开小差的,大概就只有颜回一个（"语之而不惰者，其回也与！"）直到颜回去世之后，孔子还说："死得可惜啊！我只看到他前进，从未看到止步。"颜回真可谓是"好好学习，天天向上"的典范了，这样的学生，大概没有一个老师不喜欢的，孔夫子当然不会例外。

孔子从教，注重培养学生举一反三的能力，反对死记硬背，此所谓"举一隅不以三隅反，则不复也"（《论语·述而篇第七》）。在这一方面，颜回大概也做得不错。用子贡的话说，叫做"回也闻一以知十"。对于孔夫子的学问，他能够掌握其精神实质，做到融会贯通，一以贯之，不仅仅是举一反三了。孔子所谓的学习，其实也不仅是读书。"学而时习之"的"习"，以我之肤浅理解，有实习或践行的意思。一个"仁"字，在孔子的学说中，占有相当重要的位置。颜回问仁，孔子说："克己复礼为仁。"颜回请孔子说得具体些，孔子就说了四个"非礼勿"，即"非礼勿视，非礼勿听，非礼勿言，非礼勿动"。颜回说：我虽然愚钝，也要践行这些教诲。应该说，颜回确实做得比较到位。在他的同门中，几乎没有一个被孔子誉之为"仁"的，有人问了，孔子也答之以"不知其仁"。颜回却是一个例外，而且评价相当之高，孔子说其他人只是偶尔想到仁德而已，颜回则是长久不违仁德的，算得上是将一个"仁"字"落实到行动中，融化在血液里"了。

对于孔夫子的学说，颜回佩服得五体投地，用他自己的话说，叫做"仰之弥高，钻之弥坚"。孔子说颜回对他没有什么帮助，对他说的话，没有不感到心悦诚服的。这句话是批评还是褒扬颜回，大概谁都能够体会得出来。由此透露一个信息，对于孔子说的，颜回只会洗耳恭听，点头称是。孔夫子大概也感觉到这未必就是好事，所以曾经偷偷观察，发现他私下与别人讨论时，对孔子的话也很能发挥，于是说"回也不愚"。但也仅此而已，对孔子说的话，颜回绝对不会穷根究底，提出质疑，更不会像子路那样敢于表示不悦，甚至与之辩说，即使孔子说的话自相矛盾，也不会表示疑惑。

综上所述，都是孔夫子喜欢颜回的缘由，有的顺理成章，有的不很健康。

《论语·子罕篇第九》云："子有四绝，曰：毋意、毋必、毋固、毋我。"毋意便是不随意猜测；毋必便是不主观武断；毋固便是不拘泥固执；毋我便是不自以为是。这"四绝"是有道理的，颜回也做得不错。在孔夫子的弟子中，以德行著称的只有三人，颜回则排第一（其余两位是闵子骞和冉伯牛），甚至被称之为"复圣"。在孔夫子的眼中，颜回或许是完美无缺的。但以我之见，颜回最大的缺点，就是孔夫子说的"四绝"（尤其是"毋我"这一条）做得太好，"克己复礼"也"克"得太过，因此失去了自我，只能成为一个复制品。颜回去世时的年龄，有说三十一岁的，也有说四十一岁的，他之所以"苗而不秀，秀而不实"，没有留下足以为人称道的业绩，除了英年早逝，这个因素也不可忽略。

根据《孔子世家》记载，老子赠言孔子，其中有两句是"为人子者毋以有己，为人臣者毋以有己"。不知道这一记载是否可靠，也不知道孔子的"四绝"以及孔子喜欢颜回是否与这两句话有关，但我以为，人可以有缺点，却不可以没有自我。这一点，为人之师者尤当引以为戒。

子贡如"器"亦君子

子贡曾问他的老师孔子,他是什么样的人,孔子说子贡"器也"。子贡又问是什么样的器,孔子说是瑚琏。这段对话见诸《论语·公冶长篇第五》。瑚琏是古代祭祀时盛粮食用的器具,于是有学者说,孔子认为子贡有执政的才能。那么,这是夸奖子贡了。

《论语·为政篇第二》中却有一条:"子曰:'君子不器。'"也就是说,君子不能像一件器具,只有某一特定的用途。既然"君子不器",孔子却说子贡如器,前后连贯着理解,则是说子贡不是君子了,看来那句话又不像夸奖。

子贡如器,他的特长就在言语,这在《论语·先进篇第十一》中写得明明白白。他的擅长言语,并非擅长辩说,而是擅长游说,所谓"动之以情、晓之以理、喻之以利",让人家心悦诚服地接受他的意见。在孔子的弟子中,能为国家建功立业而且卓有成效如子贡者还真不多。对此,《史记·仲尼弟子列传》有详细记载。简略地说吧,有一位叫田常的人要在齐国作乱,就想转移齐国的军队攻打鲁国。鲁国危难时刻，子贡挺身而出，先至齐后赴晋，中则往返于吴越之间，无论在齐在晋在吴在越，均向对方指陈利害，让人家心甘情愿地让自己的军队听从他的调遣，如此以四两拨千斤，当他返回鲁国之时，鲁国已经安然无恙。司马迁说："子贡出，存鲁，乱齐，破吴，强晋而霸越。子贡一使，使势相破，十年之中，五国各有变。"读过《史记·仲尼弟子列传》中那段跌宕起伏，曲折有致，生动形象，栩栩如生的文字的人，都会为子贡的游说所折服，他简直就是战国时期的纵横家苏秦和张仪的祖师。

子贡并不像颜回那样完美无缺。他有缺点，比如他喜欢非议别人，孔子曾经批评他说，子贡呀，你自己就那么好了吗？作为子贡的老师，这样的批评很中肯，也很有必要。子贡虽有缺点，却是能够自省的人。日后已为卫国国相的他曾去看望隐居在低洼积水、野草丛生之地的原宪（子思），见原宪衣帽破旧，情不自禁地说：你怎么会弄得这样困窘？原宪回答说：没有财产的叫做贫穷，有了学问而不能践行的叫做困窘。我这是贫穷而不是困窘啊。子贡一辈子都为自己说的那句话感到羞耻。知耻近乎勇，光是这一点，子贡就有君子风度。孔子去世之后，他的弟子一般都服丧三年，唯有子贡筑庐守墓六载，这也很够君子。

子贡也不像孔子那样多才多艺。擅长言语的他，除了外交公关，还有经商的才能，如此而已，我却以为足够了。有一个寓言说，大熊猫妈妈希望她的熊猫儿子是天下最强壮最美丽最有本领的小熊猫。她对儿子说："哎，我想你能有大象那样结实的鼻子，有河马那样健硕的身子，有斑马那样疾跑的四蹄，有狮子那样尖利的牙齿……"儿子说："我的妈妈真棒啊！你看到了别的动物的最大优点。可是，如果我达到了你所希望的那些指标，

孔子论

我就不再会是你的小熊猫儿子,而可能会变成一个怪物了!"这个寓言发人深省。能够"十八般武艺"样样精通当然很好,但人的精力都相当有限,社会也需要各种各样的人才。为人师者应当注重而不是扼杀学生的兴趣与特长,并帮助那些"望子成龙"家长懂得,把每个学生都培养成为"全能冠军"既不可能也无必要。

在鲁国国难当头之时,挺身而出不是子贡一个,但孔子看中的恰恰是子贡——"子路请出,孔子止之。子张、子石请行,孔子弗许。子贡请行,孔子许之",可见他深知子贡的长处,这倒使我想起另一句话,叫做"君子用人如器"。如果这个世界上个个都去当"不器"的"君子",那么,"君子"们又何能做到"用人如器"呢?

这一点,恐怕是孔夫子在说"君子不器"的时候所没有想到的。

晏子未必不如孔子论

　　晏子卒于公元前 500 年,生于何时莫知其详。他在齐灵公二十六年即公元前 556 年其父晏弱病死之后继任上大夫,历经齐灵公、齐庄公、齐景公三朝,辅政长达四十余年。孔子的生卒时间分别为公元前 551 年与公元前 479 年。晏子出任齐国大夫五年孔子方才出世,晏子去世前后的五年中,年过五十的孔子在鲁国先后任中都宰、司空和司寇,并"摄相事"。孔子与晏子是同时代人,较之前后相距一百七十多年的孔子与孟子,他们之间更有可比性。

　　人们知道晏子其人,大致是因为那篇选自《晏子春秋》的叫做《晏子使楚》的古文,晏子以聪明才智使楚王自取其辱,维护了自己和齐国的尊严。孔子也有类似的事迹,或可称为"孔子使齐",见诸《孔子世家》,却是鲜有人言。或许是因为"孔子使齐"不如"晏子使楚"来得风趣幽默使人津津乐道;或许是因为"孔子使齐"比"晏子使楚"多了几分血腥味,有损于其"仁者爱人"之形象,使人讳言其事。他的那句"匹夫而营惑诸侯者

孔子论

罪当诛"使"为戏而前"的"优倡侏儒"被"有司加法"而"手足异处"——优倡侏儒何罪，他们只是奉命表演，竟受如此酷刑？！

从《孔子世家》看，孔子与晏子能直接交往的有三次。一次是鲁昭公二十年，孔子三十岁，晏子与齐景公一起到鲁国访问，齐景公曾向孔子请教"国小处辟"的秦穆公能够称霸的原因，孔子说了一通"国虽小，其志大；处虽辟，行中正"的道理，晏子应当在场；一次是孔子三十五岁那年，因为鲁国大乱，他到齐国去当了高昭子的家臣，以此作为跳板来与齐景公交往，齐景公也曾向孔子问政。那期间，晏子与孔子也应有所接触；"孔子使齐"，乃是他五十岁之后的事了，《孔子世家》写着晏子在场的，也算一次。

孔子对晏子的评价很高，说："救民百姓而不夸，行补三君而不有，晏子果君子也。"不知出于何处。见诸《论语》的有一条："子曰：'晏平仲善与人交，久而敬之。'"（《论语·公冶长篇第五》）晏平仲之"平"，系晏子之"谥"，可见这是晏子死后孔子对他的评价。

晏子对孔子的评价却有些煞风景。那是孔子三十五岁在齐国当家臣之时，齐景公两次问政，一次孔子说了"君君臣臣，父父子子"的那番话，一次孔子说了"政在节财"。齐景公听了都很高兴，正想封赏孔子，晏子进言，说了孔子这些儒者的四个"不可"，一是"滑稽而不可规法"；二是"倨傲自顺，不可以为下"；三是"崇丧遂哀，破产厚葬，不可以为俗"；四是"游说乞贷，不可以为国"。这四条不能说"句句是真理"，例如所谓"倨傲自顺，不可以为下"，或许就与事实有点出入——孔子对"上"还是很恭敬的——大多却是言之有理。在此四个"不可"之后，晏子还着重说了孔子的"礼"，认为如此繁琐地规定尊卑上下的礼仪、举手投足的节度，连续几代都不能穷尽其中的学问，从幼到老都不能学完他的礼乐。用这一套来改造齐国的习俗，不是引导平民百姓的好办法。他的这一番话，齐景公是听进去了的，《孔子世家》写道："后，景公敬见孔子，不问其礼。"并且明明白白地告诉他：要像鲁国对待季氏那样对待你，我做不到。

晏子的这番话，后人也很少言及，不知是为谁讳言，为孔子还是为晏子？假如孔子知道当年齐景公有可能重用孔子之时，晏子对他曾有这番评价，是否还会说"晏平仲善与人交，久而敬之"？

司马迁对晏子的评价很高。他在《管晏列传》中感慨地说："假令晏子而在，余虽为之执鞭，所忻慕焉。"然而，司马迁对孔子的评价更高，他称孔子为"至圣"。他之作史，孔子入"世家"而管（仲）晏（婴）进"列传"。

据有关史料记载，孔子的个子很高，被时人称为"长人"，晏子的个子相当矮小。这只是人之形体。若论胆识、才干与业绩，在他们那个时代，我以为晏子未必就不如孔子。

晏子并非不懂礼义与仁爱。在这些方面,他与儒家有相通之处。"《七略》云《晏子春秋》七篇在儒家。"（据《史记正义》）司马迁评说晏子的那一番话："以节俭力行重于齐。即相齐,食不重肉,妾不衣帛。其在朝,君语及之,即危言；语不及之,即危行。国有道,即顺命；无道,即衡命。以此三世显名于诸侯"，或许就颇有儒家色彩，有些语言，例如"危言"、"危行"与"顺命"、"衡命"，甚至还可在《论语》中找到踪迹。然而,较之孔子的"礼"，晏子更多一些法度与务实。"礼义廉耻"并非孔子之独创，早在孔子之前，管仲就以"礼义廉耻"为国之"四维"。管仲能使齐国强盛的，却不仅是这"四维"，他更看重百姓的"衣食足"与国家的"仓廪实"。晏子则与管仲一脉相承。

孔子以恢复周礼为己任，在"礼崩乐坏"数百年之后，还在那边孜孜不倦地"克己复礼",而且不厌其烦,还不惜投入终生的精力。晏子却能相当清醒地认识到"周室既衰,礼乐缺有间",认定在数百年之后再去恢复这一套繁琐的礼节,并非治国之良方。孔子就不如他来得识时度势,与时俱进。

孔子周游列国而"天下莫能用",他与他的得意门生颜回将此归咎于诸侯国的君主们的有眼无珠,认为那是他们的耻辱。晏子却能在齐国辅政四十余年,并以他自己的方式,使齐国三代君主接受他的政治主张,使齐国乱而复治,也使他成为继管仲之后的一代名相,其从政之艺术与业绩,也是孔夫子所不能企及的。

以上说的,都是"他们那个时代"。

孔子的地位越来越高,远非晏子可及,则在汉武帝"罢黜百家,独尊儒术"之后,这与"大一统"密切相关,终极原因在于"正统"二字,司马迁称孔子为"至圣"显然也有这种时代的烙印。孔子的学说是维护正统的学说,在春秋战国那个群雄并起、百舸争流、秩序与利益的格局不断变更的时候,他不太可能被那些力图富强争霸的诸侯们所赏识,在"大一统"的格局中,一旦成为"正统"的统治者,则都会重新估定它的价值,对它刮目相看,甚至将它当做护身符,借以维护现存的秩序与利益格局。这大概也正是所谓"尊孔热"的历史渊源与文化底蕴。

孔夫子的"男女关系"观

一位朋友在他的专著《中国文化通史》中说:"在儒家孔子那里,妇女是受到尊重的",证据便是孔子所编的《诗经》——不仅是《诗经》第一篇第一句便是"关关雎鸠,在河之洲,窈窕淑女,君子好逑",《诗经》中还有不少"那么善良,那么可爱,温柔多情,而又羞羞答答"的"东方女性典型"。因此,他说:"如果不尊重女性,他会编出如此诗篇来吗?"这位朋友也说到"唯女子与小人为难养也"这句话,认为这只是孔夫子的"一时失控之语,并非他一贯的主张。"他说的这两个方面属于不同的层面,却可以"男女关系"一言蔽之。

认为孔夫子重男轻女最常用的论据,便是"唯女子与小人为难养也"。一般的学者都将这句话翻译为"只有女子和小人是难以教养的":把女人与小人相提并论,不是"男尊女卑"又是什么?这种注解过于粗疏。《论语集注》对于此语的注释为:"此小人,亦谓仆隶下人也。君子之于臣妾,庄以莅之,慈以畜之,则无二者之患矣。"此处所说的"小人"为"仆隶下人",

此处所说的"女子"则为"臣妾",如此注释,与下半句"近之则不孙,远之则怨"方可衔接——与他们太亲近了,他们就会没大没小,与他们疏远了,他们又会怨你——所以,这句话与不分青红皂白地贬斥所有的女人,还是有区别的。

但这并不是说,孔夫子就没有"男尊女卑"的观念。男人可以有妾,而且"妾"在家中的地位与"仆隶下人"相当,这本身就是"男尊女卑"的产物。孔夫子自己即为"妾"之所生,其生母颜氏徵在就是叔梁纥的小妾。他是知道"妾"在家族中的地位之低微的,但他还是接受了这种"男尊女卑"的社会现实。由此可见,即使圣人,也受他赖以生存的现实社会之局限。并且,这种"男尊女卑"的观念,还会在不经意间流露出来。例如,周武王说过,他有治乱之能臣十人("予有乱臣十人"),孔夫子就觉得不妥了,纠正说:"有妇人焉,九人而已。"此"妇人"便是"武王之妻邑姜"。贵为周武王之妻者,还得因为是"妇人"而被孔夫子打入另册,却又惶然其他?!我那位朋友认为孔夫子尊重妇女,主张男女平等,恐怕是有失偏颇的。

从孔夫子编定的《诗经》中,确实也可以窥见他的"男女关系"观,但这已不是男女平等不平等的问题,而是以情爱作为联结点的那种男女关系了。《论语》中孔子评说《诗经》的有两条,一条是:"《关雎》,乐而不淫,哀而不伤。"另一条是:"《诗》三百,一言以蔽之,曰:'思无邪。'"可见,在孔夫子看来,男女之恋或男女之情,只要把握适中,本是无可厚非的,用《中庸》的话说,则是:"喜怒哀乐之未发,谓之中;发而皆中节,谓之和。"至于"适中"的标准,大概就在于"不淫"与"无邪"了。《诗经》有诗:"唐棣之华,偏其反而。岂不尔思,室是远而。"孔子评点此诗说:"未之思也,夫何远之有?"不仅是《关雎》,就是像这样的诗,如果放在明、清之际，大概都要像《西厢记》中的"我是多愁多病的身，你是倾国倾城的貌"一样被当做"淫词艳曲"，但在孔夫子看来，却是"乐而不淫"和"思无邪"的。在这一点上，他确实比他的徒子徒孙们来得开明。

　　话说回来，以上两种"男女关系"，也不是可以截然分开的。在男尊女卑的时代，很难有纯正的男女情爱。所谓"男女大防"，"防"的往往只是女人，她们只是男人的附属品，不能在男女关系上越雷池半步。男人在占有她们的时候，性欲多于情爱。男人可以有三房四室，女人不乏贞节牌坊。纯正的男女情爱，往往成为礼教束缚下的撕心裂肺的人间悲剧。这是男权社会的必然结果。对此，主张"存天理，灭人欲"的理学家们无疑得承担更多的责任，倘若追溯上去，认为"男女授受不亲"乃"礼也"的孟子脱不了干系，将女人视为男人之附属物的孔老夫子似也难辞其咎。

孔夫子的致命弱点

冉求带鲁国的兵打败了齐国的军队，季康子问冉求："子之于军旅，学之乎？性之乎？"冉求说"学之于孔子"。这是冉求为孔夫子弄虚作假。孔子自己就对卫灵公说过："俎豆之事，则尝闻之矣；军旅之事，未之学也"，承认他只懂得祭祀，不懂得军事。

孔子这个人，还是比较实事求是，也比较有自知之明的。"知之为知之，不知为不知"，这是他一贯的风格，对他的弟子们这样说，自己也这样做。

这样的例子很多。孔子曾说："吾有知乎哉？无知也。有鄙夫问于我，空空如也。我叩其两端而竭焉。"他承认自己对于下情的无知，对于乡下人（鄙夫）所提的问题，脑袋里"空空如也"。樊迟向孔子请教有关庄稼的事，他回答说："吾不如老农。"樊迟向孔子请教有关苗圃的事，他回答说："吾不如老圃。"答得相当坦然，没有半点遮掩。如此等等，除了说明孔夫子比较实事求是，较有自知之明，还说明一点，对于兵革与稼穑之事，他是一窍不通的。

那么，孔夫子是否因为"不知"或"不如"而想去补上这空白呢？不是，他其实是不屑于懂得兵革与稼穑之事的。

以上引文说的"叩其两端"，有学者翻译为"从头尾两端去探求"，并说这是一种很有意义的思想方法，但对事物本身一无所知，又能"叩"出什么东西来呢？至于向他学稼学圃的樊迟，《论语》明明白白地写着，刚一转身出门，就被他骂为"小人"了，因为樊迟不懂得"上好礼，则民莫敢不敬；上好义，则民莫敢不服；上好信，则民莫敢不用情"的道理，不懂得"君子"只要懂得礼与义，"则四方之民襁负其子而至矣"，哪须懂得稼穑之事？！

孔子主张礼义治国，但他不如在他之前一百七十多年的管仲。管仲也认为"礼义廉耻"为"国之四维"，并说过"四维不张，国乃灭亡"，但管仲强调礼义的重要性，有一个坚实的基础，即"仓廪实而知礼节，衣食足而知荣辱"，因而致力于国之"仓廪实"与民之"衣食足"，致力于"通货积财，富国强兵"。他也不如在他千余年之后的唐太宗李世民。李世民立李治为太子后，"遇物则诲之"。见李治吃饭，就说："汝知稼穑之艰难，则常有斯饭矣"，而不是说你以后当的是皇帝，"焉用稼"？看到李治骑马，就说："知其劳，而不竭其力，则常得乘之矣"，而不是说贵为天子者，哪须懂得这些雕虫小技？所以，孔夫子的礼义治国，虽然显得博大，却是不够坚实。他曾说过：能以礼让来治理国家，那还有什么困难？不拿礼来治国，空谈礼义又有什么意义？问题恰恰在于，礼让治国，如果没有"通货积财，富国强兵"作为基础，其本身就是一句空话。假如孔夫子只是一个古代的学者，自然不能苛求于他，因为人的精力都相当有限。但作为政治家的孔子，或者说，作为孔夫子的治国方略，那么，就不能不说这是一个致命弱点了。

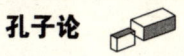

或许有人会以他在鲁国的治绩来为他申辩，然而，那"与闻国政三月"的实际成效，《史记·孔子世家》说的是：卖羊羔猪豚的不随意抬价；男女行路分道而走；遗留在路上的东西没人捡拾；从四方来到城邑的客人不必向官吏请求，全都给予接待，如同回到了家。如此等等，大致都属"礼义"之范畴，都是精神文明建设方面的业绩，说不准还只是一个"面子工程"。假如民不富、国不强，这种太平景象能否维持，大概也是未知数。

孔子是被奉为圣人的，但圣人也有欠缺。他一生栖栖遑遑地到处奔走而"天下莫能容"，没有一个君主想用他的一套去治国，未必都是别人的耻辱，其本身的致命弱点，无疑是很关键的一个因素。在大张旗鼓地尊孔祭孔业已成为时髦的今天，我以为很有必要指出这一点。

孔子不言"文死谏"

一直认为"文死谏,武死战"是儒家传统,却不知在儒家老祖宗孔夫子那边怎么也找不到这个命题的影子。恰恰相反,在孔子的不少言论中都可以看出,他比较注重生命价值,至少不以"死"为最高境界。

孔子说过两句话,一句是"善人教民七年,亦可以即戎矣",另一句是"以不教民战,是谓弃之",这两句话都在《论语·子路》中,说的是同一个意思,即要让百老姓去当兵打仗,必须经过一段时间的训练,不然则无异于让他们去送死,这是说当兵的。带兵的呢?他对子路说:只知道不怕死的武将,我是不会跟着他去的("暴虎冯河,死而无悔者,吾不与也")。我们提倡不怕死的精神时总是说"明知山有虎,偏向虎山行",孔子说的却是"危邦不入,乱邦不居"。子路明知卫国政局危急偏偏迎"危"而上,于是"结缨而死"。这样的"武死战",孔子恐怕是不以为然的。

我这里想着重说的却是:孔子不言"文死谏"。

《论语·宪问》中有一句孔子的话,叫做"邦有道,危言危行;邦无道,危行言孙"。此处的"危",当做"正直"解释,"危言"就是正直的话语,"危行"就是正直的行为。此处的"孙",则与"逊"字相通,本意谦逊,可以理解为谨慎。"邦无道"而"危行言孙",就是行为依然端正,不失道德底线,言语却要当心,防止祸从口出。《论语·公冶长》中,孔子说到卫国的宁武子,说他"邦有道则知,邦无道则愚,其知可及也,其愚不可及也",把宁武子在"邦无道"时的"愚"大大地夸奖了一番。"愚不可及"这个成语,大概就是这样来的。人们将此词理解为愚昧至极,是极大的误解,此词的本意,当为大智若愚。魏晋时期"口不论人过"的阮籍,倒是深谙夫子之道的。

"生,亦我所欲也,义,亦我所欲也,二者不可得兼,舍生而取义者也。"这话是孟子说的。孔子并不认为在"生"与"义"之间只能有一个选项,即求"生"者无义,取"义"者必死。他认为在"邦无道"之时,正直的人可以装聋作哑,装疯卖傻,未必就要犯颜直谏,自取其戮。子思编著的《中庸》一书将它表述为"国有道其言足以兴,国无道其默足以容",并引用《诗经》中的"既明且哲,以保其身"做了归纳。所谓的"明哲保身",大概也是这样来的。这种思想,有其可取之处,"明哲保身"这个词汇,原先也并无贬义。毕竟,人的脑袋丢了,是不能再装上去的。

问题在于,明哲保身也得有一个度,或者说,也得有一条道德的底线:无论慎言、沉默以至于装聋作哑、装疯卖傻,均以不失正直为前提,不以背信弃义作代价。这个"度"很难把握,也很难说得清楚,例如赵高指鹿为马,要你举手表决,或移脚站队,你说是"言"还是"行"?大凡此类境况,所谓的"明哲保身",弄不好就会与"人在屋檐下,怎能不低头"、"留得青山在,不怕没柴烧"以及"识时务者为俊杰"等处世格言混为一谈,不见了"明"与"哲"而只剩下"保身"二字,成为所有"软骨头"的挡箭牌。

至于孔子在《论语·为政篇》中对子张说的那一番"多闻阙疑,慎言其余"、"多见阙殆,慎行其余"则能减少过失而使"禄在其中"的话,或许是对急功近利的子张的告诫,却也很容易使人理解为谋官求禄的诀窍,不但"慎言"而不"危言",而且"慎行"而不"危行",就连"邦有道"与"邦无道"都顾不上了。

其实,中国历来不乏此类官油子,哪用孔圣人专门去教呢?

"放鱼知德"感言

"放鱼知德"的故事，我看到的版本就有两个：一个是从宓子贱的角度说的，重在"放"；一个则从孔子的角度去说，重在"知"。两个版本并不矛盾，可以看做前后篇。

重在"放"的那个说：有一天，单父的邑宰宓子贱走到鱼市，看到一条活蹦乱跳的大肚子鱼。卖鱼人正在夸说这鱼肉如何鲜嫩，鱼籽怎样味美，宓子贱二话没说，就把大鱼买下。一旁卖小鱼的见宓子贱买东西干脆，也乘机说他卖的小鱼别有风味，宓子贱果然又把小鱼买下。有人认出了宓子贱，心犯嘀咕：买那么多活鱼做什么？就跟在他后边想看个究竟。谁知跟到河边，宓子贱把他买的鱼都放掉了。这使一直跟着他的人大为惊讶。此时宓子贱告诉他们说："大鱼有孕，正是产籽期；小鱼还没有长大。如果把这两种鱼吃了，河里的鱼不就越来越少吗？"读了这个版本，我觉得自己有点时空错位，差一点误以为宓子贱是当地的县长或县委书记，正在贯彻落实科学发展观呢！他这买鱼放鱼之举，不仅体现了人与自然和谐相处的理念，也是杜绝短期行为以保证渔业生产可持续发展的实际行动。

　　重在"知"的那个说：孔子去卫国，让巫马期观看宓子贱的政绩。巫马期到了单父境内，碰到夜晚打鱼的人，放掉小鱼，只取大鱼。问他为什么这样做，渔人说："我们长官想让小鱼长大。"巫马期告诉孔子，宓子贱的道德教化到了顶点了，使老百姓暗中做事，都不会放纵自己。读了这个版本，我想到的是当今的政绩考核。孔子是宓子贱的老师，凑合着把他当做宓子贱的上级也行。他派巫马期去考核宓子贱的政绩，有一个特点，就是不讲排场，不图形式，一点儿也不张扬。这次考核的时间，宓子贱是不知道的；考核时走的路线，也不是由宓子贱定的，一切都在不经意间进行，因此，考核中获得的材料也就相当真实，具有"窥一斑而知全豹"的价值。

　　按常理说，后面这个版本的"放鱼知德"是前面那个版本的必然结果。因为宓子贱言教身传，以自己的行动作出表率，才使当地百姓有口皆碑，心服口服，他的发展理念方才成为当地百姓的自觉行动，这是其"道德教化"的经验所在。然而，这是按"常理"说的。实际上，后一个版本的"放鱼知德"，很可能是前一个版本的滥觞。"放鱼知德"乃是孔子"圣迹图"之一，重在孔子的"知德"，而且"放"的明明是"鱼"（小鱼）。所以，重在"放"的版本很可能是根据圣迹图演绎的。

　　孔子评价宓子贱说："这个人真是君子啊，如果鲁国没有君子，他从哪里获得如此美德呢？"（《论语·公冶长篇》）有学者认为这不但是夸奖宓子贱，也标榜了他自己。但我以为，这个"牛皮"是只能让孔夫子去吹的，因为宓子贱的所作所为，无疑也体现了孔子的理念与作风。我虽时有文章挑剔这位先哲，"放鱼知德"所包含的种种，却很值得赞赏。

"萍实通谣"发微

谢宗玉先生的《虚与委蛇》(《今晚报》2009年9月24日）一文，引述冯梦龙编《东周列国志》中有关"委蛇"的故事，使我想到"萍实通谣"，以为二者十分相似，大有异曲同工之妙。

"萍实通谣"为"孔子圣迹图"之一，这个故事说：楚昭王渡江，见到一个很大的红色的东西直触王舟，感到很奇怪，派人去问孔子。孔子说："这是萍实，可以吃，只有成就霸业的人才能得到，是吉祥之物呀！"孔子的学生子游请问孔子何以得知，孔子说："过去在陈国听到童谣，'楚王渡江得萍实，大如拳，赤如日，剖而食之甜如蜜。这回在楚应验了。"

如果"萍实通谣"之说属实，那么，孔夫子以此告复楚昭王，出于何种心态？

孔夫子好像不信鬼神，连鲁迅都说："孔丘先生确是伟大，生在巫鬼势力如此旺盛的时代，偏不肯随俗谈鬼神。"但对于"鬼神"的有无，他似乎又留有退路，"肯对于子路赌咒，却不肯对鬼神宣战"，使人"看不出他肚皮里的反对来"。因此，像"萍实"这类的"祥瑞"，他是否真的相信，也就很难甄别。北宋时的龙图阁待制孙奭责疑宋真宗的"天书"时说的那句话："'天何言哉'？岂有书也！"其中"天何言哉"四字，却取之于孔子一句话："天何言哉？四时行焉，百物生焉，天何言哉？"（《论语·阳货篇第十七》）。据此而论，孔夫子谓楚昭王得萍实乃称霸之先兆，若以"天命论"去解释，也未免牵强。回头再对弟子们说那个"童谣"，就更有演戏之嫌了。

《东周列国志》有关"委蛇"的故事中，"荷笠悬鹑"之人称齐桓公大泽边上遇到的"其大如毂，其长如辕，紫衣而朱冠"的怪物为"泽中委蛇"，并说见此"委蛇"者"必霸天下"。谢宗玉先生的文章因此说："既然历史上有这么个大泽之鬼，名叫'委蛇'，那么成语'虚与委蛇'的解释就容易多了。用虚幻的鬼神去应付你，跟你漫天胡扯。那不是假意敷衍是什么？"那么，能否以此类推，去破解孔夫子的心态呢？好像也不行。声名远扬的孔夫子毕竟不是"荷笠悬鹑"之人，楚昭王专门派人来很有诚意地请教于他，他能如此"虚与委蛇"、"漫天胡扯"、"假意敷衍"么？这不像他老先生的做派。

孔子一生，能与楚昭王有如此近距离接触的，大致就在公元前489年，即在孔子厄于陈蔡，"楚昭王兴师迎孔子，然后得免"之时。以此为背景去分析，孔夫子有关"萍实通谣"的神话，就有点投楚昭王之所好，拍楚昭王马屁的嫌疑了。楚昭王一时兴起，"将以书社地七百里封孔子"，很可能就在这个时候，此后只因令尹子西的一番话，使他虑及孔子师生有反客为主之可能而作罢。那一年，孔子已是六十有余，楚昭王方才三十四岁。为了能到楚昭王那边谋取一个不错的职位，居然如此作践，不但可怜，而且可悲。"孔子圣迹图"的作者将此作为孔子的圣迹去夸耀，我却因此而很有点看不起孔子了。

孔子论

　　看来,"学得文武艺,货与帝王家"的知识分子,想要特立独行,却也勉为其难。即使被称为"万世人伦之表"的孔夫子,也免不了要打点折扣作点妥协。据传,孔子曾作《猗兰操》,以兰自喻,抒发其怀才不遇之感慨。然而,若以节操而论,他其实是不如兰的,那山谷幽兰,又何曾如此挖空心思地去兜售自己呢?

　　顺便说说,那年秋天,"楚昭王卒于城父",他并没有像孔子所说因为能见"吉祥"的"萍实"而真的成就了霸业。

57

关于孔子父母的"野合"

我其实并无文章专门谈过孔子父母的"野合",只是在《孔子的"礼"与"非礼"》一文中顺便说到此事。王幼敏先生的《也谈孔子父母的"野合"》(上海《联合时报》2009年10月20日)批评的偏偏就是那一段话,此文也就只好跟着他专谈孔子父母的"野合"了。

"野合"之说,出自司马迁的《史记·孔子世家》,原文是"(叔梁)纥与颜氏女野合而生孔子"。我说有的学者把"野合"的解释为"野外媾合","这有点搞笑",王先生由此发现我"显然不赞同把'野合'解释为'在野外媾合'",于是反驳说,"其实这是一种最普遍的解释,不仅古人有持此说者,今人也一般作此解",并以张艺谋导演的《红高粱》为例,证明此说"已然成为普通人对'野合'的共识"。"古人有持此说者"不足为奇,但据我所知,至少唐代司马贞的《史记索隐》与张守节的《史记正义》都不持此说。今人呢?别人且不说,就说这位写了不少文字来反驳"有点搞笑"的王先生,我还以为他是"显然"赞同"把'野合'解释为'在野外媾合'"的了,看到下面，方才明白他也认为"'男女在野地媾合'为'野合'之解，未免望文生义，故《辞海》不采此说"的。这就把人搞糊涂了：既然连《辞海》都不采此说，怎么能断言此说"已然成为普通人对'野合'的共识"？既然连王先生自己都认为此说"未免望文生义"，怎么还如此绞尽脑汁地去批评我的"有点搞笑"，难道"未免望文生义"的东西，还不"有点搞笑"么？

王幼敏先生接着批评的是我的"非礼"之说。他说："据一些古书记载，孔子母亲'颜氏女'与叔梁纥结婚时年'十八岁'，早已过了女子成年婚嫁的最低门槛线，完全合'礼'合'法'，何来'非礼'之罪？"遗憾的是，王先生没有说出他引以为据的是哪"一些古书"。《史记索隐》说的却是孔子母亲颜氏徵在"笄年适于纥梁"——古时"女十五而笄"，颜氏徵在"适于纥梁"的"笄年"也就是她十五岁的那年了。尽管"在解放前，女子十五六岁结婚不是什么稀罕事"，然而，六十几岁的老汉与十几岁的少女结婚，怕也不是什么平常事。我在《孔子的"礼"与"非礼"》一文中说："这样的事，放在现在也是违反法律、违背道德的，因为十几岁的女孩，还是未成年人，说不准还得判个强奸少女罪。"这话使王先生忍不住"呜呼"起来："呜呼！孔父何其'倒灶'，千载之后竟要被戴上'强奸犯'的帽子，'圣人'将何以堪！"但这个"呜呼"未免又要落空的——我说的是"放在现在"，而且还有一个"说不准"，何曾给孔父戴过"强奸犯"的帽子？至于在孔父的"那个时候"，我只是说"无疑是'非礼'之举，司马迁这才称此为'野合'"。"非礼"不等于非法，王先生说的"'非礼'之罪"，倒是混淆了道德与法律的界限。

对于"野合"，王幼敏先生到底持何看法呢？他在《也谈孔子父母的"野合"》一文结尾写道："近阅清人吴翌凤笔记《逊志堂杂抄》，其中录有高士其《天禄识馀》之语云：'女子七七四十九阴绝，男子八八六十四阳绝，过此为婚，谓之野合。叔梁纥过六十四岁娶颜氏少女，故曰野合。'以此说释《史记》之'野合'，义可通矣！"王先生引的这几句话，源自张守节的《史记正义》。在中华书局版的《史记》中，《史记正义》的这一条排在司马贞的《史记索隐》之后，而在《史记索隐》中，偏偏就有一句说："今此用'野合'者，盖谓纥梁老而徵在少，非当壮室初笄之礼，故云'野合'，谓不合礼仪。"看来，我说"在那个时候，无疑是'非礼'之举，司马迁这才称此为'野合'"，并不是信口雌黄。倒是王先生宁愿引用清代高士其的转手货而不提唐代张守节的《史记正义》，或有故意避开司马贞的《史记索隐》称"野合"为"非当壮室初笄之礼"为"不合礼仪"即"非礼"之嫌。

司马迁著《史记》，把孔子列于《世家》传之，这是事实，但司马迁把"纥与颜氏女野合而生孔子"写入《史记》，以至使后人争议不休也是事实。王幼敏先生说司马迁把孔子列于《世家》，"本来就含有抬高、尊重孔子的意思，又怎么会反在其传记中抖落其父母的'家丑'呢？"或许在他看来，"圣人"应当是"高大全"的，司马迁是应当为"圣人"讳的，在司马迁的笔下，不应当有"圣人"的任何劣迹，也不应当有"圣人"的任何"家丑"。要不，就"'圣人'将何以堪"了。然而，司马迁如果也用这种理念去修史，那么，《史记》将不成其为《史记》，司马迁也将不成其为司马迁了。

解读《猗兰操》

研究兰花的人，难免会说到孔子与《猗兰操》，就像难免会说到勾践与兰亭一样，因为这都能体现中国兰花的古老历史。

从词义上说，"猗"字可有五个义项：一作名词解，意为阉割过的狗；二作动词解，意为"长大"；三作形容词解，形容美盛的样子；四作叹词解，常用于句首，表示赞叹；五作语气词解，常用于句末，相当于"啊"。"猗兰操"之"猗"，既置于句首，大概就只能当做叹词解，顾名思义，所谓《猗兰操》，就是兰的礼赞。

蔡邕著《琴操》曰："《猗兰操》，孔子所作。孔子历聘诸侯，诸侯莫能任。自卫反鲁，隐谷之中，见香兰独茂，喟然叹曰：'兰当为王者香，今乃独茂，与众草为伍。'乃止车，援琴鼓之，自伤不逢时，托辞于香兰云。"此后的文人似也皆从此说。韩愈曾仿而作之，其《猗兰操》序亦云："孔子伤不逢时作。"可见，《猗兰操》是假托之作，所谓"何彼苍天，不得其所"，所谓"逍遥九州，无所定处"，所谓"时人暗蔽，不知贤者"，都是孔子假托于兰而言己的生不逢时与怀才不遇。

近读陈彤彦著《中国兰文化探源》一书，方知对于"兰为王者香"一语有两种不同解释。一种把"为"当做介词，"兰为王者香"可与"士为知己者死"、"女为悦己者容"作相似的解释；一种把"为"当做表示肯定判断的关系词，"兰为王者香"即"兰是王者香"或"兰是国香"。这两种解释其实没有什么区别，好比说某酒是国酒，也是为国君所用之酒；说某茶为御茶，也是为皇室所用之茶。倒是孔子与他所假托之兰至少有三点不同。其一，兰之香，固然可为"王者"所享，却也可为庶民所用；其二，兰在幽谷之中，并无"不得其所"之感；其三，兰既不因要"为王者香"而遑遑栖栖地到处奔走，也不因难"为王者香"而埋怨"时人暗蔽，不知贤者"——此八字似与孔子自己所说的"人不知而不愠，不亦君子乎"相悖——从这个角度说，孔子的气节与操守不如幽兰。

那么，像兰花那样在幽谷之中自生自灭，自得其乐，是否就好呢？

我想到孔子对管仲的评价。孔子说："管仲相桓公，霸诸侯，一匡天下，民到于今受其赐。微管仲，吾其被发左衽矣。岂若匹夫匹妇之为谅也，自经于沟渎而莫之知也。"孔子之所以呕心沥血地想为"王者"所用，大概也是想实现自己"一匡天下"之理想而使民"受其赐"。他的那一套以"礼义"治国的方略是否管用暂且不说，这种以天下为己任的积极入世的人生态度却很可宝贵。人生在世，既要坚持自己的人格理想，也要实现自己的人生价值。气节与操守固然可贵，却并非是人生的终极目标。从这个角度看，陶渊明"不为五斗米折腰"可敬可佩，"不为五斗米折腰"的陶渊明，似也有所欠缺。

以物喻人，没有气节与操守不行，孤芳自赏也不可取。把握此中的尺度，乃是一门高深的学问，即使是"圣人"也很难臻于至善。难怪竭力推崇中庸之道的孔子会说："天下国家可均也，爵禄可辞也，白刃可蹈也，中庸不可能也。"

先哲们富有哲理的格言，并非都是他们自己已经做到了的，在许多时候倒是他们尚未达到却也想尽力去达到的境界。包括孔夫子的"人不知而不愠，不亦君子乎"，也包括他的"中庸"。

孔子为什么不见阳货

孔子不喜欢阳货,这是读《论语》就可以知道的——阳货想见孔子,孔子不见,他便赠送给孔子一只熟小猪,想要孔子去拜见他。孔子打听到阳货不在家时,往阳货家拜谢,却在半路上遇见了。一个不愿见的人,偏偏躲都躲不开,此所谓尴尬人难免尴尬事。

孔子为什么不见阳货呢?

阳货又叫阳虎,当过季氏的家臣。《孔子世家》载有孔子年轻时的一件事:孔子服丧,腰间系着麻带,这时季氏宴请宾客,孔子也去了。阳货斥退孔子说:"季氏宴请的是士人,没敢请你啊。"孔子因此退去。从《孔子年谱》可知,这是孔子十七岁时的事,他服的是母丧。我以为此事与孔子讨厌阳货有些关联。孔子由叔梁纥与颜氏徵在"野合"所生,出生之后不久,叔梁纥就命归西天,他连父亲葬在什么地方都不知道,直到母亲去世后,别人告诉他,才把他母亲与父亲葬到一起去的。家道贫困,出身低微,使孔子难免有一种埋藏于心底的自卑感。这种自卑感往往与自尊心紧紧连在一起，越是有这种自卑感的人，其自尊心越容易受到伤害。所以，阳货做的这件事，说的这些话，对于孔子来说，乃是刻骨铭心的，一辈子都难以忘却。这是阳货给青年时代的孔子心中留下的阴影。

鲁定公五年夏天，季平子去世，季桓子继位。季桓子的宠臣仲梁怀和阳货有过隙。到了那年秋季，阳货拘捕了越来越骄横的仲梁怀。季桓子发怒，阳货乘机囚禁季桓子，和他订立盟约后才释放他。阳货从此越发看不起季氏。这件事在《孔子世家》中也有记载。"季氏亦僭于公室，陪臣执国政，是以鲁自大夫以下皆僭离于正道。故孔子不仕。"此处的"季氏"指的是季桓子，"陪臣"指的便是阳货。此二者之所作所为，都有违于孔夫子"君君臣臣"的政治理念，这是"孔子不仕"的直接原因，孔子不喜欢以至于讨厌季氏与阳货，也就顺理成章。

按《孔子年谱》所说，阳货欲见孔子，孔子不想见阳货，二人却在路上相遇的事，就在鲁定公五至六年，那时孔子大约四十八岁。阳货是为劝孔子"出仕"而去的，你看他们两个的对话——阳货说："把自己的本领藏起来而听任国家迷乱，这可以叫做仁吗？"孔子回答说："不可以。"阳货说："喜欢参与政事而又屡次错过机会，这可以说是智吗？"孔子回答说："不可以。"阳货说："时间一天天过去了，年岁是不等人的。"孔子说："好吧，我将要去做官了。"这个掌有"国政"的"陪臣"，了解孔子的经历，知道孔子的才干，他想借助于孔子的力量。而这，或许也是孔子不愿见阳货的一个原因：他不想上阳货的"贼船"去当"乱臣贼子"。

孔子还是很有政治眼光的，他"出仕"之时，阳货已经逃到齐国去了。

孔子遇难于匡，也与阳货有关。那次跟随孔子去陈国的有子路与颜回。途经匡邑时，颜回用手中的鞭子指着匡邑城郭的一个缺口对孔子说：

上次他与阳货也正是从这里进去的。阳货残害过匡人，孔子长得有点像阳货，于是匡人就把孔子当做阳货扣留了五天。子路"弹剑而歌，孔子和之"是这个时候的事，孔子说"文王既没，文不在兹乎？天之将丧斯文也，后死者不得与于斯文也；天之未丧斯文也，匡人其如予何？"（《论语·子罕篇》）也在这个时候。当然，阳货给孔子带来此厄，这是他自己未曾想到过的，或许也是一种"宿命"。

读《论语》，读《孔子世家》，总以为阳货只是春秋时期的一个不太安分的政客。读《孟子》方知，其实，阳货也是有思想有学问的。《孟子·滕文公上》有言："阳虎曰：'为富不仁矣，为仁不富矣。'"孟子与孔子相距一百七十余年，阳货年长于孔子，在没有现代传媒的春秋战国时期，阳货说的话，一两百年之后还会被孔子一脉的"亚圣"引用，并且流传至今，可见这个阳货，其实也是很不一般的。

今人缘何删《孟子》

因为审阅一部有关《孟子》的书稿，比对着读《孟子》，发现那部书稿中录有的《孟子》章节，在万卷版的《图解孟子》中找不到影子。审完书稿后，索性将《图解孟子》仔仔细细地读了一遍，又从网上下载了一个别的版本的《孟子》逐条对照，缺漏的竟有五十四节，有的只是一两句话，有的却是洋洋洒洒，有些还是人们熟悉的警句格言，例如"心之官则思"，"以其昏昏使人昭昭"以及"说大人则藐之，勿视其巍巍然"等等。翻阅其目录，从《梁惠王章句上》到《尽心章句下》，总共十四篇，一篇不少；再看其前言，不见对"缺漏"有任何说明，于是觉得读这样的书很不放心甚至有点可怕了。

说这只是"缺漏"，其实并不确切。我买的《图解论语》《图解孟子》《图解老子》、《图解庄子》，都是一样的开本，一样的装帧，一样的版式，一样的页码，如果将"缺漏"的内容补入《图解孟子》，其页码就会大不"一样"。可见，这种"缺漏"不是无意的"疏忽"，而是出于包装需要的人为的删节。以前只知道朱元璋删节《孟子》，想不到今天也会有人给《孟子》大动"手术"。朱元璋删节《孟子》是出于政治的目的，如今删节《孟子》的却是另有所图，明白地说，就是为了营销与赚钱。

当然，只要把"营销"或"赚钱"放到了首位，属于"疏忽"的差错以至硬伤也在所难免。在《图解孟子》一书中，最典型的大概要数对"曾皙"的注释了：《公孙丑章句上》中注释"曾皙：名曾申，字子皙，鲁国人，曾参之子"，到了《离娄章句上》篇，曾皙又成了曾参的父亲。但我知道，曾皙就是《论语》"四子侍坐"章中的"曾点"，他是无论如何也不会成为曾参之子的。联想到万卷版的《图解论语》，封面赫然标署"孔子著"，这套"国学经典"丛书之质量，也就可想而知。

"国学热"在出版界的表现，大概就是"国学经典"的出版热。因为经典常读常新，容易成为常销图书；因为经典不付版税，可以降低出版成本。尤其在"国学热"中，"国学经典"趁势而起，颇有市场。于是，你也出"四书"，我也出"五经"，不论是否具备出版"国学经典"的人才优势与编辑能力都一哄而上，以各种包装或组合出版的"国学经典"纷纷出笼，成为"国学热"中的一道耀眼的风景。

文化产品不像彩电冰箱，只要有一个配件出了差错，就不能正常运转。这种一哄而上的"国学经典"的出版，更是看准了"国学热"的一个致命弱点：所谓"国学热"，其实只是一种燥热，只是一味的鼓噪，难得有人静下心来去认真研读，于是只图包装出新，只以策划取胜，只想在图书市场上夺人眼球，却不想致力于精心编校以保证质量。

以上所述，大致可见今人删《孟子》的主观动因与客观背景。

我向几位朋友说起阅读《图解孟子》时的感慨，他们都对我说，读这些书，要买中华书局或上海古籍出版社出版的。这大概就是所谓的"品牌效应"。由此想到，在"国学热"中应运而生的"国学经典"之类文化产品的假冒伪劣有两个层面的危害：名义是弘扬中华民族的传统文化，其实却是对传统文化的糟蹋与践踏；目的是追逐白花花的银子，结果却是长期积累的品牌与声誉受到损耗，实在得不偿失。

孟子的"时评"

时评这个称谓的出现,似乎是现当代的事。说"孟子的时评"或许有些离谱,他毕竟已是两千多年前的人了。读读《孟子》,却不得不承认,他简直就是一个时评家,他评说的虽然是那个时代的时政,却又很容易使人有时空的错位。谓予不信,不妨看看他的诤言谠论。

关于"罪岁"

孟子说的是"王无罪岁",也就是不要怪罪于年岁。他是这样说的:"(荒年暴月)人死了反而说'与我无关,是年成不好的缘故',这和把人杀了,却说'与我无关,是武器杀的'有什么不同?大王不要怪罪于年成不好,那么天下的民众就来投奔你了。"这番话是对梁惠王说的,其实就是对梁惠王的批评。

经历过困难时期,听惯了"天灾人祸"之说的人们,重温孟子这番话,会觉得他说得相当尖锐,可谓振聋发聩,使人冒一身大汗。"王无罪岁",

方能引咎自责，并且以此为鉴，真正吸取教训。于是想到古代帝王的"罪己诏"，不知是否发端于孟子的"王无罪岁"？

关于"问责"

孟子与平陆地方官孔距心有一番对话。孟子说，你这里守城的士兵，"一日而三失伍（离岗）"是否会被开除？孔距心说，不要等到三次就得开除的。孟子说，你这里的老百姓，年老体弱奄奄一息的，年轻力壮四散逃难的，几乎已近千人呢，你的"失伍"也不少啊。孔距心大概也是"罪岁"而不"罪己"的，说是"此非距心之所得为也"。孟子打比方说：领受了他人的牛羊而为其放牧，一定要为牛羊寻找牧场和草料。要不，就得把牛羊还给它们的主人，怎么能看着它们死去呢？孔距心因此说："此则距心之罪也。"孟子又向齐宣王复述了他与孔距心的对话，齐宣王也说："此则寡人之罪也。"

"问责"这个词汇，是这些年方才热门起来的。在你的辖区出了什么事，你都得承担一定的责任，该检查的检查，该处分的处分，该撤职的撤职。孟子对孔距心以至于齐宣王说的就是这个道理。按照孟子的意思，只要民生维艰，主政者都难辞其咎，与守城士兵的擅离职守没有什么区别。只要失职，不光士兵应当受到处罚，主政者更应当被追究责任。

关于"冷漠"

这个隐含的话题，出自孟子与邹国的君主邹穆公的一番对话。邹穆公对孟子说："（邹国与鲁国发生冲突时）我们的官吏死了三十三个，百姓却没有为之献身的。若处罚他们，罚不了那么多；若不处罚，又恨他们见死不救，怎么办才好呢？"显然，邹穆公对百姓在关键时刻表现出来的对于他们的官吏的"冷漠"感到愤慨。孟子是用曾参的一句话来回答邹穆公的,叫做:"出乎尔者,反乎尔者也。"也就是说,关键时刻百姓对官吏的这种"冷漠",乃是平常时节官吏对百姓的"冷漠"酿成的。这是以"冷漠"回报"冷漠"。他举例说,荒年歉收,您的百姓忍饥挨饿,四处逃难,您的粮仓充溢,库房盈实,你的官吏没有将下情如实上报并及时赈灾,如此怠慢并残虐百姓,你让他们如何不"视其长上之死而不救"呢?

听说苏联解体之时,苏联的工人群众对于所谓"工人阶级政权"的危机,也表现出相当的"冷漠",其原因大概与两千多年前孟子说的没有多少出入。古人说过的,洋人经历的,似乎都应为当今的执政者引以为戒。

仅从以上数例,已可知孟子言论之生猛鲜活,让他跻身于当代时评家之列,注定出类拔萃。这固然得益于孟子的民本思想之生命力以及孟子的敏锐与思辨的穿透力,还能使人由此窥见某种时弊与某种官场积习的坚挺,确切地说,是产生某种时弊与某种官场积习的土壤,在历经两千余年之后,似乎也没有得到多大的改变。而这,恰恰正是让人感到悲哀的。

我还注意到,孟子的"时评",都是与执政者面对面说的,而且都是直抒己见,没有隐晦曲折,躲躲闪闪。在听了孟子的"时评"之后,那些当权者——无论是梁惠王,邹穆公,还是齐宣王,滕文公,都没有认为这是孟子别有用心的恶毒攻击。以此观照某些现实,倒是令人不胜唏嘘了。

孔子后人要有孔子风范
——评说孔健祥林对杨澜的"回应"

杨澜采访胡玫之后,在她的搜狐博客中挂出《孔子是个"失败者"》的"感言",总共不到六百字,引出孔健祥林先生洋洋万言的"回应"。题目针锋相对,就叫《孔子是成功的教育家和伟大的改革家》。文章说:"我作为孔子后人,也代表孔家二百多万子孙对此表示异议,希望杨胡二人收回这个结论,还我先祖孔子之清白,以端正孔子在中国人民心中的形象。"读后觉得很不是滋味。

孔子是文化名人,不仅仅是孔家后人的先祖,即使如今健在,是贬是褒,还得任人评说,何况已经作古两千多年,人家评说孔子,怎么就不能说一句"孔子是个'失败者'"? 杨澜的文章重点在于肯定胡玫导演的《孔子》使"孔夫子由神变成了人",这是对于《孔子》这部戏的肯定。杨文说:"(胡玫)设计了一场雨戏,让我们找到理解孔子的途径:孔子是一名'失败者'!那种深深的挫败感是能够产生共鸣的。谁还能像孔子那么失败:颠沛流离,有家不能回,忍冻挨饿,遭人讥讽驱逐,无人赏识,希望渺茫,悲愤交加,

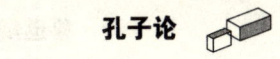

还要接受爱徒惨死的打击,惶惶如丧家之犬。搁在当下,谁会如七十二贤徒那样追随这么一个人?"这些话说得入情入理,孔健祥林却以"孔子后人"的身份出来责难,要"杨胡二人收回这个结论",这就显得胡搅蛮缠。孔先生宣称"代表孔家二百多万子孙",不知道他在"代表"之前是否通电国内国外,征求过那"二百多万子孙"的意见,抑或得到过他们的集体授权。

孔子生前栖栖遑遑地到处奔走而"天下莫能容",不能实现自己的政治抱负,作为政治家,我也以为他是失败的。"累累若丧家之狗"一语,虽然出于"郑人"之口,却得到他自己的认可,说是"然哉,然哉"的。孔子之所以"天下莫能容",有其自身的原因,他虽然不满于现实,却不知与时俱进,"礼崩乐坏"数百年之后,还在那边孜孜不倦地"克己复礼"。成功的"政治家"或"改革家"之桂冠,连孔子自己都不会要的。孔健祥林说:"如果孔子真的是失败者,他的思想和哲学能存活两千五百多年吗?孔子能作为世界三大圣人之一照耀全球吗?"这是孔子死后的事。孔子在中国历史上的影响,确是前无古人,或许也可以说是一种"成功",然而,连孔健祥林自己也说,他是被统治者"捧上云天"的,可见这种"成功",与孔子本人没有多大的关系。杨澜那篇"感言"说的"失败者"是作为政治家而不是作为教育家的孔子。孔健祥林凭什么让"杨胡二人收回这个结论"?

还有必要一说的是"失败"与"清白"的关系。"失败"者未必污浊,"成功"者未必清白。孔子是"失败者",然而,七十二贤人始终"追随这么一个人",也就可见有其相当的人格魅力。孔子作为一个人,有不少可敬可贵之处,包括他的"学而不厌,诲人不倦",包括他的"三人行,必有我师",尤其是他的"发愤忘食,乐以忘忧,不知老之将至"的境界,更是令人神往。因为别人认为"孔子是个'失败'者",孔健祥林就要人家还他"先祖孔之清白",恰恰说明他陷入了一种"成者为王,败者为贼"的陈腐的思维模式。实际上,把孔子由人变成神,才使孔子变得污浊。如果真如杨澜所说,胡玫导演的《孔子》使"孔夫子由神变成了人",那才叫"端正孔子在中国人民心中的形象",还了孔子一个"清白"。

孔子是践行温、良、恭、俭、让的,得理还得让人三分。孔子后人要有孔子风范,哪能像孔健祥林先生这般,自己还没有搞清楚"先祖孔子"是怎么回事,就头顶"孔子后人"的招牌,擅自"代表孔家二百多万子孙",咄咄逼人地向别人发难呢?!

孔子与孔门弟子

孔子有一位学生，叫做有若，就是《论语》中说"礼之用，和为贵"的那一位，后人称其为有子。《史记·仲尼弟子列传》记载："孔子既没，弟子思慕，有若状似孔子，弟子相与共立为师，师之如夫子时也。"以后问了几个有关孔子的预见性的问题，有若答不上来，他的同门师兄弟们就不干了，说是"有子避之，此非子之座也"。孟子也曾说过此事，说"子夏、子张、子游以有若似圣人，欲以所事孔子事之"，后来是被曾子阻止的，理由是说孔子那种境界，"皓皓乎不可尚已"。(《孟子·滕文公章句上》)可见司马迁之所记并非空穴来风。

这件事可以从不同的角度给人启示，诸如"形似与神似"之类，但我首先想到的倒是孔子作为一个老师一个长者的人格魅力。"弟子三千，贤人七十二"，说的是孔子这一辈子而不是他的某一个时期。"弟子三千"跟随他有多久，因为没有确实史料记载不敢妄断，说"贤人七十二"始终相随，大概是不算为过的——子路"结缨而死"之时已经六十几岁，颜回英年早逝也已三四十岁（颜回出世之年，孔子的年龄按《孔子年谱》为三十岁；按《孔子世家》为四十岁），他们都死在孔子去世前不久。孔子去世之时，子贡已经四十余岁，曾皙年长于子路，而曾参、有若以及子夏、子张、子游等人，也都是三十岁左右的人了。

  孔子何以能使让他的弟子与他始终相随，这个问题很值得研究探讨。

  是孔子从来就喜欢当好好先生，只会给他的弟子戴高帽、说好话以至于"倒拍马"，哄着他们高兴吗？不是的，他无须在学生之中结人缘拉选票。读《论语》可知，孔子多有表扬而没有什么批评的学生，几乎只有颜回一个。批评最多的当数子路，但他栖栖遑遑地到处奔走大多都有子路相随，直到"结缨而死"之前，子路依然与孔子保持密切的关系。批评最重的当数冉求，以至说冉求不是他的学生，"二三子"可以"鸣鼓而攻之"，但冉求带着鲁国的兵打败齐国的军队之后，首先做的就是为孔子回鲁国当官做铺垫。鲁哀公与季康子是听了冉求的那一番话后，派遣三位大夫带着厚礼去请孔子返回鲁国的。子贡喜欢非议别人，这也是一个坏毛病，孔子毫不姑息地说：子贡呀，你自己就那么好了吗？然而，孔子去世之后，其他弟子服丧三年，子贡却是筑庐守墓六载。此类实例，不胜枚举。

  是孔子有权有势，可以让弟子们依傍于他升官发财，飞黄腾达吗？当老师的"一人得道"，当学生的纷纷得到提携，老师也借此扩张自己的势力，这样的"恩师"在中国历史上并不少见。此中，有的确有师生之谊，有的还是硬凑上去的，认个"恩师"，只是为了找个靠山，所以有"谢恩私门"之说。然而，孔子并没有让他的弟子们升官发财的"权力资源"。他老人家的官运并不亨通，以至于最后一次想回鲁国当官，还是由子贡与冉求背着他去为他运作——冉求回鲁国去的时候，为他送行的子贡叮嘱他说：

孔子论

"鲁国用了你,你一定要让他们起用孔子"——他的弟子只有跟着他四处碰壁厄运连连的份儿,哪里还能指望靠着他们的这位老师升官发财呢?然而,历来的权势人物与他们的弟子或准弟子之间的关系,都是随着"恩师"权势的变化而变化的,"恩师"树倒而弟子如"猢狲散"的比比皆是,"恩师"不幸"落井"而弟子趁机"下石"的也不乏其例。像孔子与他的弟子们之间这种始终如一的关系,还实在罕见。

孔子有思想,有识见,有真才实学,这是他的弟子能与他始终相随的一个重要原因,因为跟着他能够学有所得。此外还有一个重要的原因,就是孔子的人格魅力。

与人为善这个词汇,人们一般理解为对人没有恶意,为人心地善良。按照这个约定俗成的解释,孔子是"与人为善"的。他对他的学生,就像对待自己的孩子,即使是严厉批评的,例如对子路,对冉求,对宰我,可能批评与事实有出入,并不一定正确,反映出他的观念有偏差,认识有局限,有一点却是肯定的,他既没有恶意,也不会把人看死,让你一辈子抬不起头来。宰我白天睡觉,孔子怒不可抑,说了一句很杀风景的话,叫做"朽木不可雕也",这或许是有点把人看死了,但在《论语》中,人们还是可以看到孔子与宰我之间的不少问答,可见孔子那句话,也只是出于一时的意气,他并没有真的把宰我当做"朽木"。孔子厄于陈、蔡,跟随他的弟子中,有颜回,有子路,有子贡,也有宰我。《论语·先进》有一条:"子曰:从我于陈、蔡者,皆不及门也。"这些弟子相从于患难之中,不在他的身边时,他还思念着呢。

孔子有"师道尊严",却并非"师道森严",对待他的弟子,基本做到了他弟子说的三条,既温和而又严厉,威严而不凶猛,庄重而又安详("温而厉，威而不猛，恭而安"）。他既不高高在上，使他的弟子难以接触；也不一脸肃穆，使他的弟子望而生畏，倒是常在弟子之中，有问有答，谈笑风生。即使批评，也是双向的，既有他批评他的弟子的，也有他的弟子批评他的，最典型的就是子路，一会儿说他太迂，一会儿又对"子见南子"表示"不悦"，逼着他像小孩一样起誓。在这种气氛中，弟子们就很容易无拘无束地提出各种问题向他请教，与他探讨，有疑问的有困惑的甚至有不同看法也都当场提出，可谓是"教学相长"。孔子让子路、曾皙、冉有、公西华四位弟子谈各自的向往与追求，这是历来都为人们津津乐道的"四子侍坐"，然而，不知人们是否想过这四位弟子的年龄差距：孔子六岁时曾皙出世，孔子十岁时子路出世，孔子三十岁时冉有出世，孔子四十六岁时公西华出世。年龄最大的曾皙比年龄最小的公西华足足年长四十岁，这样的师门，本身就令人向往。

　　孔子说过这样一句话："不得中行而与之，必也狂狷乎！狂者进取，狷者有所不为也。"此处的"中行"，就是行为合乎中庸，也就是说话做事，都要恰如其分恰到好处。过去以为孔子的"中庸"就是折中骑墙，两面讨好，谁都不得罪。因而认定，中庸是与狂狷水火不容的，其实这是莫大的误解。这种折中骑墙，两面讨好，谁都不得罪的人在孔子那边另有一个名目，称之为"乡愿"。孔子一世之为人，大致是以"中行"为准则来要求自己的。他的为人处世，尽管也有欠缺，但总的来说，要求学生做到的，自己必先身体力行，为人师表，经得起人们评说。他有不少为人处世的格言，例如"学而不厌，诲人不倦"，例如"己所不欲，勿施于人"，例如"人不知而不愠，不亦君子乎"，等等，也像他的"中庸"一样，都是他虽然尚未达到却也想尽力去达到的境界。

孔子论

　　外表酷似孔子的有若，其学识与人格尚未达到孔子的那种境界，难免他的同门师兄弟们会说"有子避之，此非子之座也"。

　　人格魅力之影响是由近及远的，首先影响的是身边的人，然后慢慢地向四周扩散。可以说，耳闻目睹孔子之言行的他的弟子们是由衷佩服他的老师的，并在他的身后给他以高度的评价——子贡说"自生民以来，未有夫子也"；有若说"圣人之于民，亦类也。出于其类，拔乎其萃，自生民以来未有盛于孔子也"，连那个曾被孔子说是"朽木不可雕"的宰我也说"以予观于夫子，贤于尧、舜远矣"。(《孟子·公孙丑章句上》)这些话或许因为出于他们的偏爱而说得有些过头，但在他们，恰如孟子所说：是"汙不至阿其所好"的。

　　我是赞成平视孔子的。既不想把他褒为神捧到天上，也不想将他当做鬼打入地狱。在我看来，孔子的政治理念有其致命的弱点，他之所以"天下莫能容"，有其主观方面的因素。但作为人，孔子确有其可敬之处。他以自己的人格魅力，将他的弟子们凝聚在一起，这个无可争辩的事实，就值得如今为人、为师、为官者三思。

"还原"中庸

孔子提倡中庸,鲁迅反中庸。强调改革的时候,反中庸常占优势,中庸似与守旧同一;提倡和谐的时候,中庸大行其道,反中庸似有破坏稳定之嫌。在我看来,这个问题的症结,就在"中庸"本身。到底什么是孔子提倡的中庸,这个概念自身有什么先天不足,在两千余年漫长的历史中又有什么变化,鲁迅之反中庸是怎么回事,所有这些,无论对于改革,还是对于和谐,都有必要弄个明白。

本文姑且借用"还原"这个词汇,叫做《"还原"中庸》。

——题记

一

对于《论语·子路》"不得中行而与之,必也狂狷乎!狂者进取,狷者有所不为也"一语,有学者这样解释:"狂"与"狷"是两种对立的品质。一是流于冒进,进取,敢作敢为;一是流于退缩,不敢作为。还说:"孔子认为,中行就是不偏于狂,也不偏于狷。人的气质、作风、德行都不偏于任何一个方面,对立的双方应互相牵制,互相补充,这样,才符合于中庸的思想。"此处所说的"中行"便是"中庸"。按照这种说法,"狂"与"狷"不但互相对立,而且都不可取,因为违背中庸之道。这种解释,我以为曲解了孔子的本意。

"中行"即"中庸"本义,应为无过而无不及。这是相当难以企及的境界,连竭力推崇中庸之道的孔子也说:"天下国家可均也,爵禄可辞也,白刃可蹈也,中庸不可能也。"(《中庸·正心》)遂有"不得中行而与之"一说。孔子不嫌"狂狷",恰恰相反,倒是很看重此二者的可贵处——他揄扬的是"狂者进取",而不是"狂者冒失";他赞赏的是"狷者有所不为",而不是"狷者不敢作为"。在孔夫子那边,"狂狷"并不是与"中庸"水火不容的概念,而是"不得中行而与之"时的退而求其次的选择。

"狂"与"狷"当然也是有区别的。"狂者进取",不为权势所屈,不为世俗所累,不为任何条条框框所囿,敢说、敢想、敢作、敢为,敢开第一腔,敢为天下先,敢做第一个吃螃蟹的人。"狂者"或许也有轻率与冒失之处,但这并不是他们的主流。"狷者有所不为",尽管未必如狂者一般敢说敢为,却有是非之心,能够洁身自好,坚守道德的底线,绝不与奸佞之徒同流合污。狷者之"有所不为"者,往往是为正派人所不齿之事。在任何情况下都能如此"有所不为",同样需要有不为权势所屈,不为世俗所累之品格,这便是"狷者"与"狂者"的相通之处。所以,"狂"与"狷"二者并不互相对立,恰恰被人合称为"狂狷";与此相应,"狂者"与"狷者"也往往被人合称为"狂狷之士"。

古往今来,被称为"狂狷之士"的,倒是重在"狷"而不重在"狂"的。

嵇康与阮籍被称为"狂狷",倘若真要抠着字眼去说,恐怕就未必确切,他们只能说"狷"而未必就"狂"。嵇康的《与山巨源绝交书》,既不是反对孔教礼教的号角,也不是讨伐司马氏集团的檄文,他说的只是自己不想当官不宜当官的种种理由,他的"非汤、武而薄周、孔",或许有点"狂"的气息,其实也只是说自己口无遮拦,不适合于在官场生存,这便是"狷者"之"有所不为",更不要说"口不论人过"的阮籍了。然而,专制越深,高压越重,"狂者"一经露头便遭扼杀,"狷者"也就随之升格而为"狂者"了。赵高指鹿为马之时,倘若有一人不肯说那鹿是马,恐怕是要把他当做"狂人"说他狗胆包天狂妄至极的。其实,那人也只是"有所不为"而已。敢于说真话很难,敢于不说假话也不易,经历过十年内乱的人,想必有切身体会。

孔子厌恶的是"阉然媚于世也者"的"乡愿",许多人却将它混同于"中庸"。关于这一点,以下专述。

二

读《孟子·尽心下》可知,按照孟子的理解,孔子是把人分成四种的,首先是行为符合中庸的"中道"(亦称"中行")之士,"不必可得,故思其次"的,便是"狂放"之士,"狂者又不可得"而再求其次的乃是"不屑不洁"即"狷介"之士,他厌恶的只有一种人,即"阉然媚于世也者"的"乡愿"(孟子称"乡原")。孔子说:"过我门而不入我室,我不憾焉者,其惟乡愿乎!乡愿,德之贼也。"

什么样的人是"乡愿",孔子为什么痛恨"乡愿",并称其为"德之贼"?孟子的学生万章向孟子提出的就是这两个问题。

第一个问题,孟子告诉他,"一乡之人皆称愿"的"乡愿",就是"言

孔子论

不顾行,行不顾言"的"阉然媚于世也者",则言行不一而且没有原则的"好好先生"。"好先生"本来是不错的,多了一个"好"字,也就不好了,就像"公公"多了一个"公"就不"公"了一样。

第二个问题,孟子的回答是:混同于流俗,迎合于浊世;为人似乎忠诚守信,处事似乎方正清洁,可谓世故圆滑,八面玲珑,似是而非,以假乱真,这遂被称之为"德之贼"。用孔子自己的话说:"恶乡愿,恐其乱德也。"

孔子可能未曾想到,"乡愿"所乱之"德",首当其冲的偏偏就是"中庸"。

掌握分寸,把握好度,做到恰如其分,无过而无不及,这是中庸的本意。所以,孔子把中庸之道不能行之于世,归结为"知者过之,愚者不及";将中庸之道不能昭之于世,归结为"贤者过之,不肖者不及"。要说"不偏不倚",也只是在"过"与"不及"之间。儒家的传人,却将"不偏不倚"扩展至所有"对立双方",至今仍有学者诠释"中庸",为"不偏于对立双方的任何一方,使双方保持均衡状态"。于是乎,中庸逐渐演变为折中骑墙。然而,对于是与非之"对立的双方",能不偏于"任何一方"吗?对于革新与守旧之"对立的双方",能不偏于"任何一方"吗?对于廉正与贪浊之"对立的双方",能不偏于"任何一方"吗?不偏不倚既然勉为其难,为了"媚于世"也就先"阉"了原则,"言不顾行,行不顾言",貌似公允,这显然不是孔子提倡的中庸,而是孔子厌恶的乡愿。

乡愿能够成为冒牌之中庸大行其道,有其客观原因。其中之一,就是真要做到中庸的不易。如前所引孔子之语,这是比光着脚踩在锋利的刀刃之上还要困难的事。连孔子本人,中庸也是一直想努力想达到却未能完全达到的境界。"无过无不及"也好,"发而皆中节"(子思语)也罢,都好比是数学中的极限,你只有不断接近,却永远不能到达。何况在不同利益格局中人那边，所谓的"无过无不及"，自有不同的尺度；所谓"恰如其分"，也有不同的标准，很难得到人们的一致认同。只要生存在一定的利益格局之中，这便是难以摆脱的困窘。

真正的中庸如此难觅，冒牌的中庸就应运而生。

传统文化中流传下来的不少东西，在流传的过程中早就走样，中庸就是一个典型的实例。鲁迅的反"中庸"，反的不正是孔子厌恶的乡愿——那种被曲解了的冒牌的中庸？！

从养生学的角度看孔子

《论语·述而》中有一条:"叶公问孔子于子路,子路不对。子曰:'女奚不曰,其为人也,发愤忘食,乐以忘忧,不知老之将至云尔'"。据《孔子年谱》,这是公元前490年(鲁哀公五年)的事,那年孔子六十二岁。《孔子世家》也说及此事,与《年谱》所记基本一致。

孔子一生,几乎就没有中断过读书做学问。"吾十而有五而志于学",这是年轻的时候。"学而时习之,不亦说乎",已在鲁定公六年,"陪臣执国政……故孔子不仕,退而修诗书礼乐"之时,孔子有四十七八岁了。他说"加我数年,五十以学《易》,可以无大过矣",差不多也在那个时候。周游列国十四年,被季康子派人请回鲁国,然"鲁终不能用孔子,孔子亦不求仕"之时,他已六十九岁,此后索性潜心做学问编"六经"去了。在中国古代,年过半百便是"老汉",七十已在"古稀之年",孔子称得上是"活到老,学到老"了。

一般人读书只为敲开"幸福之门":"书中自有黄金屋,书中自有颜如玉，书中自有千钟粟"，或许就是最直观的表述。一旦敲开了不同标准的"幸福之门"，也就要与书籍"拜拜"了。孔夫子却并不全然如此。"吾十而有五而志于学"的时候，有没有这种想法不敢为他打保票，年近五十，"陪臣执国政……故孔子不仕，退而修诗书礼乐"，既无关读书做官，也就说不上是为"黄金屋"，为"颜如玉"，为"千钟粟"而读书做学问了。"叶公问孔子于子路，子路不对"之时，孔子辞去鲁国的官职已有六年，即按年龄计，也算得上是"离退休干部"了，那时他正在周游列国，栖栖遑遑到处奔走，以求有人慧眼识珠。在那样困境中，仍能"愤而忘食，乐而忘忧"，可见已经习惯成自然。

但我以为，"鲁终不能用孔子，孔子亦不求仕"之后，依然能静得下心来做学问，修"六经"，这是最不容易的。兴致勃勃地返回鲁国，很想施展自己的政治抱负，然而，"复出"的希望终于落空，政治生涯由此终结，对于热心于政治的孔子，这几乎就是灭顶之灾。而且，在此之后，致命的打击又接踵而至：六十九岁时，他的儿子孔鲤去世，此为老年丧子，乃是人生三大不幸之一；七十岁时，他最中意的弟子颜回英年早逝，使他连呼"天丧予"，其悲痛程度不亚于丧子。诸如此类，足以摧毁一个人的精神支柱，使人精神崩溃，陷于绝望。孔子却是在这样的情况下，沉下心来做学问编"六经"的，其毅力确非寻常之人可以想象。

或许有人还会感到困惑：这是何苦来着？

人要能够活得下去，需有三个条件，一为目标的牵引，老人也要有目标的，此所谓"老有所为"。人生没有目标，犹如行尸走肉，活得没有意义；二为情感的滋润，包括亲情、爱情、友情。缺乏这种滋润，孤独而且干涩，活得没有滋味；三为内力的支撑，这内力便是能够自立于世的智力与体力。

对于孔子来说，可以说是三条齐备：他在鲁国辞职之后，周游列国十四年，可见有足够的体力，而且思维清晰，这"内力的支撑"不成问题；他在困境之中，以至于落难之时，也始终都有弟子跟从相随，师生之间，情深意切，这"情感的滋润"也依然存在；最重要的是他始终没有失去人生的目标，始终都有目标的牵引，其他二条，其实也是由这一条所决定的。

"修诗书礼乐"，本来就是他曾经做过而没有做完的事，"孔子亦不求仕"，在他完全"退"下来之后，正好有时间来继续这项工作，了却这一心愿。所以，从另一个角度说，做学问，修六经，又成了他为之"发愤忘食"的事，而且使他能够从中得到快乐，以至"乐而忘忧"；这个人生的目标，也是精神的支柱，使他暮年的生命获得意义，充满亮色。

判断一个人是年轻还是衰老，应有两个维度。一是从生理上看，这是绝对的，年轮不可抗拒，也无法篡改。二是从心理上看，这是相对的。心态不好，整天无所事事，郁郁不欢的，往往未老先衰；人之心，有所牵挂，也便有所寄托。衰老，是因为放弃。"发愤忘食，乐以忘忧"，却能使人"不知老之将至"。

即从养生学的角度说，"不知老之将至"，也是人生的一种境界。

"朽木不可雕"之辩说

流传千古的"朽木不可雕"之典,出于《论语·公冶长》。孔子发现他的弟子宰予(也叫宰我)居然在大白天睡觉而怒不可抑,他说的那句话就是:"朽木不可雕也,粪土之墙不可杇也,于予与何诛!"而且由此感慨,说我本来都是"听其言而信其行"的,从今之后,却要"听其言而观其行"了。

宰予真是"不可雕"之"朽木"吗?

有关史料表明,宰予其实是很有作为的。楚昭王原想重赏并重用孔子。令尹子西竭力反对,他怕孔子反客为主,劝谏时反问楚昭王的,一是您"出使诸侯的使者有像子贡这样的吗?"二是您"宰辅国相有像颜回这样的吗?"三是您的"将帅有像子路这样的吗?"四是您的"各部长官有像宰予这样的吗?"(参见《孔子世家》)"弟子三千,贤人七十二",而在子西眼中,宰予不仅是孔门弟子中的"贤人",简直就是孔门的"四大弟子"之一。至少,宰予不是朽木,他终于被雕琢成器。孔子的那一句狠话是不对的。

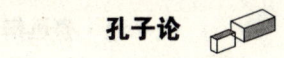

宰予大白天睡觉而被孔子臭骂，当在其青少年时期。那时的宰予，可塑性极大。当老师的切忌如此一口咬定自己的弟子是不可雕琢的"朽木"。宰予能言善辩，他与孔子曾为"服丧三年"是否合理有过争辩。所以有学者认为，孔子臭骂宰予，与他们之间的价值观不同有关，看来宰予的大白天睡觉，很可能是因为他并不完全信服孔子的学说。然而，认为学生在老师讲课时睡觉，还敢与老师在有关"礼"的问题上争辩，就是"朽木"与"粪墙"，那就是观念上的偏差了。作为教育家的孔子，留给后人的不仅有经验，也有教训啊。

孔子是竭力提倡中庸之道的。子思释"中庸"说："喜怒哀乐之未发，谓之中；发而皆中节,谓之庸。"在对待宰予的问题上，孔子既未做到"中"，将"喜怒哀乐"全都闷在心中，亦未做到"庸"，使所发的"喜怒哀乐"全都"中节"，可见"中庸"之不易。所以,对于他的这次"失态"与"失言"，我觉得可以理解，因为他也是人，也有喜怒哀乐之常情。

孔子的可贵，在于他没有真的把宰予当做不可雕之"朽木"。证据就是孔子终于没有放弃他，并未将他逐出师门，直到孔子厄于陈、蔡，在跟随他的弟子中，就有宰予。《论语·先进》中有一条："子曰：从我于陈、蔡者，皆不及门也。"包括宰予在内的这些弟子不在他的身边时，他还思念着呢。宰予对孔子也予以高度评价："以予观于夫子，贤于尧、舜远矣。"《论语·学而》有言："吾日三省吾身"。这话虽是曾参说的，大致也源自孔子。"朽木不可雕"云云，或许就是他那天"三省吾身"的内容之一。倘若孔子没有自我反省，从此便将宰予打入另册，那么，他们的师生关系，或许早就破裂，宰予的前程，或许也从此就被毁了。

司马迁所作之《仲尼弟子列传》说："宰予为临淄大夫，与田常作乱，以夷其族，孔子耻之。"大概要以此证实"朽木之不可雕"。《史记索隐》说"《左氏传》无宰我与田常作乱之文"，并对此提出质疑。我想也是。宰予说孔子"贤于尧、舜远矣"，当在孔子去世之后，要不，孟子是不会说"宰我、子贡、有若，智足以知圣人，不至阿其所好"的。

孟子怎样评说管仲

认真地说,"管仲世所谓贤臣,然孔子小之"一语,是不太恰当的。孔子确实说过管仲气量狭小,不知节俭,更不知礼,因为他几乎什么都要与诸侯国的君主一样。然而,孔子也另有话直接颠覆了这个意思,更有对管仲的高度评价。例如,他将"桓公九合诸侯,不以兵车"之事,归功于管仲,连声说"如其仁!如其仁";又如,他说管仲为相,使齐国"称霸诸侯,一匡天下",民众至今仍受惠于他的功德,如此等等,何谓"小之"?

如果说是"管仲世所谓贤臣,然孟子小之",或许倒是比较确切的。

孟子与他的学生公孙丑曾有一番对话。公孙丑说:管仲辅佐国君称霸,晏子辅佐国君扬名,管仲和晏子还不足以效法吗?孟子不以为然地说:"你真是个齐人,只知道管仲、晏子。"他对公孙丑说了这样一件事:有人曾问曾参的孙子(也有学者认为是儿子)曾西,"你和子路哪个有德行?"曾西不安地说:"子路是先祖父所敬畏的人。"那人说:"那么你和管仲哪个有德行?"曾西就不高兴了,说:"你怎么竟把我和管仲相比?"孟子反问公孙丑说："管仲是曾西不愿效法的对象,你认为我会愿意吗？"这便是孟子"小"管仲的例证。

孟子"小"管仲,看来是继承了"孔门"的一个传统。"孔门"传人中,对于管仲的"小之",至少是从曾参的孙子（或儿子）曾西起就开始了的。在曾西眼中,不要说管仲与孔子,就是管仲与子路也有天壤之别,甚至不愿人家将曾西与管仲相比。孟子当然也是不愿效法管仲的。齐宣王召请孟子,孟子以病为借口推辞不去。有一个叫景丑的人说,你这样做,好像不合礼义吧。孟子说："成汤对于伊尹、齐桓公对于管仲都不敢传唤。管仲尚且不能传唤,何况不愿做管仲的人呢？"

孟子是有思想的人,当然不是因为前人"小"管仲而"小"管仲。但他是认可曾西"小"管仲之理由的。他与公孙丑对话时说到曾西的一句话：齐桓公那么信赖管仲,管仲主政又那么久,政绩却是那样的卑微。这大概既是曾西,也是孟子"小"管仲的一个理由。然而,按照孔子所说,管仲的功绩,一百七十年后的孔子都受其惠,何言卑微？难道一辈子难以施展抱负,连自己都难以立足的,才算功德圆满？

曾西以及孟子,认为管仲的功绩卑微,主要是因为管仲只是帮助齐桓公称霸,而未能辅佐齐桓公称王。孟子是相当强调王道与霸道之区别的。在他眼里,春秋"五霸"全是"三王之罪人"。辅佐齐桓公称霸的管仲安能不"小"？然而,这与孔子的有关论断其实也是相违背的。如前所述,孔子将"桓公九合诸侯,不以兵车"之事,归功于管仲,"不以兵车",使多少人免于战争之苦难？孔子恐怕也就是因为这一点,才连声说"如其仁！如其仁"的,他并不认为管仲这样做有什么不对。

对于"孔子小之"这句话,《史记正义》说："言管仲世所谓贤臣,孔子所以小之者，盖以为周道衰，桓公贤主，管仲何不劝勉辅弼至於帝王，乃自称霸主哉？"由此观之，"孔子小之"云云，倒是应该改写为"孟子小之"的。

孟子并不否认管仲是人杰是人才，他在说"天之降大任于斯人也"，举的实例之一，就是"管夷吾举于士"。他说"圣人治天下，使有菽粟如水火。菽粟如水火，而民焉有不仁者乎"，亦与管仲的"仓廪实而知礼节；衣食足而知荣辱"庶几相近。可见，司马迁用"小之"二字，是非常确切的——"小之"不等于"非之"，只是将此二字错用到孔子头上去了。

"仲尼之门，五尺童子羞称五霸"，"小"管仲的倾向，也一直沿袭下来。

如前所说，孔子确实也曾说过管仲气量狭小，不知节俭，更不知礼之类的话，或许孔门弟子以及儒家传人，对孔子的学说采取了实用主义的态度，只强调孔子的这些话，而没有顾及孔子对管仲的积极评价，于是孔子的这些话，就成了儒家传人"小管仲"的源头。

但我也很诡异地想起了这样一个笑话：有两个菩萨，各有自己的信众，甲的信众认为甲比乙强，把甲搬到乙的右边，乙的信众认为乙比甲强，又把乙搬到甲的右边，搬来搬去的折腾，全身的泥都脱落了。

那天夜里，菩萨说话了：我们本来好端端的，都是被他们搬来搬去的搬弄坏的。

孔孟之"尺"有别论

孔子不愿见阳货,却探知阳货不在家的时候去见,不是显得很虚伪吗?但按照孟子的解释,这是一个"礼"的问题:阳货为大夫,孔子为士,大夫在士之上,大夫赠送东西给士,如果士不能在家亲自接受,就应去大夫门下拜谢。所以孟子说:"当是时,阳货先,岂得不见?"不管孟子如此解释是否合理,从这件事,也可以看出孔子的"礼"是含有森严的等级观念的。士对于大夫尚且还有那么多的讲究,臣对于君,那就更不必说了,孔子有言:"君命召,不俟驾行矣"(《论语·乡党》),连等车马都等不及的。

这一点上,孟子与孔子倒是大有分别的。

齐宣王想见孟子,派人来传话说:"我本该来看望你,但得了感冒,不能吹风。如果你来朝见,我将会临朝听政,不知道能让我见到你吗?"孟子对那人说:"我也不幸得了病,不能到朝堂上去。"第二天,齐宣王派人来询问病情,并派来了医生,孟子却去东郭家吊丧了。孟仲子替他遮掩,又偷偷派了几个人去路上阻拦,请孟子不要回家,立即到朝堂上去,孟子

孔子论

依然我行我素，如果是孔子，会这样处理吗？恐怕早就屁颠屁颠地跑去了。

在君王面前的态度，孔子与孟子确实大不相同。只要看看《论语·乡党》中"入公门"一条的几个"如也"——"鞠躬如也"，"色勃如也"，"足躩如也"，"翼如也"，"踧踖如也"——也就可见孔子上朝之时的那副诚惶诚恐得连大气都不敢出的神态。孟子就不一样了。他主张"说大人则藐之，勿视其巍巍然"（《孟子·尽心章句下》），其所"说"（进言）之"大人"，是包括君主或诸侯等显贵在内的。他的这番话，简直就与孔子的几个"如也"针锋相对。

孟子与孔子这种区别的实质，在于衡量人的价值之"尺"。在孔子那边，衡量人的价值，乃是人的爵位，即以爵位之大小而定人之尊卑。孟子却认为："天下有达尊三：爵一，齿一，德一。朝廷莫如爵，乡党莫如齿，辅世长民莫如德，恶得有其一以慢其二哉？"这是他衡量人之价值的三把标尺——爵位、年龄、德行。即使在朝廷之上，以爵位为重，也不以爵位为唯一尺度。景丑氏以孔夫子的"君命召，不俟驾行矣"质疑孟子的所为，孟子就以这番话回答他的。他之所以敢于"说大人则藐之，勿视其巍巍然"，也因为有自己的价值尺度。他在这句话后说了三个"我得志弗为"——"堂高数仞，榱题数尺，我得志，弗为也；食前方丈，侍妾数百人，我得志，弗为也；般乐饮酒，驱骋田猎，后车千乘，我得志，弗为也"——便都是人之"德行"。一旦得志，便挥霍无度为所欲为，孟子很看不起这样的权势人物。所以他说："在彼者皆我所不为也，在我者皆古之制也，吾何畏彼哉？"（《孟子·尽心章句下》）这些话，即使如今读去，也是振聋发聩，大可视之为对官本位观念的无情抨击。

孟子与孔子之间的这种差别，不仅时人有所觉察，他自己也能意识到的，于是便用种种理由去弥合这种差别。例如，他说他的不去朝见齐宣王，并非是对齐宣王的不敬重,他不是尧舜之道不敢在齐宣王的面前陈说,就是对齐宣王的最大的敬重。然而,"君命召,不俟驾行"的孔子,在那些诸侯国的君主们面前陈说的难道就不是"尧舜之道"吗?又如,他认为孔子那么讲究上下等级,是因为身有官爵,然而,在孔子探得阳货不在家而回访阳货之时,并未担任任何官职;孟子在齐国虽然只是客卿,但客卿也是卿,毕竟也是一种爵位。可见,这种辩说没有什么说服力。

但孟子也只能这样辩说,要不,他怎么成为孔子一脉的"亚圣"?

孔孟之"仁"异同论

在儒家的学说中,一个"仁"字,具有举足轻重的位置。对于这个"仁"字,孔子与孟子都曾有过许多论述。如果细加分辨,孔孟之"仁",却是有异有同,并非完全一致的。

《论语》中有不少孔门弟子问仁的章节,樊迟问仁,颜渊问仁,仲弓问仁,司马牛问仁,子张问仁,孔子的回答各不相同。仅是樊迟的三次问仁,就有三种不同的回答,一曰:"先难而后获,可谓仁矣",这意思有点像如今说的吃苦在先,享乐在后;二曰:"居处恭,执事敬,与人忠。虽之夷狄,不可弃也",说的也无非是做人规矩,办事敬业,为人忠诚;三曰:"爱人",所谓"仁者爱人",大概就由此而来。

孔子之"仁",最集中的体现,乃是他对"颜渊问仁"的回答:"克己复礼为仁。一日克己复礼,天下归仁焉。为仁由己,而由人乎哉?"由此可见孔子之"仁"的显著特点,在他那里,"仁"是与"礼"结合在一起的:克制自己的欲望,一切按照"礼"的要求去做,就是所谓的"仁"了。

颜渊要他说得具体一些，孔子就说了四个"非礼勿"，即"非礼勿视，非礼勿听，非礼勿言，非礼勿动"。这个"礼"字的主要作用，就是以上下定尊卑，让各个阶层的人都能安分守己，各行其道，为臣子的不能僭越，当百姓的不能造反。难怪，文王"三分天下有其二，以服事殷"，孔子会夸奖他说："周之德，其可谓至德也已矣。"

孟子却很少说到那个"礼"字，他所谓的"仁"，是与一个"民"字密切相关的。

一是与民同乐。齐宣王喜欢音乐，孟子对他说，问题的关键不是"好先王之乐"还是"好世俗之乐"，而在于"独乐乐"还是"与人乐乐"，是"与少乐乐"还是"与众乐乐"。他假设说，假如大王"鼓乐于此"，百姓闻乐而怨声载道互相诉苦："大王喜好音乐，为什么要使我们这般穷困，父子不能相见，兄弟妻儿分离。"这原因就在于不能"与民同乐"。假如大王"鼓乐于此"，百姓闻乐而脸有喜色奔走相告："大王一定身体很好，他要是有病，怎能击鼓奏乐呢？"这原因就在于"与民同乐"。

二是为民负责。按照孟子的观点，无论是君王（例如齐宣王）还是地方官（例如孔距心），都应当为自己所管辖的地方的百姓负责，做到像《礼记》中所说的那样，使"老有所终，壮有所用，幼有所长，鳏寡孤独废疾者，皆有所养"。倘若在你管辖的地方，年老体弱的奄奄一息，年轻力壮的四散逃难，那就是你的失职或渎职，即使是遇到灾荒，也难辞其咎。他打比方说：好比是领受了他人的牛羊而为其放牧，一定要为牛羊寻找牧场和草料。做不到这一点，就得把牛羊还给它们的主人，怎么能看着它们死去呢？

三是以民为本。孟子说："民为贵，社稷次之，君为轻。"这一条是最重要的，与民同乐，为民负责，便都由此派生。他认为，先有万民的拥戴，方有社稷方有君王。就是对于"齐人伐燕"之是非，也从"燕民"的意愿来考量，认为"取之而燕民悦，则取之"；"取之而燕民不悦，则勿取"，并将后者比之于文王事殷，将前者比之于武王伐纣。在他看来，武王伐纣，并非"以臣弑君"，而是"诛一独夫"。

孟子之"仁"，萌于恻隐之心，拓展为"仁政"，则大致体现于以上三个方面。

孔子之"仁"与孟子之"仁"的主要区别，在于前者关注"礼"而后者关注"民"，前者重在束"下"而后者重于规"上"。这就难怪，孔子的影响远远大于孟子，历代的当权者，哪有喜欢规"上"而不喜欢束"下"的，朱元璋删孟子，只不过出类拔萃罢了。

孔子之"仁"与孟子之"仁"也有共同之处。孔子强调"克己复礼"，并非他不顾民之死活，感叹"苛政猛于虎"的就是孔子，此"苛政"便与"仁政"相对立。孟子的"老吾老以及人之老，幼吾幼以及人之幼"与孔子的"己所不欲，勿施于人"似也一脉相承。孟子的"仁政"，从根本上说，也旨在使权势人物能够称王天下，故孟子又称其为"王道"。而且，在老百姓那边，日后所谓的"王道"，与"霸道"似乎也没有多大的区别，故有"称王称霸"之说。

因此，尽管孟子不很讨人喜欢，却也稳稳地当着他的"亚圣"。

孔孟被"硬捏合拢"说

孔孟被"硬捏合拢"说，是施蛰存老先生在20世纪90年代初提出来的，就是在此六十年前因为劝人看《庄子》与《文选》而与鲁迅打过笔墨官司的那一位，那个时候他还不是老先生。但仅凭这一经历，亦可知施老先生对古代文史的造诣非同一般。

施蛰存老先生是应"有人"之请"谈对孔孟思想的看法"的，他说："孔孟思想，是一种思想，还是两种思想？天下没有两个思想相同的人，孔孟思想，毕竟还是两家。孔孟、老庄、申韩，都是被司马迁硬捏合拢来的。他们原来都是自成一家。"（施蛰存《闲话孔子》，《随笔》1991年第1期）对于他的这一看法，我既赞同又不赞同。

能够提出"孔孟思想，是一种思想，还是两种思想"这个命题，也就可见施老先生很有思想很有见识。"天下没有两个思想相同的人，孔孟思想，毕竟还是两家"，他给出的这个答案，也能使人信服。以我之肤浅，也能列举孔子思想与孟子思想的若干区别。例如，孔子衡量人的价值的"尺"是爵位，

孔子论

在孔子那边,是以爵位上下定人之尊卑的;孟子衡量人的价值,却有爵、齿、德三把标尺;孔子之"仁"关注的是"礼",重在束"下",孟子之"仁"关注的是"民",重在规"上";孔子的"四绝"(《论语·子罕篇第九》云:"子有四绝,曰:毋意、毋必、毋固、毋我。")偏重天理,而孟子的"四端"(《孟子·公孙丑上》云:"恻隐之心,仁之端也;羞恶之心,义之端也;辞让之心,礼之端也;是非之心,智之端也。")偏重人性。仅此三条,便可证实"天下没有两个思想相同的人",哪怕是被合称为"孔孟之道"的孔与孟也都"自成一家"。

但我不赞成说孔子与孟子被司马迁"硬捏合拢"之说。在司马迁写的《史记》中,孟子是与荀子被"硬捏合拢"在一起的,叫做《孟轲荀卿列传第十四》,老子则与韩非被"硬捏合拢"在一起,叫做《老子韩非列传第三》。细读《孟子荀卿列传第十四》,也无"硬捏合拢"的痕迹。司马迁只是言及"其(即驺衍)游诸侯见尊礼如此,岂与仲尼菜色陈蔡,孟轲困于齐梁同乎哉"。《史记索隐》为此"按"曰:"仲尼、孟子法先王之道,行仁义之化,且菜色困穷,而驺衍执诡怪营惑诸侯,其见礼如此,可为长太息故。"由此可见孔子与孟子的相同或相近之处。其一,他们都"法先王之道",缺陷是不能与时俱进;其二,他们都"行仁义之化",缺陷是对"利"的绝对排斥;其三,他们的那一套都不见容于当世,故有"仲尼菜色陈蔡"而"孟轲困于齐梁"。如果"硬捏合拢"指的是司马迁的这段话,那就说不通了。因为这不是哪一个人的"硬捏合拢",而是有史实为证的。我说的"史实",见诸原生态的《论语》与《孟子》,不仅是史书的记载。

孔子与孟子还有一点相同的,就是他们对于"法先王之道,行仁义之化",都有一种"当仁不让"的使命感。孔子困于匡邑之时说,"周文王死了以后，周代的礼乐文化不都体现在我的身上吗？……上天如果不想消灭这种文化，那么匡人又能把我怎么样呢？"孟子则是在离开齐国的时候对充虞说："五百年必定有称王天下的人兴起，其间必定有著名于世的贤人。周兴起以来已有七百多年……上天……如果想安抚治理天下，当今之世除了我还会是谁呢？"两者相比，孔子说得比较含蓄，孟子说得比较直露。"当今之世，舍我其谁"，也就成了目中无人狂妄自大的典型格言。但对于孟子来说，这并非狂言。例如，"仁义之化"而为"仁政"，"先王之道"而为"王道"，或许就是他对儒家文化的贡献，至少在《论语》之中，未必能够找出这两个概念。

由此观之，将孔子与孟子合称一家，即所谓的儒家，也未必就错。

孟子是很崇拜孔子的，也很希望自己成为孔子之后的圣人。他意识到自己与孔子之间的差别，却常常有意无意地为此辩解。其实，孟子与孔子相距一百四十年，按照现在的"计代法"，如果孔子是儒家的始祖，那么，孟子不知是第几代的儒家的核心了。

同代的人尚且没有复制品，隔了一百四十年的两个思想家，怎么还会一个模样呢？

何谓"思孟学派"

"思孟学派"之"思",指的是子思;"思孟学派"之"孟",指的是孟子。将子思与孟子的学说连在一起,合称为"思孟学派"。这个"学派"是否真的存在,支撑这个"学派"的依据是否可靠,似乎不太经得起推敲。

支撑"思孟学派"的依据之一,是孟子受业于子思的门人。此说出自司马迁的《史记·孟轲荀卿列传第十四》,仔细一想,却是站不住脚的。按通常的说法,子思生于公元前483年,孟子则生于公元前372年,子思比孟子年长111岁。子思在世之时可有门人,子思去世之后,其门人亦可有弟子,但这都有一定的时限,很难延续百年——有第几代第十几代以至几十代的传人,却未曾听说有第几代第十几代第几十代的门人。打个比方说,1992年出生尚未满二十足岁的年轻人,哪一位可说受业于1881年出生的鲁迅的"门人"(鲁门弟子)?孟子自述:"予未得为孔子徒也,予私淑诸人也。"(《孟子·离娄下》)却并未提及受业于"子思门人",是"子思门人"以及子思皆不足道乎?按《词源》所释,"未得身受其教而宗仰其人

103

为私淑",从这个角度说,"予私淑诸人"中的"人"即为"子思门人",或有一定的可能性,但也只是可能性而已,未必就能言之凿凿,一口咬定。

支撑"思孟学派"的依据之二,是孟子传承子思所著之《中庸》。此说出自宋代的程颐,原话为"此篇乃孔门传授心法,子思恐其久而差也,故笔之于书,以授孟子",见诸《中庸》第一章《纲领》之"程子提示"。程颐连司马迁所说的受业于"子思门人"都顾不上了,竟让孟子直接受业于子思,或让子思直接授孟子以《中庸》。不要说相差一百一十一岁的前人与后人之间,根本无法"授"与"受",而且,在孟子的著述中,也根本就找不到《中庸》的流传通过孟子这个重要环节的任何痕迹。《孟子》一书,言及"中庸"只有一处,孟子称其为"中道",是引述孔子"不得中道而与之,必也狂狷乎。狂者进取,狷者有所不为也"时说的,叫做:"孔子岂不欲中道哉?不可必得,故思其次也。"与"中庸"沾点边即被我称为"冒牌"之中庸的,就是他与他的学生万章关于"乡愿"("乡愿,德之贼也")的对话,哪有什么孟子将子思的学说加以发挥,形成"思孟学派"这回事?

也有学者称《孟子·离娄上》中说"居下位而不获于上,民不可得而治也"那一段话,与《中庸》第二十章《治国》中的一段话几乎完全相同,"说明《中庸》与思孟学派在思想上的密切联系"。然而,连此类学者都自己承认:"一般认为,应该是《中庸》袭取《孟子》,而不是相反",而《中庸》既是先于孟子百年的子思之作,袭取《孟子》的当然不是子思而是后人之所为了,这又怎么能够为"思孟学派"提供佐证呢?

将孟子与子思联系在一起的,最早倒是荀子,说是"子思唱之,孟轲和之"。此语出自《荀子·非十二子》,但荀子原是将他们当做"十二子"中的"二子"即子思与孟子去"非"的,认为他们"唱"与"和"的"五行"(也叫"五常"即学者们通常所说的"仁、义、礼、智、信")非常怪诞而不伦不类("甚僻违而无类"),神秘而不可通晓("幽隐而无说"),晦涩而不能理解("闭约而不解"),想必称颂"思孟学派"的后人,不会以此为据吧!

《孟子》一书,提到子思的地方,仅次于曾参,大概有五六处吧。从这些地方看,孟子与子思之间,倒是确有其相通之处,但主要的不是他们的学说,而是他们作为士人的情志与操守。例如,孟子对他的学生万章说到这样一件事:鲁缪公屡次派人问候子思并馈赠肉食,子思很不高兴。在他看来,屡次馈赠肉食使自己不胜其烦地屡次行礼,不是奉养君子的做法。最后一次把来人赶出大门,向北磕头作揖说:"现在我才知道国君把我当狗马那样蓄养。"

这样的事,孟子大概也是做得出来的。

孔门有几个子思

仅从司马迁的《史记》看，孔门应有两个子思，一个见之于《孔子世家》，一个则载于《仲尼弟子列传》。

《孔子世家》称："孔子生鲤，字伯鱼。伯鱼年五十，先孔子死。伯鱼生伋，字子思，年六十二。尝困于宋。子思作《中庸》。"这个子思，名为孔伋，是孔子的孙子，孔鲤的儿子，一般都认为他的生卒年为公元前483—前402年，享年八十二岁，曾受业于曾参，当然也是儒家的传人，"子思作《中庸》"，便是他作为儒家传人的资格证书。

《仲尼弟子列传》中有弟子"原宪字子思"，并有子思问耻、问仁及孔子的回答。见诸《论语》的则是：原思（即名为原宪的子思）给孔子家当总管，孔子给他俸米九百，他推辞不要。孔子说："不要推辞。若有多余的，就给你的乡亲们吧。"（原文：原思为之宰，与之粟九百，辞。子曰："毋，以与尔邻里乡党乎！"）按《孔子年谱》记载，弟子子思，生于孔子三十七岁的那一年，即公元前515年。

孔子论

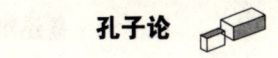

两个子思，看来并非一人。

首先是年龄不对。前者生于公元前483年，即孔子去世之前五年，不可能向孔子问耻、问仁，不到五岁的孩子，即使是孔子的孙子有孔子的遗传基因也不可能如此深沉，孔子也不可能与他说"国有道"与"国无道"（原文：子思问耻。孔子曰："国有道，谷。国无道，谷，耻也。"）这样沉重的话题。后者既生于公元前515年即孔子三十七岁那年，也不可能受业于小他十岁的曾参（曾参生于孔子四十七岁之年）。

其次是身份不对。后者若是孔子的孙子，就不会去给孔子家当总管，也不会有给他俸米九百他推辞不要的事，更不会在孔子去世之后，"遂亡在草泽中"，住宅简陋，衣帽破旧，害得已在卫国为相的子贡为找他叙旧而"结驷连骑，排藜藋入穷阎"。（《仲尼弟子列传》）作为孔子的嫡孙，他能如此不顾家业擅离孔府"亡在草泽中"么？

两个子思，若是非为一人，也有令人不解之惑：

名为孔伋的子思出生之时，名为原宪的子思已有三十二岁，且直接受业于孔子，又在孔家当过总管，孔子或孔鲤何以要让孔伋也去"字子思"？因为他们的思维贫乏到在"子思"之外找不到更好的字号，还是他们根本就无视那个名为原宪的子思？

名为孔伋的子思，既是孔门血缘上的嫡系传人，又是儒家学说中的嫡系传人。而且，孔鲤生孔伋，已有四十七岁，可谓老来得子。对于孔家，无论从哪个角度说，这个子思的出生都是一件大事。《孔子年谱》载有名为原宪的子思，却没有名为孔伋的子思。难道对于孔子以及孔门，作为嫡系传人的子思，还不如一个作为弟子当过总管的子思？

《孟子》一书中写到，鲁缪公屡次派人问候子思并馈赠肉食，子思很不高兴。最后一次把来人赶出大门,向北磕头作揖说:"现在我才知道国君把我当狗马那样蓄养。"此处的子思,当是名为孔伋的子思。这使我想起子贡去见名为原宪的子思时的尴尬:子贡见子思衣帽破旧,替他感到羞耻,说:"难道你很困窘吗?"子思回答说:"我听说,没有财产的叫做贫穷,学习了道理而不能施行的叫做困窘。像我,只是贫穷,不是困窘啊。"两相比较,简直就是一人之所为。于是又疑:孔门有几个子思?

历史不忍细看,这也算一例吧。

子贡的尴尬

孔子的弟子原宪（字子思）为孔子守孝三年期满之后，在"草泽"之中隐居起来。有一天，已经当了卫国之相的子贡，乘坐高规格的马车前来看望原宪，见原宪住宅简陋，衣帽破旧，替他感到羞耻。于是，二人之间有了一番关于"贫"与"病"的对话。

司马迁在《仲尼弟子列传》中如此记载：

> （子贡）曰："夫子岂病乎？"原宪曰："吾闻之，无财者谓之贫，学道而不能行者谓之病。若宪，贫也，非病也。"子贡惭，不怿而去，终身耻其言之过也。

同是孔子的弟子，子贡与原宪的地位甚为悬殊。身为卫相的子贡，风风光光地来到这个穷乡僻壤，看望这位一文不名的同门，自是不忘故旧，似也有摆阔炫富，以富贵骄人之味，这是无须从今天某些官员与富翁的做派推测的。他的那一句"夫子岂病乎",在同情之中,就掺杂着某种不屑与鄙视——这个"病"字,有关专家解释为"困窘",窃以为也含有落魄、潦倒以至于低贱的意思。

也不妨作这样的假设:处在贫穷无助境遇之中的原宪,看到这位显然已经发迹的阔绰的同门,简直就像看到了一根救命稻草,死死抓住不放。或是乞求布施,人家拔一根毛,也可让你登上一个台阶,由贫穷步入小康;或是祈求提携,人家大权在握,一言九鼎,好歹也能给你在相府中弄一个肥缺。害怕失去时机,甚至还会跪下一条腿说:"看在师父的面上,拉兄弟一把。"古往今来都不乏这样的角色。然而,作为"仲尼弟子"的原宪没有这样做。他以自己的"贫""病"之辩,使原先为他的贫困感到羞耻的子贡自惭形秽。

在这个故事中,有人格尊严的显然是一文不名却能独善其身的原宪,因为身居高位而具有某种优越感的子贡,差一点落入原宪所说的"学道而不能行者"的困窘。

我常对年长或年幼的亲友说:"如果你官大位高,我不去求你,未必就矮你一等;如果你财大气粗,我不向你借,就与你一样富有。"还自以为可作警句格言视之。读了原宪的"贫""病"之辩,方知这个至今仍被人认为很阿Q的意思,早在两千余年之前,就已有人说过。人们习惯将贫与贱合为一体,把富与贵配成一对,孔子的这位弟子却以自己的言行让世人见识,贫者未必就贱,富者未必就贵。

由此观之,所谓"人格尊严"应当有以下两个节点。

一是人格平等。有文章说:人可以有贫富之差,但不可以有贵贱之分,这是现代社会区别于封建等级制社会的根本点。其实,无论是"现代社会"还是"封建等级制社会",人格都有高低贵贱之分的。只是人格的尊严,不能以官位的高低或财富的多少去分配，这才是人格平等的确切内涵。失去这个节点，就很容易做出有失人格尊严的事来。

二是人格自重。要别人尊重自己的人格，先须自己尊重自己的人格。就像本文所说，假如原宪真的将子贡当做一根救命稻草死死抓住不放，那么他就是"贫"而且"贱"了。同样，假如子贡没有将某种不屑与鄙视掺杂于他的对原宪的同情之中，或许就不会有原宪的那一番"贫""病"之辩，使他几乎下不了台。

顺便说说，听了原宪的"贫""病"之辩，子贡觉得惭愧，且"终身耻其言之过"，所谓"知耻近乎勇"，倒也不失为君子。

少正卯的幽灵仍在游荡

少正卯其人，在"文革"后期的批林批孔中曾声名大振。他是作为历史上受迫害的"造反派"被炒作的，杀少正卯也就成了孔老二"镇压造反派"的铁证。那个时候的批孔，有其现实针对性，所谓孔子杀少正卯，隐指着"正在走的走资派"一上台就对"造反派"大开杀戒。其实，将少正卯比作"造反派"，本身就相当不伦不类——少正卯何曾拉起过"造反总部"之类的队伍，何曾打出过"战斗兵团"之类的旗号，又何曾搞过"打、砸、抢"？"四人帮"一倒台，"造反派"失去了撑腰的人，少正卯的热度也就急遽下降，孔子杀少正卯的事几乎无人再去顾及。在一些人中，或许还大有"杀了也就杀了"的潜意识，反正"造反派"也不是什么好货。

日前读《荀子·宥坐》，无意中接触孔子杀少正卯一案，觉得其中确有冤情。

孔子杀少正卯是他"为鲁摄相，朝七日"后的事，连他的弟子也感到很不理解，于是孔子对他们说了一番为什么要杀少正卯的理由。按孔子所说，除了盗窃以外，有五种罪恶，只要犯有其中之一条，就"不得免于君子之诛"。

孔子论

这五种罪恶，一是脑子精明而用心险恶（"心达而险"）；二是行为邪僻而又顽固（"行辟而坚"）；三是说话虚伪却很动听（"言伪而辩"）；四是记述丑恶的东西而十分广博（"记丑而博"）；五是顺从错误而又加以润色（"顺非而泽"）。少正卯却是五条"兼有之"，所以，孔子下结论说："此小人之桀雄也，不可不诛也。"

由孔子的这些话，可以看出少正卯犯的是什么罪。

少正卯犯的是"脑子精明"罪与"用心险恶"罪，或曰"思想罪"。"脑子精明"没有什么不好，这宗罪的要害在于"用心险恶"。至于少正卯有什么"险恶"之"用心"，孔子只字未说。或许是企图否定"先王之道"，或许是妄想推翻鲁国政权，但这只能猜测，无法确证，"企图"和"妄想"之类的事，毕竟谁也说不清楚的。而且，"用心"只是"用心"，思想只是思想，无论怎样"险恶"，也不能构成对于现实社会的危害。

少正卯犯的是"说话虚伪"罪与"说话动听"罪，或曰"言论罪"。"说话动听"也是优点，至少比"说话乏味"强，这宗罪的关键在于"说话虚伪"。如何"虚伪"却没有透露任何信息。倘若"用心险恶"，说话颇为良善，那么，"用心险恶"便无从体现；倘若"说话"与"用心"一样"险恶"，那么，"虚伪"云云，又无从说起。即使人家确实以"虚伪"博得"动听"，也只能以事实揭穿"虚伪"，岂可以罪压言，以言治罪？

少正卯犯的是"记丑而博"罪。孔子说的是"记丑"，而不是"亮丑"，即现在所说的"曝光"，那时候没有报纸、刊物、广播、电视以及互联网等媒体可以用来"曝光"，似乎说不上"蓄意丑化"或"恶毒攻击"。孔子的潜台词或许是，把丑恶现象记录得那么广博而完整，你到底想干什么？这倒是可以与"用心险恶"联系在一起的。然而，这样一来，却是"行丑"

无事而"记丑"有罪了。

　　孔夫子说少正卯"脑子精明"、"说话动听"或许是确有其事的。据有关资料记载，少正卯讲学，孔子的学生除了颜回，几乎都跑去听了，以至出现"三盈三虚"的情况。孔子所说的"居处足以聚徒成群，言谈足以饰邪营众"，便可以作为这一条的佐证。我想，这是可以使孔夫子大为恼火而且耿耿于怀的。他杀少正卯，或许也正与此有关，"政见"如何倒还在其次——仅凭孔门弟子都会跑去听少正卯之言说，亦可推测其"政见"不会太离谱。孔子给少正卯所作的最后结论，无异于把上述种种"罪"名归结为"小人之桀雄罪"与"不可不诛罪"。可见这也是"何患无辞"的"欲加之罪"。这种"君子之诛"，确乎与孔夫子的"君子之风"很不相称。然而，即使是君子，灵魂深处仍不免有人性之弱点，一旦与权力系数结合，就会放大凸现。人之所以不能轻信以至于迷信包括孔夫子之内的所谓"圣人"，其原因即在于此。

　　曾有人作《李贽传》，称李贽是我国第一个思想犯。几年前，我在一篇有关嵇康的文章中说：其实，这"第一"是轮不到李贽的，嵇康才是中国第一个思想犯呢。如今，我想对我的这句话做些修正：嵇康也是不配做中国第一个思想犯的。钟会在给司马氏打小报告要置嵇康于死地时援引的先例，就是"齐戮华士，鲁诛少正卯"，可见，"鲁诛少正卯"对于后世的影响——无论是思想罪，言论罪，还是什么"莫须有"罪、"意欲"罪、"可恶"罪以及种种"欲加之罪"，孔子诛少正卯即使不是最早的实例，也是一个恶劣的先例。

　　少正卯的幽灵仍在游荡。我似乎听到他在向人诉说，他死得很冤，其冤结于今未解。他更希望那些莫明其妙的罪名能够永远绝迹，使两千余年之后的人们不会再遭遇他曾遭遇过的那种悲剧。

孔子不可能诛少正卯吗

我在写《少正卯的幽灵仍在游荡》一文时看到秋风先生的《孔子诛少正卯是专制理念杜撰的故事》一文。孔子诛少正卯之事，秋风先生认为根本就是子虚乌有，其论据几乎都是从"现代新儒家的代表人物"徐复观先生处搬来的，稍加梳理，大致有三：其一，春秋时代所谓的相，"不过是礼仪活动中的赞礼人"，并非秦汉以后能够执国政的丞相（宰相），没有那么大的权力。然而，同属"春秋时代"且比孔子还早一百多年的管仲不就是"相"么，不要说别的典籍，《论语·宪问》中就明明白白地说"管仲相桓公，霸诸侯，一匡天下"，难道他这个"相"，也只是"礼仪活动中的赞礼人"？其二，孔子诛少正卯之事不见于《荀子》之前的典籍。然而，"不见"不等于没有。谁能保证从孔子到荀子的所有典籍已一览无余，并无遗漏；又谁能保证从孔子到荀子的所有典籍都完美无损，从未散失？以上这两条，其实已经有人反驳，我要着重说的是第三条，即：诛少正卯的孔子"与《论语》中所展示的孔子，根本对不上号"。我认为以此作为孔子诛少正卯不可能的理由，同样站不住脚。

　　人是多侧面的，如果只看到某一侧面，就断定某人只是什么模样，这与瞎子摸象相差无几。所谓"《论语》中所展示的孔子"，因为时间跨度较大，互相抵牾之处也并不少见。例如，孔子说过"和而不同"，但孔子也说过"攻乎异端"，"异端"者，不同也，那么，这"攻"当然也不是"和"的姿态；孔子说过"子为政,焉用杀"，但孔子也主张"先教而后杀"，此"后杀"虽然有"先教"的前提，却亦依然是"杀"；就是他称宰予为不可造就的"朽木"与"粪土之墙"，就是他要他的弟子们对冉求"鸣鼓而攻之"，似也有违他的中庸之道。孔子强调一个"礼"字，有两个很明显的目的，一是以禁大臣之僭越，二是以防庶民之造反。对于僭越之大臣与造反之民众，他是绝不宽宥的，怎能凭《论语》中所展示的孔子"，即那个说过"君子和而不同"，说过"子为政，焉用杀"的孔了而一口咬定孔子不可能杀少正卯？

　　人是会变化的，尤其是人的地位一旦起了变化，其他的各个方面也会跟着变，脸色会变，体形会变，脾气会变，口气也会变。前恭而后踞，一阔脸就变，说的大概都是这种情况。孔子这一辈子，不得志的时候居多，表现在《论语》之中，相对也比较平和、开明、宽厚，所谓"己所不欲，勿施于人"，所谓"己欲立而立人，己欲达而达人"，大概都能给人留下这种印象。人性之弱点，也因为客观条件之局限而受到某种程度的抑制。然而，一旦地位变化，需要以政绩来体现执政能力的时候，是否还能那么的平和、开明、宽厚，却是谁也不能为他担保。《荀子·宥坐》说："孔子为鲁摄相，朝七日而诛少正卯"，可见这"变脸"正是他"一阔"之后的事；《孔子世家》说："定公十四年，孔子年五十六，由大司寇行摄相事，有喜色。门人曰：

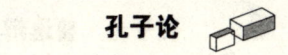

'闻君子祸至不惧,福至不喜。'孔子曰:'有是言也。不曰"乐其以贵下人"乎?'于是诛鲁大夫乱政者少正卯",还让人隐约可见孔子"摄相事"、"有喜色"与诛少正卯这条"因果"链。孔子"有喜色"为时不长,要不,诛少正卯这样的事,或许还会多一些,"《论语》中所展示的孔子"恐怕会别有一番风景。怎能因为"诛少正卯的孔子"与"《论语》中所展示的孔子"似乎"根本对不上号"而断然否定孔子诛少正卯呢?

秋风先生的文章说,"反专制"是"孔子思想的基底",这大概也是所谓的"《论语》中所展示的孔子"之核心所在。这就相当令人费解了。孔子以及儒家的思想,是长达两千多年的中国封建社会的主流思想,如果中国两千多年的封建社会实行的是专制统治,那就不可能设想其主流思想即孔子及儒家的思想是"反专制"的。"半部《论语》治天下",是以"反专制"的思想"治天下"的吗?如果孔子的思想是"反专制"的,那就无异于说,中国两千多年的封建社会也是反专制的。那么,主流社会的"反专制"历经两千多年,"专制"也早该无影无踪了吧,何须今人再喋喋不休?孔子的思想,是维护"大一统"的思想,它是反暴政的,却不是反专制的。在他那边可以引出"仁政",却不能引出民主。从"孔子的思想、观念之基本逻辑进行内部分析",居然认定"反专制"是"孔子思想的基底",真让人匪夷所思。

回头再说孔子诛少正卯是"具有专制主义观念"或"生活于专制制度下"的"法家人物"想象出来的那个结论。所谓的"法家人物",具体点说,大概得落实到荀子的头上。在批林批孔时,我们也确实曾被告知荀子是"法家",我们还被告知中国两千多年的历史都是"儒法斗争"的历史,几乎每个时期都有法家和儒家的代表人物。然而,只要读过《荀子》一书的人,大致都知道，荀子固然"非十二子"（包括孟子），但对于孔子，却是尊敬而且推崇的。他属于儒家，是纯儒而不是俗儒。得出上述结论的人，沿用的其实还是所谓"儒法斗争"的逻辑，只是那个时候，只要是法家的，一切都是对的，现在却是倒过来了。

孔子"焉用杀"之疑

现代新儒家的代表人物否定孔子诛少正卯的一条重要理由是,此事"与《论语》中所展示的孔子,根本对不上号",而所谓"《论语》中所展示的孔子",最直接的大概就是出自《论语·颜渊》的一章:"季康子问政于孔子曰:'如杀无道,以就有道,何如?'孔子对曰:'子为政,焉用杀?子欲善而民善矣。君子之德风,小人之德草,草上之风,必偃。'"然而,无论是谁,说的与做的,要求别人做的与自己做的,都未必就是一码事。在此二者发生矛盾之时,只能以其行检验其言,不能以其言推断其行。好比中国历来冠冕堂皇的正人君子,多有满口仁义道德而一肚男盗女娼的,你可以其男盗女娼之行,去揭穿其仁义道德之伪,哪能以其满口仁义道德,否定其男盗女娼之行?要否定孔子诛少正卯确有其事,孔子说的"子为政,焉用杀",实在不足为据。

当然,我们也可以换一个角度来谈论这个叫做"焉用杀"的话题。

孔子以"克己复礼"为己任,一切都以周礼为准则,所谓"周监于二代,郁郁乎文哉！吾从周"。那么，他所遵从的"周"之政，是否也像他说的那样"焉用杀"呢？史书所记，或有"战国薄夫之妄言，以齐东野人之语非武王之事"，或有"专制理念杜撰的故事"，那么，你就不妨去看看儒家原典《尚书》中的历史文献。

你去看看《牧誓》，那是武王在牧野召开的誓师大会上的动员令。武王伐纣，"伐"的是"俾暴虐于百姓，以奸宄于商邑"的纣王，他要自己的军队努力作战，去打去杀为纣王作战的殷商军士。末尾两句说："尔所弗勖，其于尔躬有戮！"译成今天的话，就是：如果你们不奋勇杀敌，我就把你们杀掉。你看看，不仅是为纣王作战的殷商军士该杀，就是不奋勇杀敌的武王自己的下属也该杀。

你去看看《大诰》，那是周公旦"东征"的动员令，他以"占卜"为依据，借"上天"之命，说"天惟丧殷，若穑夫，予曷敢不终朕亩"，周公旦发誓要像农民锄掉杂草一样地除掉殷的顽民，还要"除恶务尽"。武王伐纣，乃是执政之前的事；周公东征，却已在执政之后。

你再去看看《康诰》，那是周公旦对将去治理殷民的康叔封的训词。看看那里边有多少个"杀"字：一旦宣布了施用刑罚的准则之后，"用其义刑义杀，勿庸以次汝封"；凡是故意犯罪，拒不认错的，即使"有厥罪小，乃不可不杀"；掌权者以及他们的下属无视国法，另搞一套，煽动民众仇恨他们的君主的，"其速由兹义率杀"。

被鲁迅称为"王道的祖师而且专家"的周朝之为政，能以"焉用杀"一语蔽之乎？

孔子的"焉用杀"，隐含着对季康子的劝诫。他的这段话，尤其是"子欲善而民善矣"，或许与同属《论语·颜渊》的其他两章有内在联系。一是

孔子论

季康子问政于孔子。孔子对曰:"政者正也。子帅以正,孰敢不正?"二是季康子患盗,问于孔子。孔子对曰:"苟子之不欲,虽赏之不窃。"这都是劝说季康子要正直、正派、一身正气,以官风带动民风的。从这个意义上说,孔子这番话有其一定的积极意义。

倘若离开了这个特定的语境,把孔子这番话当做放之四海而皆准的执政理念去套用之时,就会左支右绌,捉襟见肘,很难自圆其说。

孔子的"焉用杀",是在回答季康子的"如杀无道,以就有道,何如"时说的。仅就"无道""有道"而论,那么,若以"无道"就"有道",道德的感化力量确实不可小觑。想靠"杀"字摆平一切,往往适得其反。然而,一味依靠道德的力量,也容易陷入空想,坠于困境。《康诰》之中也曾说到德教与德治,对于那些特定的对象,周公就明确指出:"乃非德用义。"反之,若以"有道"就"无道",那就无所谓道德的力量了,或是"格杀勿论",或是"杀一儆百",反正唯"杀"是用。所以,"草上之风,必偃",即"草"之随"风"倒,未必就是心服于道德的力量,十有八九,倒是靠强权支撑的淫威在起着作用。

还必须看到,在孔子与季康子的这番对话中,孔子是偷换了概念的。人家季康子问时说的是"无道"与"有道",孔子答时说的是"子"与"民"。无形之中,他就将执政者"子"或"君子"放在天然"有道"的位置上,而将"民"或他通常所说的"小人"视作"无道"。这就给历代的统治者镇压民众提供了借口,"君子"们不杀民众有德,即使杀了民众,也是"杀无道,以就有道"。何况,杀了之后,他们还可以引"成事不说,遂事不谏,既往不咎"的古例而一概忽略不计,再去重弹"子为政,焉用杀"的老调。

孔子为什么多才多艺

孔子多才多艺,包括礼乐射御书数在内的"六艺"都能拿得起,这大概是没有疑义的。孔子为什么多才多艺,却在他还活着的时候,就有不同的看法:"太宰问于子贡曰:'夫子圣者与?何其多能也?'子贡曰:'固天纵之将圣,又多能也。'子闻之,曰:'太宰知我乎?吾少也贱,故多能鄙事。君子多乎哉?不多也。'"(《论语·子罕》)太宰与子贡说的是同一个意思,他们认为,因为孔子是圣人,至少是上天要让他成为圣人,才让他具备那么多的才艺。也就是说,他的多才多艺是天生的,这种观点,可以归纳为"天才论"。

孔子自己却不这么看。他说得很清楚:"吾少也贱,故多能鄙事。"说"吾少也贱",并非孔子的客气话,这是实话实说。一个"野合"而生的孩子,三岁就殁了父亲,你让他怎么"贵"得起来?司马迁认同孔子自己的说法,他在《孔子世家》中写的是"孔子贫且贱"。因为"贫且贱",出于生存的需要,也就必须去学去做那些"贵"人瞧不起的"鄙事";因为"少也贱",根本没有放不下的架子,也就甘愿去学去做那些"贵"人瞧不起的"鄙事"。可见,孔子的多才多艺,不是因为他的"高贵",恰恰相反,倒是因为他的"卑贱"。

　　孔子说的另一句话,是"君子多乎哉?不多也"。这句话,读过鲁迅小说《孔乙己》的人都熟悉,它出于孔乙己之口,说的却是茴香豆。读《论语·子罕》,方知源出于此,而且说的是本事或才艺。按照这话的意思,"高贵"如"君子"者,是没有必要多才多艺的,他们无须事必躬亲,许多事都可以让别人去做,连因出身于"富且贵"而"少也贵"的公子哥儿,也无须去学去做懒得去学去做甚至耻于去学去做那些"鄙事"。你想想,"富且贵"的父辈什么都给他们安排得好好的了,还用得上他们自己含辛茹苦地去折腾吗?

　　如果仅就孔子回复太宰与子贡的那些话而言,或许可以给孔子戴上许多高帽子,说他批判了太宰与子贡的"天才史观",说他在那个时代就认识到人的知识与才能不是先天就有的,就认为实践出真知。其实,孔子只是根据自己的身世,说了一句实话,在骨子里,还是认定少年时期必须去学去做也甘愿去学去做的那些事都是不屑为之的"鄙事",而且认为"君子多乎哉?不多也"有其天然合理性的,"君子不器",就是他老人家的教诲。孔子的思想,也并非全都自始至终一以贯之。同样在《论语·子罕》中,他因于匡时说的那番话,就将"天命"搬了出来:"天之将丧斯文也,后死者不得与于斯文也;天之未丧斯文也,匡人其如予何?"

　　话说回来,孔子回复太宰与子贡的那些话,确实具有认识论的价值。从"吾少也贱,故多能鄙事",可以推导出"卑贱者最聪明",因为"卑贱"可以使人多才多艺;从"君子多乎哉?不多也",可以推导出"高贵者最愚蠢",因为"高贵"可以使人的各种功能退化。我隐约觉得,尽管前后相隔两千余年,此二者之间还是有着一种特殊的联系。并且认为,西方国家的那些"富且贵"的父母不让子女当坐享其成的"富二代",实在是高明之举。古人云:"君子之泽,五世而斩";俗话说:"富不过三代","八旗子弟"不就是这样的范本吗?

孟子为何滞留昼邑

晏子离开齐国，是因为齐王对他起了疑心，他是逃难而去的。有一个叫北郭骚的人，用自己的头颅为晏子鸣冤，说："晏子，天下之贤者也，去则齐国必侵矣。必见国之侵也，不若先死。请以头托白晏子也。"连北郭骚的朋友也与他一起为晏子辩白而奉献了自己的人头。齐王听说这件事后大为震惊，亲自乘车去追赶晏子，请求晏子回去。（参见《吕氏春秋·节士》）

孟子离开齐国，却在齐国的昼邑滞留了三个晚上才上路，"王如改诸则必反予"，他在等候齐王悔悟之后去追赶他。然而，齐王不追孟子。有一个人想替齐王挽留孟子，斋戒危坐苦口婆心，孟子只是"隐几而卧"，不爱搭理。孟子的傲慢，也引起了那人的不满，说你既卧而不听，我就再不敢见你了。孟子因此而为"是谁有失礼数"的问题辩说，并以当年子思在鲁国的礼遇为参照系，诸如"鲁缪公无人乎子思之侧，则不能安子思"云云，与其是在说那人失礼，倒不如说是在说齐王失礼。（参见《孟子·公孙丑下》）

那么，孟子为何滞留昼邑？

我以为孟子滞留昼邑时的心态相当复杂，他肯定想到齐王亲自追赶晏子的往事，在短短的三个晚上中，他有过期待，有过不平，以致最后失望。这种复杂心态，在他面对替齐王挽留他的人"隐几而卧"，不爱搭理以及为"是谁有失礼数"的辩说中体现得淋漓尽致。

晏子与孔子同时代，其年岁长于孔子，他辅佐过齐国灵公、庄公、景公三代君王，孟子与晏子相隔一两百年，他遇到的齐王，当然不是晏子遇到的齐王。尽管如此，彼齐王追赶晏子而此齐王不追孟子，依然值得玩味。

晏子曾受到彼齐王的猜疑而孟子未曾受到此齐王的猜疑，当然是一个原因，孟子并未有不白之冤。但这不是主要的，不论是此齐王还是彼齐王，因猜疑而使别人有不白之冤的事多了，哪里都要君王亲自去追赶挽回的？彼齐王会去追赶并挽回晏子，主要的原因，乃是因为彼齐王认定，晏子对于齐国，具有顶梁柱的作用，他是可以与管仲比肩使齐国强盛的贤能之士。连穷困到靠结兽网、编蒲苇、织麻鞋来奉养母亲的北郭骚都懂得，晏子对于齐国意味着什么。孟子的不平恰恰就在于此。他是连管仲都根本不放在眼里的人，何况乎晏子？

此齐王即齐宣王，也并非不把孟子当一回事。孟子与齐宣王有多次交谈，齐宣王对孟子也做过自我批评，例如孟子向齐宣王复述他与孔距心的对话时，齐宣王就说："此则寡人之罪也。"处理齐国与燕国的关系，齐宣王因为没有听取孟子的劝告致使燕国背离齐国而感到内心有愧。孟子要离开齐国，齐宣王是想以财富挽留他的。孟子也对齐宣王寄予希望，认为齐宣王还能做点好事，若能用他的方略与理念治国，连天下的民众都能得到平安。

齐宣王终究没有去追赶孟子。这不是他放不下架子，这是他考虑再三后做出的抉择，他不想一概取用孟子的方略与理念。不仅是齐宣王，在春秋战国的几百年中，是"法先王之道"以称王，还是以变法图强以称霸，始终是摆在那些雄心勃勃的诸侯王前的两个选项。然而，以变法图强的有"五伯"，以礼义称王的无一君。孔孟相隔百余年，他们的那一套都不见容于当世，但司马迁说"仲尼菜色陈蔡"或有其事，说"孟轲困于齐梁"却是言过其实了。至少在齐国，人家还是很把他当一回事的。

朱熹评点孟子滞留昼邑，说此事"见圣贤行道济时汲汲之本心，爱君泽民惓惓之余意"。这话可以说得通，孟子是去是留，确实不是为了自己的荣华富贵。但光看到这一点是不够的。《吕氏春秋·察今》篇中的一句话说：君王不效法先王，不是先王的法不好，而是无法效仿。这无法效仿的原因，不仅是因为先王之法有增有删，更是因为客观情势与先王之时已有大别。流传千古的刻舟求剑，典出《吕氏春秋·察今》篇，说的也正是这个道理。

在孟子的思想中，有不少值得今人借鉴的东西，尤其是他的民本思想。但与孔子一样，一味地"法先王"，却不能不说是他的思想局限。

"人皆可以为尧舜"议

人皆可以为尧舜，这是真的吗？有一位叫曹交的人，就这样问过孟子。

这样的问题，不仅曹交会提，陈交李交王交钱交都会提；不仅两千多年前的人会提，两千多年后的人也会提。尧舜是谁？是五帝之中最享有盛誉的两帝，是古往今来几乎没有任何争议的圣人，无论是帝王将相还是平民百姓都一致推崇，无论是孙中山还是毛泽东都称颂有加。"人皆可以为尧舜"，岂非痴人说梦，天方夜谭？

孟子却对这个问题做了肯定的回答。

读孟子与曹交的那一番对话，不难明白，他之认定"人皆可以为尧舜"，其侧重点不在于你有多大的能耐，而在于你肯不肯在力所能及的范围内有所为而又有所不为。并不是让人们都去定乾坤、平天下、创伟业，只是要人们都能懂礼让、行孝悌。孟子说："徐行后长者谓之弟，疾行先长者谓之不弟。夫徐行者，岂人所不能哉？所不为也。"他所说的"长者"是长辈而不是长官，尧舜便是"徐行后长者"之典范。以此类推，有好吃的食物让

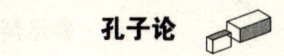

长者先吃；有好用的车马让长者先用；灾难当头先让长者脱险；福祉降临先让长者享受，如此等等，大概谁都有能力做得到的，只看你想不想做。

人世间有不少事，不在于能力，只在于境界。不吹，不需要你能力挽狂澜；不拍，不需要你能气吞山河；不贪得无厌，不污染环境，也不需要你有多大的能耐，只要你有所不为。东莞培训百名官太太当"廉内助"，民众质疑作秀，主事者百思不得其解。其实，这道理很简单，所谓"廉内助"，无非是不要纵容或帮助"官人"贪污受贿，还需要专门培训吗？

孟子的意思，我是举双手赞成的，而且下意识地想起我们这一代人几乎谁都耳熟能详的一句诗：六亿神州尽舜尧。我忖度此二者是有相通之处的，可以作为佐证的是那一句同样耳熟能详的名言：一个人的能力有大小，但只要有这种（即毫无自私自利之心的）精神，就是一个高尚的人，一个纯粹的人，一个有道德的人，一个脱离了低级趣味的人，一个有益于人民的人。这一段话，几乎就可以当做"人皆可以为尧舜"的现代诠释。

当然，如今回头去看，也不难发现"人皆可以为尧舜"有相当明显的缺陷。

有些礼让，诸如衣食住行之类，平民百姓可以实行，有些礼让却不是他们能够实行得了的，例如尧之可以禅让于舜，舜之可以禅让于禹，平民百姓有资格去做这样的事吗？从这个角度说，"尧舜"也就不是人皆可以为之的。现代社会也一样，实际意义上的终身制与家长制的终结，当然不能依赖平民百姓的"礼让"，那只会使权势者得寸进尺，但对于某些特定的强权人物来说，却不是有没有能力去做，而是想不想去做的问题了——只要没有一言九鼎的权力欲，你想还权于民何难之有？你想见好就收又怎么不行？

"人皆可以为尧舜"，说的只是可能性，不是必然性。人要有所不为，未必比人要大有作为来得容易，就像人要战胜自我，未必比战胜强敌更为困难。孟子游说梁惠王，开口便说"王何必曰利"，对于这种游说，不仅梁惠王，别的什么王或什么公恐怕也未必听得进去。"利"的诱惑，有时还真比千军万马更难阻挡。那些大权在握的人，那些曾经出生入死的人，明知有"伸手必被捉"之风险，就是管不住自己，蠢蠢欲动地想伸出手去，这遂有功臣变成罪犯，这遂有枭雄沦为独夫。

由此，我甚至怀疑尧舜之禅让，也有客观条件之限制，不全因为他们的人心之善。

管仲不荐鲍叔

孔子与子贡说"往之贤者",称"齐有鲍叔,郑有子皮"而不言"齐有管仲,郑有子产",这使子贡大惑不解。孔子反问子贡:是"进贤为贤"还是"用力为贤"?子贡给出的答案在孔门中大概是不言而喻的,叫做"进贤为贤",于是孔子说:"对呀,我就听说鲍叔荐过管仲,子皮荐过子产,未曾听说管仲子产荐过什么人。"这件事见之于刘向的《说苑》。

子产有没有荐过人,暂且不论,读《管子·小匡》,可知管仲是荐过人的。管仲为相三个月之后,便提出要与齐桓公一起评论百官,就在这一次,他一下举荐了五个人。如果说,这只是身为宰相的管仲与齐桓公一起研究干部问题,不算进贤。那么,管仲病重之时,受齐桓公之托推荐可以接替他任宰相之职的人,该是名副其实的推荐了吧,只是他推荐的不是鲍叔,而是隰朋。孔子说鲍叔进贤而未曾听说管仲进贤,很有可能说的只是管仲不荐鲍叔。

管仲于齐桓公有一箭之仇,却能在齐桓公的时代出任齐国的宰相,本是鲍叔鼎力举荐的结果。管仲也曾说过，生我者父母，知我者鲍叔。然而，管仲重病之时，推荐接替他之相位的偏偏不是鲍叔，连齐桓公都问他"鲍叔牙可乎"了，他只要点头认可，鲍叔即可由"大谏"而升任宰相，但他没有这样做。管仲对鲍叔太了解了，知道鲍叔眼睛里容不得一粒沙子。他对齐桓公说：鲍叔的为人，清白廉正，看待不如自己的人，不屑与之为伍，偶一闻知别人的过失，便终生不忘，这样的人不适合担任宰相的职务。他推荐隰朋，因为隰朋既能效法上世贤人，又能不耻下问，并怜惜不如自己的人，宽容别人的缺陷与过失；因为隰朋明确自己的职责所在，不会去管也不会去问不该由他去管不必由他去问的事，所以管仲认为"不得已的话，那么隰朋还行"。这件事在《吕氏春秋》中有详细记载。

管仲不荐鲍叔，即使对于今天的干部推荐与使用，至少也有两点可取：其一，管仲公私分明，不以国事报私恩。鲍叔对他有恩，因为鲍叔的举荐，方才使他的经纶济世之才得以充分施展，但他没有在如此重大问题上"投桃报李"；其二，管仲知人善任。当宰相要统揽全局，对人对事，都得从大处着眼，不可管得太细，从这个角度去考察，他觉得隰朋比鲍叔合适。可见，管仲荐人，考虑的不是所荐之人与自己的亲疏恩怨，而是能否胜任，不像现在某些人那样在荐人用人之时有数不清的弯弯绕和小旮旯。

顺便说说孔子，他老人家提出"进贤为贤"还是"用力为贤"，其实没有多大意义。鲍叔进贤之所以千古流传，乃是因为管仲足以为"贤"，并且干出了一番轰轰烈烈的事业。倘若管仲也像隰朋那样在被举荐之后不久就命归九泉，史上还会流传鲍叔进贤的佳话吗？

荀子怎样评说孔子

荀子其人,在"文革"后期的批林批孔中,是堂而皇之地被作为法家代表人物推出的。手头有一本那时出版的《荀子简注》,其《出版说明》中就明明白白地写着:"荀子,名况,又叫孙卿,战国后期赵国人,是新兴地主阶级杰出的唯物主义思想家,法家的优秀代表。"其实,此前此后,也曾有人或明或暗地将他当做"具有专制主义观念"或"生活于专制制度下"的"法家人物"。

那么,这位"法家的优秀代表"是怎样评说孔子及其儒家的呢?

秦昭王曾问荀子:"儒无益于人之国?"荀子回答说:"儒者,法先王、隆礼义、谨乎臣子而致贵其上者也。"这是他给"儒者"所下的一个定义,其要点是"法先王"与"隆礼义",至于"谨乎臣子而致贵其上",是包括在"礼义"之中的,无非是当臣子的要谨守臣子的本分,忠心耿耿地对待"人主"。如果说,这还只是荀子对"儒者"的客观界定,那么,此后所说,则是对"儒者"的主观认同了。荀子认为,"儒者"在不同处境之下,都不会失去自己的道德情操:"人主用之",在朝当官,他们会妥善处理政事,而使朝政完美;"人主"不用,当普通百姓,他们也会谨慎老实地做人,而使风俗完美。他们即使只是处在一个大夫的职位上,也不是一个诸侯国的国君所能单独任用或一个诸侯国所能单独容纳的;他们即使隐居在偏僻的里巷与狭小简陋的房子里,贫穷得无立锥之地,其声誉名望也并非天子诸侯可及。(参见《荀子·儒效》)

　　荀子的这些话,泛指以孔子为代表的"儒者",至于他说"儒者在本朝则美政,在下位则美俗"时,则分明以孔子为例了。他说,"仲尼将为司寇"之时,原先行为不端的人,都闻风而收敛,例如:常在早晨让羊喝饱了水再去卖羊以欺骗买主的沈犹氏不敢再在早晨喂自己的羊喝水了,放纵妻子淫乱的公慎氏赶紧休了淫乱的妻子,平时荒淫无度的慎溃氏搬走了,鲁国卖牛马的也不再漫天要价,因为他们知道孔子会奉行正道,主持正义。孔子住在阙党这个地方讲学授徒,阙党的人们分配网获的鱼兽,有父母亲的人都会多得一些,因为孔子的孝悌之道影响并感染了他们。(参见《荀子·儒效》)司马迁在《孔子世家》中说,孔子"与闻国政三月"之后,卖羊羔猪豚的不随意抬价;男女行路分道而走;遗留在路上的东西没人捡拾;从四方来到城邑的客人不必向官吏请求,全都给予接待,如同回到了家。这段话,可与荀子说的互相印证。

　　荀子将治国之道分为三等。以"义立而王"即以礼义治国的王道为上;以"信立而霸"即"刑赏已诺信乎天下"而治国的霸道为中;以不遵循礼义而专搞权术阴谋的如齐闵王、孟尝君者为下。荀子特别强调"行一不义、杀一无罪而得天下,而仁者不为",将此作为礼义治国的题中应有之义,这是以"儒者"效法的"先王"为标本的。凡此种种,都能说明荀

孔子论

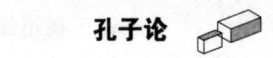

子充分肯定孔子的"礼义治国"的政治主张。(参见《荀子·王霸》)至于"仲尼之门,五尺之竖子,言羞称乎五伯(霸)",荀子认为不足为奇,因为在他看来,春秋"五霸"确实不值得称道,并以"五霸"之首齐桓公为例,认为此公杀兄争国,放纵奢侈,欺诈邻国,如此等等,怎么能够在孔子门下得到称颂?当然,他没有因为指陈齐桓公的种种弊病而贬低管仲,恰恰相反,他肯定齐桓公之所以能称霸诸侯,乃是因为齐桓公能放手任用管仲,因而掌握了治理天下的重要关键。(参见《荀子·仲尼》)

荀子不仅赞赏孔子的政治主张、道德情操,而且也肯定孔子的思想以及学术上的建树。他在《儒效》篇中说:"圣人,是思想原则的枢纽。天下的思想原则都集中在他这里了,历代圣王的思想原则也统一在他这里了,所以《诗》、《书》、《礼》、《乐》也都归属到他这里了。"众所周知,孔子是全然打消了做官的念头之后,沉下心来做学问的,并因此而编成了《礼》、《乐》、《书》、《诗》、《易》、《春秋》六经。这段话中所说的"他"则无疑是孔子。可见,荀子是把孔子当做圣人的。慎到、田骈都是法家的代表人物,却受到了荀子的批判与排斥。

我很奇怪,这些内容都在那本《荀子简注》之中,其《出版说明》怎么会说荀子是"法家的优秀代表"呢?

话说回来,荀子的思想也并非只是孔子思想的重复。荀子赞成孔子的礼义治国,同时又提出"礼法"这个命题,在他那边,"礼义"是与"法度"结合在一起的,"礼"是通过"法"而得到保障的;荀子赞成儒家"效法古代的圣明帝王",同时又提出:"诸侯问政,不及安存,则不告也;匹夫问学,不及为士,则不教也;百家之说,不及后王,则不听也。夫是之谓君子言有坛宇、行有防表也。"(《荀子·儒效》)这个"三不"主义,第一条指的是卫灵公问战，第二条指的是樊迟问稼，说的"不告"与"不教"，都是孔子的事，第三条即"百家之说，不及后王，则不听也"，就是荀子自己的主张了。他的所谓"法后王"，大概就有要与时俱进，顾及当代帝王所处时代之实际的意思。从这个角度看，有人说他是"法家"，原也事出有因，就像王充也被人说为"法家"一样。

要不，这连续两千余年的"儒法斗争"，怎么斗得起来呀？！

荀子怎样评说孟子

荀子把孔子当做圣人看待，从政治主张、学术思想，到道德情操，都予以高度评价,孟子就没有这样的荣幸了。《荀子》中专有一篇《非十二子》,孟子就是被荀子所"非"的"十二子"之一。此"十二子"分为六家,其中有法家的慎到、田骈,墨家的墨翟、宋钘,名家的惠施、邓析,还有弄不清是什么"家"的它嚣、魏牟与陈仲、史鰌。孟子是与子思连在一起的,"非"此二"子"的那一段话,重点"非"的是"子思唱之,孟子和之"的"五行"之说。按照有关专家的解释,"五行"即"五常",指的是仁、义、礼、智、信。荀子评说此"五行"之说,乖僻背理,幽深隐微,晦涩缠结,却堂而皇之地打着孔子的旗号,称"此真先君子之言也"。在荀子看来,此"五行"之说,大有鱼目混珠,以假乱真之嫌,鼓吹此"五行"之说的子思与孟子,也像其余五家十子那样,是"使天下浑然不知是非治乱"之人。

在儒家的传人中,子思被后人称为"述圣",孟子被后人称为"亚圣",同是将孔子当做圣人的儒家传人荀子,却为何将孟子当做"使天下浑然不知是非治乱"之人,而将"子思唱之,孟子和之"的"五行"之说视同异端邪说?

孟子与荀子,前后相距六十年。荀子出生之时,孟子已是六十岁的老人;孟子去世之年,荀子也才二十出头。他们之间并无利害冲突,更无个人恩怨。在孔子的弟子或儒家的传人之中,荀子极力推崇子弓,将子弓与孔子并称,在《荀子》的《非相》《非十二子》《儒效》等篇中多次说到"仲尼、子弓"。例如,在《非十二子》篇中就有"上则法舜、禹之制,下则法仲尼、子弓之义,以务息十二子之说"等等。据有关专家考证,子弓就是孔子的弟子冉雍(字仲弓)。《论语》中的《雍也》、《先进》、《颜渊》、《子路》等篇都曾说到他。"己所不欲,勿施于人"这句话,是孔子回答"仲弓问仁"时说的。在孔子的弟子中,子弓(仲弓)几乎就与颜渊一样受到孔子的赞赏。但仅仅如此,似也难以解释荀子为何如此推崇子弓并将子思与孟子捆绑一起予以排斥。此中是否有儒家内部的师承关系与门户之争,因为缺乏相应的史料作为依据,不便妄测。

破解这个疑团,我以为可从孟子的"四端"切入。孟子说:"恻隐之心,仁之端也;羞恶之心,义之端也;辞让之心,礼之端也;是非之心,智之端也。"孟子还说,人之有此"四端",就像人有"四体"一样,无此"四端"中之任何一端,便不能称之为人。(参见《孟子·公孙丑上》)可见,孟子的"四端",是其"性善"说基础,且包含了"五行"说中的"仁、义、礼、智"。荀子是反对孟子的"性善"说的,《荀子》中的《性恶》篇就专门批判孟子的"性善"说。荀子说:"人之性恶,其善者伪(作'人为'解)也。"又说:"今人之性,生而有好利焉,顺是,故争夺生而辞让亡焉;生而有疾恶焉,顺是,故残贼生而忠信亡焉;生而有耳目之欲,有好声色焉,顺是,故淫乱生而礼义文理亡焉。"按照荀子的意思，人之本性好利、好妒、好色，倘若以为人"性善"而"从人之性，顺人之情"，则"必出于争夺，合于犯分乱理，而归于暴"。由此可见，荀子批判孟子的"性善"说，与批判"子思唱之，孟子和之"的"五行"说是一致的。

在《荀子》的《儒效》篇中，将儒者分为俗儒、雅儒、大儒三种。其批评"俗儒"的那段话，我以为是以孟子为主要目标的。其中有一句为"呼先王以欺愚者"，有论者据此认定荀子反对儒家"法先王"，这有断章取义之嫌。其实，荀子并不反对"法先王"，他在《非十二子》中批评名家惠施、邓析的一条便是"不法先王,不是礼义"。他批评"俗儒"的是"略法先王"，《儒效》篇中说的是"略法先王而足乱世术"，《非十二子》篇中说的是"略法先王而不知其统"。他的"法后王"，也并非与"法先王"相抗衡，只是批评"俗儒"的"不知法后王而一制度"，在《王制》篇中说的则是"法不贰后王"。可见，他的"法后王"，说的主要是当代帝王的法律制度，这或许也与他反对孟子的"性善"说而认为"人之性恶"，须有"师法"或"礼法"去规范约束相关，而在这一点上，孟子也确乎有其欠缺。

荀子对孟子一味强调"法先王"的评说，有其一定的道理，但他对孟子采取截然排斥的态度，连孟子的民本思想也未予以应有的肯定，却是不可取的。其实，荀子与孟子也多有相通之处。他们有共同的思想资源，包括记载孔子思想与言行的《论语》以及《诗经》、《尚书》、《左传》等儒家经典。《尚书》中说的（商汤）"东面而征，西夷怨；南面而征，北狄怨。曰'奚为后我'"之典，先后被《孟子》(《梁惠王下》)和《荀子》(《王制》)所引；《左传》中说的"行一不义，杀一不辜，得天下，皆不为也"之语，也分别为《孟子》(《公孙丑上》)和《荀子》(《儒效》、《王霸》等篇)所用，只是表述的文字略有出入。即使孟子的"性善"说与荀子的"性恶"说，其实也是一块硬币的两个面，可以并存互补而并非水火不容。但荀子显然排异性太强而兼容性太弱，连儒家的子张、子游、子夏也都一概被他称之为"贱儒"，这便是他的欠缺了。

周公不乐拘泥周礼

孔子"克己复礼"之"礼"乃是周礼。《三字经》中有"我周公,作周礼。著六官,存治体"之说,可见周公姬旦与周礼之关系。《周礼》的成书年代有各种说法,但说周公作周礼即制定周朝的典章制度,大概是没有什么疑义的,尽管按孔子所说,"周监于二代"(《论语·八佾篇》),借鉴了夏、商二代之礼,周公也是"礼"之集大成者。

孔子与周公相距五百余年,他一辈子以"克己复礼"为己任,所谓"郁郁乎文哉,吾从周"(《论语·八佾篇》),可算是锲而不舍,矢志不渝。假如周公亡灵有知,是否会因此而感到无限欣慰,并对他赞赏有加呢?我看未必。

请看《史记·鲁周公世家》中记载的一件事:

> 鲁公伯禽之初受封之鲁,三年而后报政周公。周公曰:"何迟也?"伯禽曰:"变其俗,革其礼,丧三年然后除之,故迟。"太公亦

封于齐，五月而报政周公。周公曰："何疾也？"曰："吾简其君臣礼，从其俗为也。"及后闻伯禽报政迟，乃叹曰："呜呼，鲁后世其北面事齐矣！夫政不简不易，民不有近；平易近民，民必归之。"

伯禽是周公的儿子，他去自己的封地鲁国执政，三年之后才向周公述职汇报工作，因为他要"变其俗，革其礼"，不折不扣地贯彻执行周公制定之周礼。太公就是吕尚，世称姜太公，他去自己的封地齐国执政，五个月后就向周公述职汇报工作了，因为他的做法与伯禽正好相反，顺从当地的习俗，没有去搞那一套繁琐的君臣礼节。两相对照，周公得出一个结论，即"鲁后世其北面事齐矣"，其原因也说得非常明白。他的儿子不从实际出发，一味拘泥于"周礼"，照搬照套中央的君臣礼节，对此，他是摇头叹息，不以为然的。

周公的预见真的为后来的事实所证明。至少从周公说这话起，直到孔子锲而不舍地"克己复礼"这五百年间，齐国曾经强大过，且为春秋五霸之首，而在晏子为相的几十年中，也能乱而复治，鲁国却从未出现过这样的迹象。有此"先见之明"，只是因为周公懂得："政不简不易，民不有近；平易近民，民必归之。"

周公活着的时候，不喜欢别人拘泥于周礼，哪怕是他的儿子，那么，相隔五百余年之后，孔子再以"克己复礼"为己任，他在九泉之下倘若亡灵有知，能乐得起来吗？

孔子三十五岁的时候在齐国当家臣。齐景公曾两次问政于他，孔子回答的，除了"政在节俭"，就是君臣之礼，即"君君臣臣，父父子子"的那一套。齐景公原想重用他的，却被晏子的一番话劝阻了。晏子这番话中，

孔子论

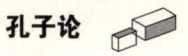

说了孔子这些儒者的四个"不可",此处暂且不表,只说其中有一个突出的内容,就是对于孔子极力推崇周礼的非议。晏子说:"周室既衰,礼乐缺有间。今孔子盛容饰,繁登降之礼,趋详之节,累世不能殚其学,当年不能究其礼。君欲用之以移齐俗,非所以先细民也。"(《史记·管婴列传》)晏子相齐的思路,大致与当年的吕尚一脉相承,即"简其君臣礼,从其俗为"。他说孔子的这番话,与当年周公说伯禽,很有相似之处,他也认为"政不简不易,民不有近;平易近民,民必归之"的,不同的只在于周公所叹的伯禽之误,在于没有因地制宜;晏子批评的孔子之失,却在不能与时俱进。

周公对拘泥于周礼的伯禽之叹息和晏子对孔子力复周礼之评说,都载于司马迁的《史记》之中,这或许也是这位"史太公"对于被他列入"世家"称为"至圣"以"克己复礼"为己任的孔子之委婉批评。

为政之道,一切都得以具体的时间、地点、条件为转移,无论放之四海而皆准,还是千秋万代永不变,都只能是一厢情愿。后世之人,理当慎言慎行。

银川与羊及其他

在银川，听南姓女士说银川，若有所悟。

南女士说，银川之所以叫银川，与漫山遍野的羊有关，因为羊是银白色的，于是说到羊的种种好处。她说鲜活的鲜，右边是羊；美丽的美，上面是羊；善良的善，上面也是羊。经她这么一说，我却忽然想到，鲜活的鲜右边是羊，因为羊肉可以满足人的口舌之需，成为人的美味佳肴；美丽的美上面是羊，因为羊皮可以满足人的躯体之用，成为人的精美衣饰；善良的善上面是羊，因为羊天性温顺任人宰割。这种鲜活、美丽与善良，只是对于能够支配它们的人而言，对羊之本身，完全没有意义。

南女士说到北人与南人。她说，北人阳刚，南人阴柔。所以，中国历史上当皇帝统治天下的，几乎都是北人而不是南人。经她如此一提，我又暗自思忖，从秦皇汉武、唐宗宋祖到成吉思汗与努尔哈赤，中国历史果然如此，即使是朱元璋的老家凤阳，也已在长江以北，便发问道：你说的"北人阳刚，南人阴柔"，是否可以理解为北人很牛，南人很鬼？南女士说，也可以这样理解。于是我想，所谓南人很鬼，其实也是迫不得已的，他们的要求并不高，企图也不可恶——不想成为任人宰割的羊，如此而已。强权者与弱势者，权贵与百姓，或许也有类似的情形。

南女士又从北人与南人引出宁夏这个地名。宁夏这个地方称为西夏王国，有长达一百八十九年的历史。成吉思汗攻克西夏王国后，几乎是斩尽杀绝，连文献资料都差不多烧得光光的，致使西夏王国成了一个神秘的王国，幸存的西夏（党项）族人也不知道跑到哪里去了，回族人是以后入住这个地方的。元的统治者祈求这一方的安宁，才将西夏改为宁夏。

人民网上有人说，元代不尊孔，所以与秦代一样短命，这是没有历史依据的。剿灭西夏王国时几乎斩尽杀绝的元统治者一统之后，尊孔崇儒挺卖力的，以至在元大德十一年将孔子加谥为"大成至圣文宣王"，他们或许希望整个帝国的庶民，都能像羊一样的温顺善良，使他们得到"鲜活"与"美丽"的感觉。

我还发现，史上有几位杀人如麻的帝王，尊孔祭孔都毫不含糊。率先"独尊儒术"的汉武帝自不必说，灭了方孝孺十族的朱棣，尊孔也尊得相当起劲，康乾盛世制造"文字狱"史无前例，祭孔仪制也登峰造极，不知他们是否曾有类似的考虑？总之，对于自己并不"仁义"而一味地要别人"仁义"的，都得留点小心眼儿，鼓吹得越起劲，就越要警惕。

我的思绪正在脱缰跑马之时，忽有一辆车跑到我们前面去了，这是一辆货车，放了两层笼子，上层是羊，下层也是羊。眼睛都骨碌碌地瞧着落在它们后面的载人的客车，偶尔发出"咩咩"的叫声，神态安然而且宁静。它们一定不会知道，自己正在被人拉去哪里。

多么鲜活、美丽而又善良的羊啊！

孟子的"贵贱"论

荀子与孟子,看似水火不容,其实未必,不仅因为他们都奉孔子为宗师,有共同的思想资源,他们之间还有许多相通之处。例如,他们对于"贵"与"贱"的看法,就如出一辙。

读《荀子·尧问》,可知"士"分为两类,即"仰禄之士"与"正身之士"。"仰"者,仰仗也;"禄"者,利禄也。所谓"仰禄之士",就是仰仗上司之鼻息图谋升官发财获取功名的利禄之"士";"正"者,正派、正直、正气、正大光明之谓也。所谓"正身之士",就是正派正直之"士",正大光明之"士",一身正气之"士"。这种"正身之士",不屑走歪门邪道发迹,不屑依赖权势者飞黄腾达,"舍贵而为贱,舍富而为贫,舍佚而为劳"。所以,仅从表面上看,"仰禄之士"往往容易得势,"正身之士"总是壮志难酬。然而,"仰禄之士犹可骄也",他们只是没有分量的秕糠;"正身之士不可骄也",真正于国于民有益,能使"天下之纪不息,文章不废"而值得珍惜的,乃是"正身之士"。在《荀子·尧问》中,对于两种"士"

的"贵"与"贱"之相当精辟的分析,是周公对他的儿子伯禽说的,当然这也是荀子自己的观点。

孟子也有"贵贱"论,见诸《孟子·告子下》:"欲贵者,人之同心也。人人有贵于己者,弗思耳。人之所贵者,非良贵也。赵孟之所贵,赵孟能贱之。"孟子认为,"欲贵"乃是人之本性,但对于这个"贵"字,却有两种不同的态度,一种看重己之所"贵",一种看重"人之所贵"。前者大致相当于"正身之士"之所"贵",后者则相当于"仰禄之士"之所"贵"。

那么,什么是"正身之士"之所"贵"呢?

孟子在上述引文之后,还有一句:"《诗》云:'既醉以酒,既饱以德。'言饱乎仁义也,所以不愿人之膏粱之味也;令闻广誉施于身,所以不愿人之文绣也。"在孟子看来,"正身之士"之所"贵",就是其本身的仁义道德,无论是"人之膏粱之味",还是"人之文绣",大凡"人之所贵者",都是身外之物。纵贯《孟子》一书可知,这种仁义道德,包括"乐以天下,忧以天下"的胸怀,包括设身处地,推己及人的品格,包括"富贵不能淫,贫贱不能移,威武不能屈"的操守,以及"狷者有所不为"的洁身自好。这是人(尤其是"士"人)最应珍惜之"贵",只要你自己看重,什么人都夺不走;这是人皆可具备之"贵",不论职位高低,能力大小都不例外,无须别人的恩赐。孟子"人人有贵于己者"这句话,与他说的"人皆可以为尧舜"正相一致。

与这种"贵"相对的,便是"仰禄之士"之所"贵"了。"仰禄之士"之所"贵",便是其仰仗"别人"的鼻息所得之"贵",也就是"别人"所赐之"贵",在"别人"的眼里,这种人其实是很卑贱的——既然"别人"一句话,可以让你青云直上;那么,哪一天"别人"对你不高兴了,也只需一句话，就可以让你一落千丈。一落千丈之际，你既感到冤屈；青云直上之时，你就觉得心安吗？

　　还是孟子说得好啊，"人之所贵者，非良贵也。赵孟之所贵，赵孟能贱之"。

孟子的"考核"论

　　干部考核这件事，大概是春秋战国时期就有的。只是那时的干部不叫干部，那时的考核也不叫考核。意思却是差不多，目的即是"进贤"，那么，在"进贤"之前的"识贤"，就是一种考核。孟子对齐宣王说的那一番有关"识贤"的话，可以当做孟子的"考核"论。

　　儒家认可尊卑有序亲疏有别，这由儒家维护的宗法制度所决定，其负面影响至今犹存，但也并非一概如此。孟子说的，就是在"不得已"而使"卑逾尊、疏逾戚"之时，如何慎重考核。以他之见："左右皆曰贤，未可也；诸大夫皆曰贤，未可也；国人皆曰贤，然后察之，见贤焉然后用之。左右皆曰不可，勿听；诸大夫皆曰不可，勿听；国人皆曰不可，然后察之，见不可焉然后去之。"

　　按照孟子的观点，提拔干部，不能只听"左右"说。"左右"的视野会有局限，"左右"的观念会有偏差，因为"左右"是决策者的身边人，他们的话最容易进入决策者的耳朵。因而，心术不正之人，善于钻营的人，总会千方百计地接近以至收买决策者的"左右"为他们"美言",或为他们去进"谗言"以诋毁他们的竞争对手。所以,孟子说,"左右皆曰贤,未可也";"左右皆曰不可,勿听"。

按照孟子的观点,提拔干部,不能只在提拔对象的同僚以及下属干部中考核。比如说,提拔一个省级干部,不能只在地厅级干部中考核;提拔一个地厅级干部,不能只在县处级干部中考核。因为此中有太多的利益关系和复杂心态——有从众的,有附势的,有害怕打击报复的,也有乘机宣泄私愤的,还可能有某种利益共同体。所以,孟子说,"诸大夫皆曰贤,未可也","诸大夫皆曰不可,勿听"。

那么,这种考核该怎样进行呢?

以孟子之见,干部考核的视野应当放开,广泛听取"国人"的意见,不要局限于小范围。"国人皆曰贤,然后察之,见贤焉然后用之";"国人皆曰不可,然后察之,见不可焉然后去之"。当然,他说的"国"即当时的齐国,还没有现在的山东省大,与现在的"国"不一样。意思却是可以理解的,比如说,考核一个市长当得如何,你至少得去听听广大市民(包括出租车司机)的意见,看看这位市长在市民中的口碑。孟子是慎重的,在"国人皆曰可"或"国人皆曰不可"之后,都有一个"然后察之",再做取舍。顺便说说,孟子在论"考核"的同时论及刑罚,在"国人皆曰可杀"之时,也有一个"然后察之",这比"国人皆曰可杀"则"杀之"的简单思维,无疑多了一点法制观念。

在齐国历史上,曾经有过这样一次"干部考核",这是齐威王对两位大夫(即墨大夫与阿邑大夫)的"考核"。齐威王自"左右"听到的关于此二者的评价,与他事先不打招呼而派人去实地考察了解到的此二者的政绩是正好相反的。齐威王由此洞察其中之奥妙——阿邑大夫投机取巧，以"厚币"事其"左右以求誉"，即墨大夫实事求是，"不事"其"左右以求助"，于是使二者各得其所。这是公元前370年的事。那个时候，孟子两岁。但孟子的"考核"论，几乎就是对齐威王的经验之总结。

齐宣王作为齐威王的后人，与齐威王相隔不过数十年，这些从自己祖上做过的事中悟出来的道理——假如在别的行业，或许还可称为"祖传秘方"——却要由孟子来说给他听，可见，在"进贤"与"识贤"（即如今所说的提拔干部与考核干部）的问题上，仅靠所谓的"传、帮、带"，是既"传"不下去，也"带"不出来的。

当然，孟子所论乃是宗法制度下的"干部考核"，不仅视尊卑有序亲疏有别为常态，"贤"与"不贤"，最终也得由君主一锤定音。所以，即使他说得再有道理，也只能借鉴，而不可照搬。

孔子的"宽恕"亦有度

孔子的忠恕之道,出现在《论语·里仁》之中,是他的学生曾参从他的话中悟出来的:"子曰:'参乎!吾道一以贯之。'曾子曰:'唯。'子出,门人问曰:'何谓也?'曾子曰:'夫子之道,忠恕而已矣!'"《论语·卫灵公》中,孔子又对子贡说到这个忠恕的"恕"字:"子贡问曰:'有一言而可以终身行之者乎?'子曰:'其恕乎!己所不欲,勿施于人。'"他是用"己所不欲,勿施于人"这八个字来诠释这个"恕"字的。

仲弓问仁时,孔子对他说的也是这八个字,见诸《论语·颜渊》:"仲弓问仁。子曰:'出门如见大宾,使民如承大祭;己所不欲,勿施于人;在邦无怨,在家无怨。'仲弓曰:'雍虽不敏,请事斯语矣。'"仲弓就是冉雍,是与颜渊、闵子骞、冉伯牛一起排在德行科的孔子的高足。据说在《荀子》一书中,每每与孔子一起被荀子称道的"子弓"就是仲弓。

以上所引,都在《论语》之中。《中庸·笃行》中,也有类似的话:"忠恕违道不远,施诸己而不愿,亦勿施于人。"只是"不欲"改成了"不愿"。

孔子论

孔子在不同的场合，不同的时间，对不同的学生——曾参、子贡、仲弓等——说及同一种"道"，可见他之所谓"吾道一以贯之"不虚。

为什么孔子以"己所不欲，勿施于人"这八个字来诠释他的恕道呢？

"己所不欲，勿施于人"这八个字，含有设身处地的意思，朱熹的《中庸集注》对"忠恕"二字的解释也是："尽己之心为忠，推己及人为恕。"设身处地，推己及人，就会对别人多一分理解，多一分宽容。这很有点像现在所说的"换位思考"——你能坐在别人的位置上替别人着想，也就能够"理解万岁"，不与别人斤斤计较。因此，这种恕道，就被理解为宽恕，或曰宽容。

然而，接着冒出来的第一个问题，是这个"人"的外延。

与《中庸》一起被列入四书的《大学》中说："所恶于上，毋以使下。所恶于下，毋以事上。所恶于前，毋以先后。所恶于后，毋以从前。所恶于右，毋以交于左。所恶于左，毋以交于右。"（《释"治国平天下"》篇）这段话说的是上下左右，对于"己所不欲，勿施于人"之"人"，是一个完整的解释。上司将不合理的事情强加于你，如果你感到厌恶，就不能以同样的方式对待下级，下级对你阳奉阴违，如果你感到厌恶，也不能以同样的方式对待上级；左边的同事贪天之功，将功劳都归于他，你感到讨厌，不能以同样的方式去对待右边的同事；右边的同事文过饰非，将过失都推到你的身上，你感到憎恶，不能以同样的方式去对待左边的同事，这就是《大学》所说的"絜矩之道"。

同样的意思，在《中庸·笃行》中也有表述，那是孔子以"絜矩之道"来反躬自省的："君子之道四，丘未能一焉：所求乎子，以事父未能也；所求乎臣，以事君未能也；所求乎弟，以事兄未能也，所求乎朋友，先施之未能也。"当然,孔子在此说的上下左右"丘未能一焉",自有其客观原因。例如,他三岁时丧父,要求儿子尽孝道之时,其父早已不在人间,他想以同等规格"事父"而不得。但这一段话,对于我们理解他的恕道,理解所谓"己所不欲,勿施于人"之"人",依然相当有益。孔子要以恕道对待的人,均在君臣父子兄弟朋友之列。

这种"勿施于人",都是顺时针方向的,他反对"恶"与"恨"的恶性传递。

于是又冒出第二个问题,要是逆时针的方向呢,这种"勿施于人"是否可行?孔子的恕道,是否也包括这种逆时针方向的"勿施于人"?例如,"所恶于上",你是否也"毋以使上"?即使"上"专横跋扈,蛮不讲理,你也忍气吞声,唯唯是从?在君臣父子兄弟朋友之外,例如异族入侵,将你所厌恶的战争强加于你,你是否也逆来顺受,任人宰割?从《中庸·笃行》篇看,孔子好像是不赞成这样做的,就在说"君子之道四"这段话之前,他还有一句话:"道不远人。人之为道而远人,不可以为道。《诗》云:伐柯伐柯,犹以为远。故君子以人治人,改而止。"何谓"君子以人治人,改而止"?也用朱熹在《中庸集注》中的话说,则是:"以其人之道,还治其人之身,一直到他改正为止。"

由此观之,孔子以及儒家的"宽恕"是具体的,而不是抽象的;是有度或有条件的,而不是绝对的。就是孔子本人,也不可能有绝对的无条件的宽恕。《论语·八佾》第一条便是:"孔子谓季氏,'八佾舞于庭,是可忍也,孰不可忍也。'"这个"忍"字,有人解释为"忍心",意思是他们连这样的事都忍心做得出来,还有什么事不忍心做出来呢?经学家范宁,却是将它解释为"容忍"的,也就是说,如果连这样的事都可以容忍,还有什么事不能容忍呢?我却以为二者兼而有之,只是角度不同,前者是从季氏的角度说的,后者则是从孔子的角度而言。对孔子来说,"僭越"与"忤逆",可是天大的罪过,无论如何也不能容忍的。这遂有"堕三都"之业绩。

其实,孔子不能宽恕的,远不止"八佾舞于庭"的季氏。对于阳货,他是不能宽恕的。对于少正卯,他更不能宽恕。

孟子也有人格缺陷

　　孟子在齐国当官，有一次受命出使滕国吊丧，齐王派盖邑大夫王某充当他的副使。孟子与王某早晚相见，但在齐滕往返的途中从未和他商谈过公事。连他的学生公孙丑也忍不住问他："齐卿之位不为小矣，齐滕之路不为近矣。反之而未尝与言行事，何也？"孟子的回答是："夫既或治之，予何言哉？"（《孟子·公孙丑章句下》）

　　对于孟子说的这句话，有人翻译为王某独断专行，我还有什么可说的呢？也有人翻译为王某已经做了，我还说什么呢？意思大同小异。但不管取哪种说法，我以为孟子都有点强词夺理。他与王某出使滕国，职责相当分明，他是正使，王某仅是副使。无论孟子如何瞧不起王某，你全不与他谈及公事，就是你的过错；无论王某如何独断专行，你都听之任之，不予以任何管辖与节制，就是你的失职。

　　孟子与平陆大夫孔距心曾有一番谈话。按照孟子的意思，在孔距心管辖的地方，凶年饥岁，"老羸转于沟壑，壮者散而之四方"，便是作为地方

孔子论

官的孔距心的失职,这与他的士兵"一日而三失伍"的性质没有什么区别,当在"去之"之列。孟子说得很有道理,孔距心也服膺孟子此说,认识到"此则距心之罪也"。(《孟子·公孙丑章句下》)然而,作为出使滕国的使节,孟子在整个过程中,既不与副使谈及公事,也不过问副使所行之事,无论有多少理由,亦属蹲着茅坑不拉屎,当在"去之"之列。孟子丝毫没有反躬自省,更未曾像孔距心那样自责,说是"此则轲之罪也",倒是振振有词,我以为是不可取的。若"以其人之道,还治其人之身",可谓言行不一。

孟子与孔子的脾气是大不一样的。孟子的脾气很大,在权势者面前,体现得尤为明显:"说大人则藐之,勿视其巍巍然",这与他的底气(或曰"浩然之气")有关,他根本看不起那些没有德行的权势人物,因为,诚如他所说:"在彼者皆我所不为也,在我者皆古之制也,吾何畏彼哉?"(《孟子·尽心章句下》)这是相当宝贵的一面。同时不可忽略的是,孟子也有意气用事的一面,这很容易导致他言行相悖,而使他所信奉的理念与他下意识的行为之间的背离。比如说,孟子很在乎权势者对于自己的态度,哪怕稍有一点怠慢,便会表现出老大的不满。他在昼邑滞留三个晚上而未见齐王前去挽留内心窝火憋气,然而,他对那位想替齐王挽留他的人"隐几而卧",不予理睬,又显得相当傲慢。这个时候,他一定忘记了孔夫子说的"吾道一以贯之",忘记了"己所不欲,勿施于人"——人家对你稍有不敬,你如此憋气窝火,那么,对于苦口婆心前来挽留于你的人,你就可以如此傲慢吗?孟子说过:"君子之守,修其身而天下平。人病舍其田而芸人之田,所求于人者重,而所以自任者轻。"(《孟子·尽心章句下》)也就是我们现在常说的要严于律己,宽于待人,而不是适得其反。然而,他在耍脾气使性子的时候可曾想到过这番话,可曾自省这正是"舍其田而芸人之田,所求于人者重，而所以自任者轻"的表现？诸如此类，也可谓言行不一。

言出行随，言行一致，这是一种美德，也是一种境界。然而，说的总比做的容易，尤其是修身养性之言，诲人不倦之言，与人为善之言，要能言出行随，言行一致，更是难能可贵。打开《论语》，开卷便是孔夫子的循循告诫："学而时习之，不亦说乎。"这个"习"字，以我之见，是应该当做"践行"去理解的。言行不一，就是一种人格缺陷。然而，每个人大概都会有言行不一之时，就连孔夫子也不能幸免，子路每每对孔子提出质疑，并不是无事生非。所以，孟子也有言行不一，也有人格缺陷，倘若把他当做一个平常之人去看待，不值得大惊小怪，一旦把他当做圣（亚圣也是圣）人去看，麻烦就来了：在不少人的眼里，圣人完美无缺，无可挑剔。即使圣人言行不一，也有人格缺陷，也有人为之辩说。本文开头所说之事，就有学者解释，这是"孟子对于小人的态度"。

无论是孔子还是孟子日后所遭遇之质疑以至于批判，大致也与这种"神化"有关。

闵子骞之孝

　　幼时看过《芦花记》,看的是绍剧。那父亲一鞭打出了触目惊心的真相之时的满腔悲愤,至今记忆犹新。只是我早已忘记了那剧中的诸多细节,也没有记住那父子的姓名,准确地说,是当时就没有去记。

　　老来自学《论语》,读到孔子的一句话:"孝哉,闵子骞!人不间于其父母昆弟之言。"(《论语·先进》)我知道闵子骞是孔子的得意门生,以孝著称,与颜回、仲弓、冉伯牛并列于德行科,却不太理解孔子说的"人不间于其父母昆弟之言"。读了有关学者的注释("'间'为间隙,可引申为挑剔")和译文("他人不会怀疑他父母兄弟称赞他的话"),依然似懂非懂,不知此言指的是什么,又从何说起。

　　日前再读鲁迅《朝花夕拾》中的《二十四孝图》,结合着查阅《二十四孝》之原文,见其中之一"孝"即为《芦衣顺母》,方知《芦花记》其实就是由《芦衣顺母》为蓝本改编出来的,那里面的儿子,就是孔子的弟子闵子骞,《芦衣顺母》的另一个版本就叫《闵子骞单衣奉亲》("奉亲"二字或许比"顺母"

贴切)。《芦花记》的许多细节也来自《芦衣顺母》。例如，闵父鞭打闵子骞，是因为闵子骞手失缰绳；闵子骞手失缰绳，是因为他冻得发抖，父亲不知就里，一鞭下去，却打裂了"棉衣"，打出了塞在"棉衣"之中的不能御寒的芦花。这遂有他的满腔悲愤："悲"的是亲子受到继母的虐待，"愤"的是继母的不善与不贤；这遂有"休妻"一幕，跪求他留下继母的竟然就是受到继母虐待的闵子骞，"母在一子寒，母去三子单"，如此深明大义之语，出自少年闵子骞之口，足以使人动容。我于是理解了孔子称赞他的那一句话。父亲就是因为不明真相而鞭打他的父亲，母亲就是严冬时节让他穿"芦衣"的继母，昆弟即是因为他的深明大义而没有成为单亲子女的同父异母之弟。称赞闵子骞之孝，出自他们之口，确实是没有人会心存疑窦的。

或许与先前读过鲁迅的《二十四孝图》有关，对于《二十四孝》，我确实没有什么好印象，有的太神奇，例如《哭竹生笋》；有的太虚假，例如《老莱娱亲》；有的太残忍，例如《郭巨埋儿》。那情节，不仅让少儿觉得恐怖，也使老人感到恶心。彰扬闵子骞之孝的《芦衣顺母》，却是一个例外。

不妨将《芦衣顺母》与同属《二十四孝》之《卧冰求鲤》作个比较，因为《卧冰求鲤》中的晋人王祥，也有一个不善不贤的继母。暂且不说结实得上面可以卧人的冰层，怎会忽然"自解"，冰层"自解"之后，怎么不是躺在冰层之上的王祥掉入冰窟，却是"双鲤跃出"。就算这一切都天衣无缝，也有如下三点令人置疑。其一，王祥有何必要去为心地不善的继母"卧冰求鲤"，如此"以德报怨"，岂不犯贱？其二，"身体发肤，受之父母，勿敢损伤，孝之始也"。王祥"卧冰求鲤"，损害的首先就是"受之父母"的"身体发肤"，即按孔子的观点，能否称之为"孝"？其三，魏晋是"以孝治天下"的，王祥日后官运亨通，从"从温县县令做到大司农、司空、太尉"，从这结局看，其当初之孝行，是否亦有沽名钓誉之嫌？

闵子骞之孝则与王祥的"卧冰求鲤"全然不同，闵子骞跪求生父留下继母，为的是不让同父异母之弟失去亲生母亲，对于"昆弟"而言，这叫"己所不欲，勿施于人"；对于继母而言，这叫"以直报怨"。况且，闵子骞所做的一切，既不必自毁自虐，也无须"神灵"相助，需要的只是一种胸怀。

传统文化混杂封建糟粕，封建糟粕藏匿人文精华，鱼目混珠，很需要冷静与客观的鉴别。

孔子的"无违"怎么解

林芷茵先生《"孝道"的几个"版本"》(《文汇报》2012年4月26日)一文中,说到《论语》中孔子在答孟懿子"问孝"时说的两个字:"无违"。作者释此二字"就是说不要违背父母的意愿",窃以为与孔夫子的原意有些出入。

孔子所说"无违"二字,出自《论语·为政》。其原文为:"孟懿子问孝。子曰:'无违。'樊迟御。子告之曰:'孟孙问孝于我,我对曰,无违。'樊迟曰:'何谓也?'子曰:'生,事之以礼;死,葬之以礼,祭之以礼。'"不难看出,孔子对樊迟所说,即为孔子对"无违"二字的解释。按照他的本意,"无违"之对象,并非"父母的意愿",而是一个"礼"字——他是将"孝"置之于"礼"的大框架之中的。有经学家解释,"是时三家僭礼,故夫子以是警之"。意即无论生时"事之"还是死后"葬之"(或"祭之"),都得符合礼制,"得为而不为"系礼数不及,"不得为而为之"便是"僭越",此二者都在不孝之列。

孔子论

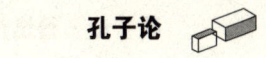

退后一步说,即使孔子说的"无违"可以解释为"不要违背父母的意愿",这种孝道似也未必可取,不值得林芷茵先生为之张目。

对于一个"孝"字,孔子有过不少论述,而且多在《论语·为政》之中。例如,子游"问孝"时,孔子说:不但要奉养父母,而且要敬重父母,方能称之为孝。光是能养,养父母与养犬马又有什么区别?("今之孝者,是谓能养。至于犬马,皆能有养。不敬,何以别乎?")又如,子夏"问孝",孔子说:能够和颜悦色地对待父母是最重要的,光是有事情自己去做,有酒食先让父母享用,也不能称之为孝。("色难。有事,弟子服其劳;有酒食,先生馔,曾是以为孝乎?")如此等等,可谓"孝敬",值得人们记取并践行之。

孔子的"无违"不能解释为"不要违背父母的意愿",但在孔子的"孝道"中,确实也有"无违"父母的成分。最典型的当数"三年无改于父之道,可谓孝矣"一语,出于《论语·学而》。"无改"自然"无违","无违"就是顺从。难怪后人会将"孝"与"顺"字相连,称之为"孝顺"。以我之见,将"孝"与"顺"相连,远不如将"孝"与"敬"字相连。孔子之后的荀子,就有"从道不从君,从义不从父"之说。他认为"入孝出弟"(由孔子"弟子入则孝,出则悌"而来,出自《论语·学而》),仅是"人之小行";"上顺下笃",仅是"人之中行";"从道不从君,从义不从父",方才是"人之大行"。即以父子关系而言,"从义不从父"者方才可谓大孝。(参见《荀子·子道》)而在鲁迅看来,人类若要进步,无论"父之道"是"其道"抑或"其非道",都没有"三年不改"之理,哪能一概"无违"呢?

我倒并不以为事事都与"父母的意愿"相违就好。我只是认为,不能以"违"与"不违"来鉴定"孝"与"不孝"。此中不仅有一个是非问题,即"父母的意愿"是否合理,而且还有一个权利的归属问题。如果是父母自己的事，包括父母爱吃什么，爱穿什么，爱看什么电影，爱去哪里旅游，如此等等，最好"不要违背父母的意愿"；如果是子女自己的事，就该另当别论。现在有句话，就叫"我的青春我做主"。倘若不管"父母的意愿"是否合理，因为"孝"而一概顺从；不论是事业还是婚姻，统统都由父母做主，不该是现代人的观念。

　　孔子的思想，涵盖面极宽，内涵很丰富。说到一个"孝"字时，引述孔子的言论，原也无可厚非。应当注意的是，对于他的本意，可以引申发挥，但不能曲解；对于他的思想，也应有所分辨，取其可取，舍其当舍。

公祭孔子的新闻解读

历史正像旧式自鸣钟的单摆，向左摆过去多少度，向右也得回摆多少度。在"五四"时期开始遭到猛烈抨击的孔夫子，如今又快成为几千年才出一个而且一直光照千秋的圣人了。

据新华社济南2004年9月28日电，纪念孔子诞辰2555周年祭祀大典28日上午在孔子故里山东省曲阜市孔庙举行。这条新闻不长，其信息含量却相当丰富，不妨逐段解读。

【原文】与往年祭祀大典不同的是，今年的祭孔活动首次由政府举办。曲阜市政府官员、社会各界代表以及海内外游客3000多人参加了祭孔仪式。……本次祭孔大典最引人注目的是，自新中国成立后首次出现了公祭。公祭仪式由曲阜市副市长袁炳新主持。曲阜市市长江成通读了孔子诞辰2555周年祭祀大典祭文。

【解读】孔子诞辰三千周年还为期遥远,现在的人没有一个能活到那个时候,诞辰2555年的祭祀也就成了"大典",政府官员、各界代表以及海内外游客3000多人,取的大概正是"弟子三千"的意思,这且不去说他。此处突出强调的却是一点:这是"新中国成立后首次出现"或"首次由政府举办"的"公祭"。"与往年祭祀大典不同",也就"最引人注目"。曲阜市的市长副市长虽不是国务院的总理副总理,但市政府毕竟也是政府,于是我忖度,这条新闻是否旨在暗示读者,在这种"政府行为"中也包含着某种"政府导向"?

【原文】孔子是世界十大文化名人之一,他的思想学说对中国传统文化的发展起到了重大作用,影响了中国2000多年的历史进程。孔子思想已成为中华文化和中华民族精神的重要组成部分,而且得到了国际社会的重视。

【解读】孔子是否是"世界十大文化名人之一",无从考证,属于世界级的文化名人却是确凿无疑。对于中国与世界的文化,孔子自有其不可磨灭的贡献,对他的思想进行研究,吸取其中合理的成分,当在情理之中。只是"影响了中国2000多年的历史进程",似乎不能笼统而论。"影响"有正面负面之分,此处认定他"对中国传统文化的发展起到了重大作用",却只字不提负面影响。比如,孔子以及儒家的思想作为中国两千余年封建社会的正统思想,对于那些要维护正统的人(例如皇帝)来说,确实就像命根子。至于平民百姓,却如李贽所言,只是"儒先亿度而言之,父师沿袭而育之,小子朦聋而听之","万口一词","千年一律",方才"从众而圣之,亦从众而事之"。"五四"运动提出"打倒孔家店"的口号,大概就有一扫这种专制与愚昧的考虑。如今把孔子思想当做"中华文化和中华民族精神的重要组成部分"去继承弘扬,却是意欲何为?

【原文】祭孔大典在古代被称作"国之大典",自唐玄宗于公元739年封孔子为"文宣王"后,祭祀孔子的活动开始升格,明代已达到帝王规格。至清代,祭祀孔子的仪式更是隆重盛大。

【解读】可以再补充一条,继孔子被唐玄宗追谥为"文宣王"后,在元大德十一年又被加谥为"大成至圣文宣王"。但这只能证实鲁迅先生说过的一句话,"孔夫子之在中国,是权势者们捧起来的"。如此张扬祭孔的辉煌历史,是否觉得自新中国成立后不再公祭孔子的今人依然不能与古人媲美?这未免操之过急。就说今年的祭孔,除了孔子故里曲阜,被誉为"南孔圣地"的衢州,也是热闹非凡,就连根本沾不上边的地方,也有斥巨资修复孔庙,举行隆重的祭孔大典的。从北到南的公祭,也都像"袁世凯时代"的祭孔,"还新做了古怪的祭服,使奉祀的人们穿起来"。照此势头,尊孔祭孔的活动要像明代那样"升格"到"帝王规格",祭祀孔子的仪式要像清代那样"隆重盛大",该是大有希望的。

使我心存疑窦的倒有两点:

其一,破除迷信,解放思想,搞了多少年,如今却把孔夫子当做圣人顶礼膜拜,对于历史而言,这算是"与时俱进"还是回复故道?

其二,把"权势者或想做权势者们的圣人"重新捧到九天之上,对于民众而言,这将是祸害还是福音?

"天下为公"审议

没有做过考证，不知道"天下为公"最早出于何典。即从儒家经典《礼记·礼运篇》中，孔夫子在与他的弟子言偃（即子游）说生产力极其低下的原始社会中人们共同劳动、平等分配的情形时提及"天下为公"这个词语算起，直到孙中山反复倡导，这句话也让历朝历代的志士仁人为之奔走呼号了两千余年。他们所向往的"大同世界"，却一直是一个不断让人去追逐的理想而又未免有些空泛的目标。这就有必要对"天下为公"重作一番审视。

"天下为公"的"天下"，包括你我他，泛指天下人。天下人遍布天下，那么，"天下为公"这四个字要求"天下"人所奉之"公"是什么，先是一个很值得深思的问题。说这个"公"就是"天下"，那么，这"天下为公"就成了"天下为天下"，几乎就是同义反复，毫无实际意义。这个"公"字至少应当与"天下"有点区别。按照东汉经学家郑玄的解释，"公"即是"共"，那么，或许是天下人的"共同利益"之所在吧！这么一"共",这个"公"字也就变得相当玄虚而又抽象了——"共同利益"放置于何处,由谁来管,又怎么落实到"天下"人的头上,这一连串的问题便都是难题。

其实,《礼记·礼运篇》在提出"大道之行也,天下为公"之时,对于天下人之"共同利益"由谁来管,倒是给出过一个答案的,叫做"选贤与能",这也充分体现儒家"人治"之局限。贤能之人,由谁来"选"?此其一;即使真是贤能之人,就能不食人间烟火,禁得起各种诱惑?此其二。这两大问题尚未得到妥善解决,贤能的,不贤能的,开始贤能后来不贤能的,以及从来不贤能却要冒充贤能的就都争着来管理这"天下"之人的"共同利益"了,有的成了官吏,有的成了帝王。与此同时,那一个"公"字也被悄悄地偷换了概念——在"官民关系"之中,官府为"公",百姓为"私",郑玄就直言不讳地说:"公,犹官也。"故官学称为公学,民间办的称为"私塾";官盐称为"公盐",民营的称为"私盐",官办的一切都称"公",民办的一切都叫"私"。在"君臣关系"之中,朝廷(君)是"公",官吏(臣)是"私",故有"拜爵公朝,谢恩私门,君子不为"之说。"朕即天下","天下"尽为"朕"之所得,如此这般,帝王这个天下最大的"私",也就充当了天下最大的"公"。一旦他(们)以自己的行为剥尽了"公"的伪装之后,便为千夫所指,被称为"独夫民贼"。在中国历史上能像北宋之赵普当着皇帝的面说出"刑赏天下之刑赏,陛下岂得以喜怒专之",将"陛下"与"天下"加以明确区分的相当难得。

王室与官府被称之为"公",王室与官府之人也就成了那个"公"字的当然代表,于是就出现了那种富有讽刺性的画面:官员出巡必须鸣锣开道,天下百姓还得肃静回避——这是古代的。如今是领导视察,警车开路，百姓让道——这种图画能够诠释或图解的"天下为公"，该是一个什么样的概念？！这且不去说它。凡是官府所做的，即使是最糟糕的事也叫"公事"，凡是官吏所说的，即使是最荒唐的话也是"公理"。只要睁眼去看，包括公款吃喝公费旅游以及乱摊派乱收费在内的几乎所有的公害，又有哪一件与这种"公差"或"公仆"无关？更不待说官商勾结、权钱交易、行贿受贿、卖官鬻爵。"天下"人都被当成了"私"，朝廷或官府却都一概成为"天下"人必须克己供奉之"公"，这样一来，"天下为公"这个命题还能站得住脚么？

一直为人们津津乐道的"天下为公"，就是这样的经不起推敲。

或有人说，不是这句话本身有什么毛病，而是这句话被歪嘴和尚念经念歪了。这固然言之有理。然而，我却想到了"刑不上大夫，礼不下庶人"这两句名言。据说"刑不上大夫"并不是说"大夫"犯法可以法外开恩，而是要犯法的"大夫"知趣一点自己了结，不要等着别人加刑；"礼不下庶人"也不是对平民百姓可以无礼，只是免除他们的种种繁文缛节，原本倒是体谅老百姓的。然而，当君主本位和官本位的种种有目共睹的事实已为这两句名言重新作了注解赋予其以别的内涵使之与"王子犯法，庶民同罪"相悖之后，难道我们还要奉之如圭臬么？

与其说"天下为公"，倒不如说"公为天下"，此二者之间或许还有"官本位"与"民本位"之别。即使"天下为公"之"公"真是天下人的"共同的利益"，在言说"天下为公"之时，也须强调"公为天下"——这"公为天下"之"公"，则是身居公职掌握公权的所谓"公仆"——就像"我为人人"的同时，也须"人人为我"一样。尽管这几个字的重新排列组合，与真正做到国家为天下人所共有，政治为天下人所共管，国家利益为天下

孔子论

人所共享还差得很远，还有待于以民为本的"贤与能"的选择、制约、监督的有效实行，却至少也能让人明白，那些头上顶着一个"公"字的公职人员更应当践行的是"公为天下"，他们没有任何的理由与权利一味地要求天下人"克己奉公"。

孔老夫子说小人

有关小人的话题,孔老夫子说得很多,在不同的场合,有不同的含意。

"唯女子与小人为难养也",这是就身份地位而言小人的,似与德行无关。按《论语集注》的解释,"此小人,亦谓仆隶下人也"。说他们像"女子"(富贵人家之"妾")一样"难养",因为与他们太接近了,他们就会没大没小;与他们太疏远了,他们又会怨恨于你。所以,孔老夫子主张"庄以莅之,慈以畜之"。

"君子成人之美,不成人之恶,小人反是",这是就道德品行而言小人的,似与身份无关。孔老夫子在这个层面上说小人,都与君子相对。例如:"君子周而不比,小人比而不周";"君子和而不同,小人同而不和";"君子泰而不骄,小人骄而不泰",如此等等。君子与小人之分野,核心都在"君子喻于义"而"小人喻于利"。所以,大凡结党营私,勾心斗角,得志便猖狂之人,大凡拍马溜须、两面三刀、看风使舵之人,历来都被正派人视为"小人"。

"君子而不仁者有矣夫!未有小人而仁者也!"这话也是孔老夫子说

的。仁与不仁原是关系到礼乐存废之大事。仁者有德，那么，不仁就是缺德，不仁之人就是小人，从此言看却是未必。《论语集注》说："君子志于仁矣，然毫忽之间，心不正焉，则未免为不仁也。"富贵为君子的不仁，只在一念之差，不仁了也依然是君子；贫贱为小人的却永远都是不道德的。这样一来，就将身份与德行合二为一了。对此，我很不以为然。无论是结党营私，勾心斗角，还是拍马溜须、两面三刀，权势人物哪一样不比"仆隶下人"玩得熟稔？！

余秋雨先生有《小人》一文。前半篇转述一则在杂志上看到的欧洲的往事——"不久前刚搬到村子里的一位巡警的妻子，是个爱搬弄是非的长舌妇"，由于"她不负责任的窃窃私语"，使一个"数百年来亲如一家的和睦村庄"的"邻里关系突然产生了无穷麻烦"。余先生说："对于这样的女人，我们所能给予的还是那个词汇：小人。"他还认为，"惹不起，总躲得起"这句话，说的"不是躲盗贼，不是躲灾害，而是躲小人"。对于小人概念的这种图解，倒也暗合了孔夫子说的那句话："唯女子与小人为难养也"。看来余先生也是把小人定格于"仆隶下人"的，在这一点上，他与孔老夫子一脉相承。

鉴于"没有消解小人的良方"，余先生的《小人》的最后一段文字说："文明的群落至少取得一种共识：这是我们民族命运的暗疾和隐患，也是我们人生取向的分道所在，因此，需要我们在心理上强悍起来，不再害怕我们害怕过的一切。不再害怕众口铄金，不再害怕招腥惹臭，不再害怕群蝇成阵，不再害怕阴沟暗道，不再害怕几个很想成名的人长久地缠着你打所谓名人官司，不怕偷听，不怕恐吓，不怕狞笑。"我原先弄不清那位"巡警的妻子"怎么会使余先生如此激情澎湃，声嘶力竭，读到此处恍然大悟，原来他所谓的"小人"暗指"长久地缠着"他"打所谓名人官司"的那"几个很想成名的人"。于是他字字铿锵地宣告，再也不向这些"小人"让步了。

名人备受关注，每一个毛孔都是被放大的，既容易受赞颂，也容易被挑剔。这些年来，时闻有人找余秋雨先生的麻烦，对其人其文提出种种责难，其原因恐怕就在于此。只想受人之赞颂而不想被人挑剔，乃是一厢情愿。怎么能把对你的挑剔一概视之为"众口铄金"，又把挑剔你的人一概视之为"群蝇成阵"呢？这些"小人"既然只是"很想成名的人"，可见其身份地位都不如余先生来得显赫。余先生是在上层中混的人，什么人物都见过的，如果对权势人物中的那些或结党营私，勾心斗角，或拍马溜须、两面三刀的小人能够如此疾恶如仇，可谓大义凛然，令人肃然起敬。对付"几个很想成名的人"还要如此大动干戈，却是有失名人的身份。你瞧人家孔老夫子，对他认为很难弄的"女子与小人"，也还主张"庄以莅之，慈以畜之"呢。在这一点上，看来余先生是远不如他老人家来得大度了。

"部长荐书"的联想与困惑

读新闻时会想起旧闻,读旧闻时又会想起新闻,其因由早有先哲一语道破:历史常有惊人的相似。

这是摘自《中国社会报》的一则新闻:"民政部领导应部机关团委之邀,向机关青年推荐一批优秀书目。这些书籍涉及传统文化、历史、哲学、经济、文学等多个领域。其中,民政部部长李学举推荐的书籍是《大学》《中庸》《论语》、《孟子》。他认为,中国传统文化博大精深,是中国古人留给全人类的文化瑰宝。为官从政、做人处事重在德、诚。读"四书",不但可以学习古代语言,提高文字水平,还可以领悟为官做人的真谛。"读着这则新闻,我就想起1925年孙伏园先生主编《京报副刊》时征集"青年必读书"的旧闻。

"惊人的相似"大概无须再去罗列,我只想说"相似"之中的区别。其一,征集的主体不同。当年出面征集的是报社的编辑,如今却是"机关团委",这是青年人自己的组织,是否意味着此举体现着青年人自己的愿望?其二,征集的对象不同,当年征集的对象是社会名流,如今却是政府官员,行政领导出面荐书,而且是向他们直接领导的"机关青年"荐书,是否更具有"导向"的意义？其三,征集的景象也有不同。当年名流所荐之书多为"四书"、"五经"之类的古书,但毕竟还有愕愕之声,例如鲁迅先生在"缴白卷"的同时,就写下了日后引发诸多争端的话语："我以为要少——或者竟不——看中国书,多看外国书"。孙伏园征集的原是"青年爱读书"与"青年必读书",就因为鲁迅的"愕愕之声",此后的人们也就只记得"青年必读书"了。如今似是一锤定音,几个月过去了,尚未在报上看到与李部长不同的声音。假如鲁迅还活着,对于"部长荐书",他会作出何种反应？

我想起鲁迅的《十四年的"读经"》。先生在这篇文章中所说的"可以知道"与"可以悟出",大概就是李部长所说的"可以领悟"。然而,"领悟"到的东西却是大为不同。李部长认为"可以领悟"的是"为官从政、做人处事"的"真谛",他将此归纳为"德"与"诚"。在鲁迅看来,"可以领悟"到的东西,或许可分为这样两个方面：一是"怎样敷衍,偷生,献媚,弄权,自私,然而能够假借大义,窃取美名",然而能够变得"聪明",这大概是从"四书"、"五经"等古书中直接"领悟"的；二是"无论怎样言行不符,名实不副,前后矛盾,撒谎造谣,蝇营狗苟,都不要紧,经过若干时候,自然被忘得干干净净",这似乎是从满口仁义道德,一肚子男盗女娼的"读经之徒"或"正人君子"身上间接"领悟"的。这两条所体现出来的"德",恰恰就与李部长所说的那一个"诚"字大相径庭。

鲁迅这些话是在八十余年之前说的,时过境迁,假如他还活着,未必还会这样说,相隔八十余年,说的话却没有什么区别,终究太乏味；对于中国的古书,鲁迅有时乃是极而言之,因此也未必都能以鲁迅的是非为是非,中国书终究还是要读的。但无论如何,像李部长所说的那样,生长在21世纪的年轻人"为官从政、做人处事"的"真谛",竟要到他推荐的《大学》《中庸》《论语》《孟子》中去"领悟",总是使我感到相当的困惑:对于《大学》、《中庸》、《论语》、《孟子》,古代的官吏无疑比现在的干部更为精通,按照李部长的意思,是否意味着他们就比现在的干部有"德"有"诚"因而也更懂得"为官从政、做人处事"的"真谛"?如今的党风政风官风确实大不能尽如人意,按照李部长的意思,其原因是否并不在监督机制与理想信念的缺失,倒在于没有让《大学》、《中庸》、《论语》、《孟子》这些在他看来几乎就等同于"博大精深"的"中国传统文化"的"文化瑰宝"大行其道?

还有一条,是否无论在什么时代,我们中国的青年人都需要热衷于"四书"、"五经"的长辈——不是社会名流,便是行政领导——的点拨?

"全民皆儒"三疑

根据《记者观察》2008年第9期（上）那篇《一个小镇的"全民皆儒"试验》介绍，这场"全民皆儒"的试验，由"海外人士投巨资"建立的"庐江文化教育中心"（以下简称"中心"）在安徽省庐江县汤池镇进行。他们准备用三年时间，传播"孔孟之道"，传授"儒家经典"，"对全镇4.8万人进行伦理道德教育"，目标是"使汤池镇成为礼仪道德的示范镇"（一说"和谐示范镇"），"达到'夜不闭户、路不拾遗'的理想境界"。《记者观察》的记者称此为"系统地将儒家经典用来改变现世"。或许是一时的迷糊，初见此文之时，在我脑海中出现的竟然是那个曾经名噪一时的小靳庄，那是批林批孔时"四人帮"在一个村庄抓的试点，袭用的也是"全民皆×"的模式，叫做"全民皆诗"，写的"诗"全是批儒的。按照"凡是敌人反对的，我们就要拥护"的"最高指示"，如今搞一个"全民皆儒"的试点，似也顺理成章。但我还是有诸多疑惑不吐不快，在此如实写下，权作存疑。

疑惑之一，有没有必要"系统地将儒家经典用来改变现世"？

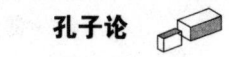

"现世"是需要改变的,人类社会之不断前进,就因为人类总是在不断地改变"现世",倘若总是以为"现世"完美无缺,人类就会停滞不前。从20世纪以来,"现世"就一直处在被"改变"的过程之中。革命曾经"改变现世",改革正在"改变现世"。然而,用什么思想为指导去"改变现世",朝着什么方向去"改变现世",却是大有讲究。"现世"无论如何不堪,把它"改变"到孔子与孟子的那个时代去,或者把它改变到孔子与孟子设计的那种境界中去,即使"夜不闭户道不拾遗",也是一种历史的倒退。

作为中国的传统文化之一脉,儒家经典有其精华,值得今人吸取、借鉴,作为建设和谐社会的一种思想资源。然而,这只是吸取与借鉴,这只是拿来为我所用,并非原封不动地生搬硬套。在汤池镇的这场试验中,"系统地将儒家经典用来改变现世",却是"系统"到连"君臣有义"和"夫妇有别"都照套不误。例如,被称为"中心的灵魂人物"并以做"当代的圣人"为人生目标的蔡礼旭博士在讲到"君臣有义"时说,"现代社会君臣关系就是领导与被领导的关系";至于"夫妇有别",最"和谐"的境界则是"太太在家相夫教子,让先生没有后顾之忧,让家族后继有人"。看来这"改变"后的"现世","君君臣臣"的一套将要遍布神州大地,已经走上社会的妇女,也得退回家庭去"相夫教子"了。

疑惑之二,有没有可能通过传播孔孟之道普及儒家经典来实现"和谐乐土"?

这个问题其实是《记者观察》的记者提出的。他说:"当年有孔子推广儒家学说,历代又不缺乏他这样的人,为什么和谐乐土至今没有实现?"对此,那位"中心的灵魂人物"蔡礼旭博士只说"弘扬传统文化需要一个过程,需要通过由点及线再到面的方式进行",纯属答非所问。记者又问:"对传统文化和经典，应如何继承发展？"蔡博士则说："过去我们对传统文化偏重于学习而疏于实践。传统文化就像5000年的参天大树……5000年的东西不会因时空而改变，经典不会过时。"

在孔夫子后的两千余年历史中，按照"儒家学说"去"实践"，如同汤池镇现在正在"试验"的那种"和谐乐土"的典型，其实倒是有的。新莽与东汉之交的卓茂治密（县），"数年教化大行，道不拾遗"，几乎就可以称得上精神文明的模范县。东汉时期举孝廉，践行"儒家学说"的典型也很有一些。会稽的慈溪之所以称为慈溪，山阴的义里之所以称为义里，就与这样的典型有关。在中国的历史上，对黎民百姓进行伦理道德教育更是源远流长。集文武周王德治之大成的孔夫子的学说以及儒学的道统在中国封建社会长盛不衰，就是历代统治者以"德"治天下的证据。这种"德治"自然有其可取之处，却也有其极大的局限性：

首先，"德"的内涵本来应该是随着时代的变化而变化，一成不变，必然凝固僵化，于是成为禁锢人们思想的一条绳索。信奉这种一成不变的道德戒律作茧自缚画地为牢，势必成为这种道德的牺牲品和殉葬品，这大概就是"五四"运动反对旧道德的一个因由。

其二，无论什么样的"德"，都不是万能的，对有些人有用，对有些人没有用，对此，人们早有总结，即所谓"锁君子不锁小人"。至于在某些时候有用，在某些时候没有用，历史上的有识之士也有过总结，东汉的崔寔就曾说过，不能"以粱肉治疾"。

其三，在上下有序，尊卑有别，以至于君要臣死，臣不能不死，父要子亡，子不得不亡的封建社会，所谓道德教化，往往是单向的，处于社会底层的老百姓，往往只是被教育的对象，此所谓"唯上智与下愚不移"，但处于上

孔子论

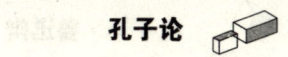

层的并非都是圣人，道貌岸然的衣冠禽兽也不无仅有，老百姓一旦看出了某种人格分裂，一旦看出了满嘴伦理道德后面的男盗女娼，这种道德的教化就显得格外的苍白无力。

从"中心的灵魂人物"蔡礼旭博士与记者的问答中可以看出，他们搞的这个"全民皆儒"的"试验"，上述局限一条不缺。尤其可笑的是，蔡博士居然认为传统文化"不会因时空而改变"，儒家经典也永远"不会过时"。这几乎全是中国历史上那些俗儒、腐儒的观点。蔡博士们似乎没有想到，正是因为把传统文化当做"不会因时空改变"的国粹，正是因为把儒家经典当做"不会过时"的教条，才有近代中国的落伍。如今，面对贫富差距逐渐拉大，腐败现象愈演愈烈，弄虚作假防不胜防等等社会痼疾，想把儒家经典当做"不会过时"的教条去教化民众"改变现世"构建和谐社会，几乎就是痴人说梦。

疑惑之三，当地政府对于"全民皆儒"的"试验"是否真像他们对记者说的那样"不支持、不反对、不干涉"？

还是先来看看"试验"的现实状况吧。据《记者观察》介绍，中心在镇上办有"镇民学校"。每天晚上，"都会有几百名村民聚集在这里，与老师们一起学习儒家典籍"。上课前，"大家要向孔子像三鞠躬"。中心对学员要求很严格，"不允许有手机，不许谈恋爱；每天吃素食，每月只有几百元的生活补助；女学员不染发，不披发，不穿无领无袖的衣服，不穿高跟鞋"，如此等等。看到这样的介绍，我立马想到鲁迅先生的《从百草园到三味书屋》。一样地向孔子像行礼，一样地读着枯燥无味的儒家启蒙读物，一样地有着许多的规矩，连一百多年前的少年鲁迅都不堪忍受，何况在物欲横流的现在，居然每晚"都会有几百名村民聚集在这里，与老师们一起学习儒家典籍"，而且连续两年有余，这本身就是一个奇迹。

　　创造这样的奇迹，必须有两个前提：其一，是物质的引诱力。这大概是有的，至少，每月还有"几百元的生活补助"，因为中心是由"海外人士投巨资"建立的，第一笔资金便是5000万元，随后，还有"一笔笔善款源源不断地从各地汇来"。其二，便是行政的强制力。光是这两条，倘若没有"当地政府"的准许配合与支持，大概都难以实施。尤其是这个"不许"那个"不许"的规定，似已涉嫌侵犯基本人权。实际上，"海外人士投巨资"在中国内地的一个镇上，建立这么一个前所未有的"中心"，进行这么一场举世瞩目的"试验"，没有"当地政府"的准许配合与支持，简直就不可设想。当地政府不支持，人家能把整个镇都拿去搞"试验"并且还能"应联合国教科文组织的邀请，在巴黎总部，面对192个国家的代表"去介绍这场"全民皆儒"的"试验"（亦称构建"中华传统美德示范镇"活动）的经验吗？

　　我注意到《记者观察》记者获得的信息是"不支持、不反对、不干涉"。在此"三不"之中，至少还有"二不"即"不反对、不干涉"基本成立。我也明白，在某种特定的情况下，"支持"是通过"不反对、不干涉"来体现的，这就是所谓"东方的政治智慧"。

　　据说，这场"全民皆儒"的试验，使汤池镇"发生了很大变化"。如今，每天清晨，"东方熹微，几十个身穿写着'力行近乎仁'字样衬衫的男女，手拿扫把走上街头，大街小巷随即传来了'刷刷'声"；中心门口，"身穿唐装的男员工和发髻挽后、长裙飘逸的女员工，列队向每一位来者90度鞠躬行礼"；汤池镇的"许多村民开始用90度鞠躬问候街坊邻居"，"中心"老师认为，"这是他们推广伦理教育初见成效的标志"。

　　据说，中心又把山东庆云县当做"和谐示范县"，一个"占地300亩的庆云书院即将建成，一场规模更大的试验已经开始"。当地政府是否也取之以"不支持、不反对、不干涉"的"三不主义"，暂且不去说它。反正战果正在扩大，好戏还在后头。

我想，等到神州大地之上的中国公民，一概都"用90度鞠躬问候街坊邻居"之时，大概就是"全民皆儒"的"大见成效"与"和谐乐土"的实现之日吧。

阿弥陀佛！

"国学热"三题

一

三四年前,我曾在《从"国学大师"说到"国学"》(《南方周末》2005年9月22日)一文中说过这样一句话:"'国学'已经成为一种时髦,到底什么叫'国学',怕是先得弄清楚的。"话是这样说了,真要弄清这个概念,却是有些麻烦。

中国古代亦有"国学"这个词汇,但那是另一个概念,即马一浮先生所说:"照旧时用国学为名者,即是国立大学之称。"据说朱熹曾经说过:"国学者,圣贤之学也,仲尼孟轲之学也,尧舜文武周公之学也",但这"只是偶然为他提及,而未成为一个普遍流行的名词"。所以,在中国古代,有汉学,有宋学,有理学,有朴学,似乎未曾有过晚清以来出现而如今弄得沸沸扬扬的"国学"。所以,中国古代的大学问家,例如汉之郑玄,人们只称其为两汉经学集大成者;晋之贺循,人们只称其

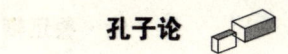

为当时的一代儒宗；宋之朱熹，人们只称其为理学大师；明之方孝孺，道衍和尚还把他当成天下"读书种子"的传人，如此等等，在章太炎及其师俞樾之前，从未有过"国学大师"的称谓。国学之起自晚清，与那时的西学东渐有关。换句话说，"国学"之谓，相对于西学而言。先有张之洞之"旧学为体，新学为用"，后有梁启超之"中学为体，西学为用"，此"旧学"或"中学"，大致就是以后所谓之"国学"，所以马一浮先生又说，这是"别于外国学术之谓"。

　　对于"国学"这个概念的内涵与外延，各家所说不同。据刘梦溪先生的《国学辨义》（《文汇报》2008年8月4日）归纳，至少也有以下数种：

　　一曰"国故学"说，这是胡适之给出的定义。他说："自从章太炎著了一本《国故论衡》之后，这'国故'的名词，于是成立。"（《研究国故的方法》）又说："'国学'在我们心眼里，只是'国故学'的缩写。中国的一切过去的文化历史，都是我们的'国故'；研究这一切过去的历史文化的学问，就是'国故学'，省称为'国学'。"（《〈国学季刊〉发刊宣言》）

　　二曰"固有学术"说，钱宾四与马一浮两位先生都曾持此说。钱宾四的《〈国学概论〉弁言》提出：国学之"用意在使学者得识两千年来本国学术思想界流转变迁之大事，以培养其适应启新的机运之能力"；马一浮在《泰和会语》中也说："今人以吾国固有的学术名为国学。"

　　三曰"六艺之学"说，这是马一浮先生在"固有学术"说的基础上提出来的，外延进一步缩小："今揩定国学者，即是六艺之学，用此代表一切固有学术，广大精微，无所不备。"所谓"六艺"即"六经"，包括《诗》《书》、《礼》、《乐》、《易》、《春秋》。

　　以上这三种说法，其内涵与外延各不相同。这三种说法似乎至今也没有合并为一。现在就有"广义的国学"与"狭义的国学"之说,这"广义"与"狭义",就是根据其内涵与外延而言的。关于这一点,我以为其实也不妨数说并存。只是在拿国学说事的时候,不要混用以至于偷换概念。有不少是非,其实是混用以至于偷换概念惹出来的。

二

伍立扬先生写过《国学有国学的种属》(《南方周末》2005 年 9 月 29 日)一文,对国学的种与属有如下论述:"传统的中国学问包含了六经及其以外的重要儒书、周末诸子哲学、小学(历代文字之变迁)、两汉之今古文及其混合后南北学之对峙、历代文学及文体之演变、宋儒解经存在的问题、史学(历代史部之著作,纪传体编年体纪事本末体、众手修史之流弊,史论之流别)、元代之戏曲……直至清代之朴学、清末攘夷大义的学术背景——经史子集四部及其衍生的学术。"由此引文可见,其"国学"观,既不同于胡适的"国故学"说,即"研究这一切过去的历史文化的学问",也不同于马一浮的"六艺之学"说。较之前者,显得狭窄,较之后者,又显得宽泛,大致介于"广义"与"狭义"之间,近似于钱宾四与马一浮的"固有学术"说。如此界定"国学",似也未尝不可。

这篇文章,原是针对我的《从"国学大师"说到"国学"》而发的,作者认定我将国学泛化了,认定我将季羡林先生也列为国学大师了,于是使国学失去了自己的种属。然而,他似乎没有看清楚我的文章。我那篇文章,其实并没有说季羡林就是国学大师,倒是开宗明义就说"对于李清与葛剑雄针锋相对争议的问题——季羡林是不是'国学大师'——我并不感兴趣",也没有就什么是"国学"提出自己的看法,只是认为,如果将国学等同于"传

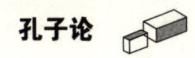

统的中国学问",就不宜将儒学之外的玄学与道教以及中国佛教排斥于外,也正是在这个意义上,我才说了一句:称季羡林为"国学大师",还无须"印度归咱们中国"。文章的主要意思,在于不要混用以至于偷换几种不同的"国学"概念,末尾一段就这样写道——"李清先生反驳葛剑雄的文章说:'通常所称的国学,是指研究中国传统文化的学问。狭义的国学研究范围,主要指传统儒学、四书五经等。'我不希望在倡导'国学'时,用的是'通常'的概念,而在实施这种'倡导'时,用的又是'狭义'的概念。'政府重视'或政府'倡导'的'国学',最终归结为读经、祭孔,毕竟也令人沮丧——仅仅是读经、祭孔,需要如此大张旗鼓地倡导吗?"如今重提此事,并非对伍先生的文章耿耿于怀,而是因为如何对待国学以及传统文化的问题,至今仍有很强的现实针对性。

  传统文化可以是十分宝贵的财富,因而需要继承;传统文化也可以是十分沉重的包袱,因而需要变革。无论忽略了哪一面,都会出现不应有的偏差。20世纪前期的新文化运动,在提倡科学与民主,突破旧思想旧道德旧文化的禁锢,自有不可磨灭之贡献,这是它的主流,但在如何对待传统文化和西洋文化的问题上,也确有其缺陷,新中国成立之后,仍有"左"的倾向。十年动乱期间,这种"左"的倾向到达登峰造极的地步,使传统文化的研究和继承受到极大的破坏。可以作为参照系的,是台湾地区在这方面的历史与现状。由于日本帝国主义长达五十年的殖民统治,1945年光复之时,台湾地区的中华民族传统文化之断裂状况相当严重,以至于大陆的识字教育课本已很难适用于台湾。当时的台湾省主席陈仪就是在这种情况下邀请许寿裳先生前去担任台湾编译馆馆长的,希望他与他的编译馆能为修复这种断裂作出贡献。许寿裳与陈仪以后都死于非命。然而,迄今为止的六十余年中,台湾地区在研究和继承祖国传统文化方面的成效显而易见,以至使大陆相形见绌。鉴于这种情况,十年动乱之后拨乱反正,加强研究中华民族的传统文化(包括传统学术),继承并弘扬传统文化之精华显得十分必要。所谓"国学",是在这个层面上得到政府的重视与倡导的。

然而,继承和弘扬中华民族的优秀文化传统或倡导"国学"的旗号之下,出现的种种现象令人深思:地方政府出面公祭孔子,南北呼应愈演愈烈,而且都像"袁世凯时代"的祭孔,"还新做了古怪的祭服,使奉祀的人们穿起来";高级干部出面向青年推荐《大学》、《中庸》、《论语》、《孟子》,认为读此"四书","不但可以学习古代语言,提高文字水平,还可以领悟为官做人的真谛"; 安徽省庐江县甚至以整个建制镇(汤池镇)来做"全民皆儒"的试点,准备用三年时间传播"孔孟之道",传授"儒家经典";"对全镇4.8万人进行伦理道德教育",提出要用"儒家经典"来"改变现世",实现"和谐乐土";山东省庆云县也正准备步其后尘做这样的试点。如此等等,不是将国学"狭化为儒学"、"萎缩为孔学"又是什么?种种事实表明,我那篇文章说的并非杞人忧天。

伍先生的文章也说到在章太炎初具规模的国学中,未曾有佛学与道(家)学,他认为"道(家)学以及无论怎样中国化的佛学,都还是独立的学术体系",都是"与国学并列的学术体系"。这样一来,就与他说的国学是"传统的中国学问"很有些矛盾了。"无论怎样中国化的佛学"说起来比较麻烦,暂且搁下。如果说以老、庄为宗师的"道(家)学"也不是"传统的中国学问",那么,在伍立扬先生那边,"传统的中国学问"恐怕就只剩下儒学了,我怀疑他将"传统的中国学问"等同于"正统的中国学问",并因此而混用了不

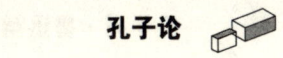

同的"国学"概念。我怀疑他的"国学"观其实只是早就被明代思想家李贽辛辣地讽刺过的"皆以孔子为大圣","皆以老、佛为异端"的观点,所谓"万口一词,千年一律",所谓"从众而圣之"而又"从众而事之",如此而已。章太炎在日本主编的《民报》刊登过一份《国学振兴社广告》,那上面说的国学讲授内容为:"一、诸子学;二、文史学;三、制度学;四、内典学;五、宋明理学;六、中国历史"。这"诸子"之中应有老子、庄子,以此观之,将"道(家)学"的研究编入国学之序列未必就那么"发噱";这"中国历史"之中,也有少数民族的历史,"二十四史"中就有北史、辽史与金史,有关这些历史的研究编入"国学"之序列,大概也无须去问人家"愿意与否"。中华民族及其文化,有一个融合的过程。举一个小小的例子,今天说二胡是我们的民族乐器大概没有什么疑问,但它并不起源于汉族——二胡也是"胡",此"胡"不就是"胡人"之胡么?!

三

关于"国学"概念的三种说法中,只有胡适之的"国故说",强调"研究"二字,明确提出国学是"研究这一切过去的历史文化的学问"。以此推理,中国古代的"历史文化"或"固有学术",只是国学之研究对象。中国古代的大学问家以及他们的学问本身都是构成过去的"历史文化"或"固有学术"或"两千年来本国学术思想流转变迁"的元素。他们的学问不是国学,他们本身也就不是国学大师。"固有学术"说和"六艺之学"说都没有明确指出这一点,很容易使人将"固有学术"或"六艺"之本身当做国学。

强调"传统的中国学问"或"中国的传统文化"只是国学之研究对象,

其本身并非"国学"相当重要。如果缺乏这一条，只要是"传统"的，无论是什么文化什么学问，无论是应当汲取的精华还是应该抛弃的糟粕，都会重新被当做"国学"予以倡导。前些年有人撰文说，包括陈独秀、胡适之、钱玄同与鲁迅在内的"新文化派"是八十年前的胜利者，八十年后的失败者；"专一和新文化派作对"的"学衡派"则是八十年前的失败者，八十年后的胜利者，如此翻烧饼似的一百八十度的大转弯，大概就是因为省略了"研究"二字，将国学与传统文化，传统学问，以至于与文言文与旧式标点画了等号。"孔孟之道"或"儒家经典"是"中国的传统文化"或"传统的中国学问"中之重要一脉，更不能省略"研究"这个前提。研究须有鲜明的思想观点，确凿的事实材料，准确的词义解释，精练的文字表达，于是乎，通常所说的义理、考据、训诂、辞章，也就成了"研究"的重要元素。

注重"研究"二字，以下两点必须特别关注：

既然是研究，就应当是有关学者的工作，而不是政府的行为，更不是全民的运动。然而，如今在继承传统文化旗帜之下，祭孔，业已成为不少地方的政府行为，"全民皆儒"（或使崇儒成为一种全民的运动）的试点也正在逐步扩大。这只是一种形式主义，不是扎扎实实研究"传统的中国学问"以继承和弘扬中华民族优良传统文化应有的景象。

既然是研究，就应当用审视的目光，而不是一味的推崇。然而，如今在张扬国学的背景之中，孔老夫子独占鳌头，又被当做圣人抬到吓人的高度。由他口述又由他的弟子记录整理的《论语》，又有点"句句是真理"以至于"一句顶一万句"的味道了，按照某些高级干部的意思，《大学》《中庸》《论语》《孟子》也都应当成为当今之世做人做官的教科书。

如今回头去研究孔子与孔教，不该再把他当做偶像去搞"两个凡是"。

孔子论

我很欣赏东汉时的王充,他在《论衡》的《问孔篇》中说到《论语》,认为即使是孔老夫子"下笔造文,用意详审",经过自己周密思考亲手写出来的,也"尚未可谓尽得实",何况是他"仓卒吐言",哪能句句是真理?即使句句都是对的,不问一个为什么,怎么知道他是对的?王充也在儒家之列,他不是孔夫子的"凡是"派,不赞成把孔夫子当做偶像去崇拜,把孔夫子的学说当做教条去套用,他还责问那些俗儒:"(追)难孔子,何伤于义","伐孔子之说,何逆于理"?

所谓"研究",应该有这种精神和品格。

有些东西,是可以凭常识推理的。比如说,孔教儒教,起码在长达两千余年的中国封建社会中,基本上是被当做一种正统思想予以大力张扬的,在这个漫长的过程中,似乎就少有"和谐"的时期与"和谐"的"乐土",如今还要再将它搬出来去"改造现世"实现"和谐乐土"么?比如说,儒家经典,在那漫长的过程中,起码也是怀有"早为田舍郎,暮登天子堂"之理想、梦想、幻想的读书人(包括日后终于当官的)把它当做必读书或敲门砖的,在历代官场之上,堂堂正正的君子却也少得可怜,如今还要再将它列为做人做官的教科书去培育一代新人么?

平心而论,孔教儒教,确实都有其可取之处。比如说,以人为本,以和为贵,舍生取义,埋头苦干,为民请命,清醒务实,廉洁奉公……如此等等,都是孔教儒教所倡导的。然而,无论是孔教还是儒教,都有一个致命伤——孔子曰:"有君臣然后有上下,有上下然后礼义有所错(同措)"。这"礼",正是儒家学说的核心。上述种种不错的理念,都是以"礼"为核心的,都装在这个不可有丝毫马虎的等级观念的框子里。东汉时期有一个叫谢夷吾的大臣,曾任荆州刺史、巨鹿太守等职,为官省奢从约,事从清俭,所在爱育人物，以德化人，很有善绩与口碑，算得上是按照儒家思想做官的一个典型。然而，他在巨鹿太守的任上栽了，并不是因为贪赃枉法，并不是因为失职渎职，只是因为"柴车行春"使"仪序失中，有损国典"——堂堂太守大人，竟然坐柴车下乡去劝农桑，赈春荒，而且跟从者仅有"两吏"，岂不有失体统？这个谢夷吾岂不就成了官场的另类？诸如此类，正是儒学内部的结构性矛盾所致。儒家讲"仁"，提倡清醒务实，仁爱亲民，气节操守；儒家崇"礼"，所谓君君臣臣，父父子子，等级极其森严。清醒务实、仁爱亲民，气节操守云云，只能以"礼"为核心的大框架中才有意义，一旦与这"礼"字相抵触，仁爱可以成为暴戾，亲民就会变成害民，气节操守也将两极分化——识时务者方为"俊杰"，宁折不弯的只能"玉碎"。一个有血有肉的对中国文化做出过重大贡献但生前并不得志的孔夫子，在他死后之所以会成为圣人被历代统治者顶礼膜拜，其根本原因就在那个"礼"字；儒家思想之所以会在中国两千余年的封建社会中成为正统的思想，其根本的原因就在于它是维护正统的思想。要使孔子或儒家的思想成为构建和谐社会的一种思想资源，必须打破这个"礼"的框子，把它从森严的等级观念中挖掘出来。顺便说说，对于孔教儒教之外的中国传统的学问或中国传统的文化，也都应当如此。

"国学"既然是对于中国传统文化或传统学问的研究，这就限制了"国学"只能"冷"——它需要冷静的思考——而不能热，包括形式的热与内容的热。如果连本该静下心来研究的有关学者也没有弄清楚中国传统学问或传统文化到底是怎么回事，如果连政府官员也根本不知道孔教或儒教到底是什么学问，却在那边像"袁世凯时代"那样地去祭孔，"还新做了古怪的祭服，使奉祀的人们穿起来"，或在那边搞所谓"全民皆儒"的试点，让

孔子论

村民每天"都用90度的鞠躬问候街坊邻居",这不仅是愚弄百姓,而且也是一种瞎折腾。至于有学者说,"今天提倡国学,已经不是为了要保国保种,而是为了避免人类集体毁灭,探索一种新的生存可能性",此话不是热昏了头,就是痴人说梦。

"儒家一直都想限制绝对权力"吗
——秋风先生的"儒家"论评说

一

秋风先生洋洋万言的文章《儒家一直都想限制绝对权力》，原是回复袁伟时先生的，发表在2011年6月30日的《南方周末》上。

先得确定一下，秋风先生说的，是"一直都想限制"而不是"一直都在限制"吧？！那么，这个问题其实没有谈的必要，长达两千余年"一直都想"而没有"做"，这是真"想"还是假"想"且不去说他，"空想"却是毫无疑问的了。

或许是作者用错了词，他本来想说"一直都在限制"而不是"一直都想限制"。倘若真的如此，问题又跟着出现：长达两千余年"一直都在限制"，"绝对权力"却还是那么"绝对"，是有效限制还是无效限制，是真的限制还是假的限制，岂不都显得十分可疑？

那么，想限制"绝对权力"，中国人非得"回到儒家"去不可吗？

二

秋风先生说："有可信文字记载的尧舜时代至春秋，中国治理架构为封建制，而儒家的宪政主义正来自于对封建制的宪政主义的记忆和重申。"可见，他是在"封建制"与"宪政主义"或"宪政传统"之间画上了等号的，至少也是约等号。然而，在这个漫长的历史过程中，或者缩短些说，就在尧舜禹之后，有汤、武也有桀、纣，而且是桀、纣在先而汤、武在后，这桀、纣大概是除了暴虐和奢侈与中国历代的暴君昏君有的一比，其余均无可道哉。这也是"宪政主义的记忆"？

秋风先生说："周制传统代表着自由的、宪政的传统，儒家则在坚守这个传统。"然而，就算撇开了桀、纣，这"周制传统"中，不也有贪财好色，昏庸残暴，激起前841年"国人（平民）暴动"的周厉王和"烽火戏诸侯"以至导致西周灭亡的周幽王？难道这也是秋风先生所说的"宪政主义的传统"？

秋风先生当然不会认为西周前的夏桀、殷纣以及西周时的厉王、幽王实行的不是暴政而是仁政，不是极端的专制主义而是原始的"宪政主义"，然而，他在做出上述武断的结论之时，怎么连这些基本历史事实都顾不上了呢？这些基本的历史事实，难道不正说明他所谓的"尧舜时代至春秋"的"封建制的宪政主义"未能限制这些暴君与昏君的"绝对权力"吗？

三

秋风先生说："准确理解周代封建的关键，在于准确理解宗法。"他认为："自汉代以来，人们就经常犯一个错误，拿汉初开始出现的家族制度想象周代的宗法制。"但我实在想象不出，汉初的分封同姓王与周代的分封诸侯有什么本质的区别。秋风先生是用"去古不远的汉儒结集之《白虎通义》"来说明"周代宗法制极大地不同于后世的宗族制度"的，他认为《白虎通义》中的一段话"对此说得非常清楚"。这段话说："宗，尊也。族者，凑也，聚也，谓恩爱相流凑也。"秋风先生点评说："'宗'和'族'的指向是正好相反的，'宗法'之要旨乃在于以君臣之义，切断血缘关系。"

在我看来，这段话正好说明这种宗法制与封建制的实质。

因为是宗法制，分封的几乎都是文武周公之后，才会有这种需要严加区别的二重关系，即君臣关系与血缘关系。所以才需要特别地强调"君臣之义"，甚至不惜以"切断血缘关系"来保证这种"君臣之义"。按照秋风先生所说，这就是宗法制的含义。然而，"君臣之义"可以强调，既定的"血缘关系"能够"切断"得了吗？"国家"就是"家国"，中国的"家长制"和"世袭制"，在此倒是可以找到脉络清晰的传统。

这种需要通过"准确理解宗法"方才能准确理解的"封建"的另一种说法就是"分封"——这种封建制，也就是分封制。既有王家血统，又已分封为侯，即使没有"武王兄弟"不满周公辅成王摄政的"三监之乱"，久而久之，"血缘关系"既已逐渐淡薄，"君臣之义"也会日益疏远。于是也就难免有君不君而臣不臣的"礼崩乐坏"之局面出现。难免有诸侯争霸逐鹿中原的乱象蔓延。这种封建制也就成了分裂制。

然而，秋风先生却说："这是周人最为伟大的治理智慧，也是中国文明的一次巨大跃迁。"

诸侯争霸，战乱不断，"言论自由"的空间，就是这种特定时期出现的，士节的高扬，也正是在这个时期。孔子可以像秋风先生举证的那样，"与君解除契约而另投新君，可以在各国自由流动"，田子方敢于对子击（魏文侯的儿子）说："夫士贫贱，言不用，行不合，则纳履而去，安往而不得贫贱哉！"至于孔子可以自由地"收徒办学"，也是因为"天子失官，学在四夷"。将这一切归结于封建制，或许还有一定的道理，这叫"歪打正着"；将此归结儒家的"宪政主义"，却是莫大的误解。要不，就很难理解以下两种历史现象——

为什么在孔子栖栖遑遑到处奔走而"天下莫能容"的春秋时代，或者扩大点说，在"仲尼菜色陈蔡"而"孟轲困于齐梁"的春秋战国时代，偏偏出现百家争鸣和士节高扬的令人向往的景观？为什么在汉武帝"罢黜百家，独尊儒术"之后，这种令人向往的景观不再？

为什么在百家争鸣而儒家并不得志的时代，一直是秋风先生说的具有"宪政主义传统"或"宪政主义记忆"的"封建制"，而在汉武帝"罢黜百家，独尊儒术"之后的以儒家思想为正统思想的漫长岁月中，实行的却一直都是始之于秦代的郡县制？

四

秋风先生说："周人初为天下共主，武王之兄弟因不满周公摄政，策动殷遗民叛乱，是为'三监之乱'。周公心灵所受之冲击可想而知，故在平定叛乱之后，即制礼变法，推动'亲亲'向'尊尊'之转变。"他还用相当的篇幅论述了"周公制礼的伟大意义"。

周公在平定"三监之乱"后制定周礼，其主要目的，当然在于明确君臣之分以及上下等级之别，以防范和杜绝忤逆、僭越以至于犯上作乱。所以，周礼的主要作用在于规范"臣"之言行以保证"君"的权威。

然而，秋风先生却说："周代的礼……不是出自于君王的意志，而是自发形成的"，刚刚说完"周公制礼"，转身又说周礼"自发形成"，这不是自己打自己的耳光吗？

然而，秋风先生又说："礼治秩序中，君臣的权利—义务尽管不对等，礼却平等地约束君臣。"明明用来防范和杜绝忤逆、僭越以至于犯上作乱的周礼，却又使君臣"平等"起来了，这样一平等，难道就不怕忤逆、僭越以至于犯上作乱吗？

秋风先生称"君使臣以礼、臣事君以忠"为"孔子心目中的封建制的核心原理"，然而，就凭"臣事君以忠"这一条，"君臣"之间无论如何也"平等"不了。尤其是当这"忠"到了"君要臣死，臣不得不死"的地步，"平等"还能从天而降吗？

按照秋风先生的说法，有了这种"礼"的规范，就有了"君臣关系的契约性，权利义务的相互性，以及礼治下的平等"，于是，他迫不及待地宣布："这几个制度足以让我们说，封建时代的人们是自由的。"

五

孔子的时代，是"礼崩乐坏"的时代。"礼乐征伐"那时已经不"自天子出"，而是"自诸侯出"，甚至"自大夫出"了。周天子形同虚设，各国诸侯或君主的地位，也未必那么稳固。例如孔子所在的鲁国，"季氏亦僭于公室，陪臣执国政，是以鲁自大夫以下皆僭离于正道"。（《史记·孔子世家》）孔子的"克己复礼"，就是要严格区分君臣上下之等级，以维护君主的威严。

秋风先生却说："孔子生当封建制松动之际，君臣关系已开始变化，趋向于尊卑森严的命令—服从关系。在这种关系中，臣只有义务而无权利，君只有权利而无义务,因而,君有权力,而臣无尊严和自由。孔子主张复礼,就是要回归君臣权利—义务之相互性,为臣民的自由和尊严张目。"就这样,继夏、商之后的周朝之"礼崩乐坏"成了"封建制松动",周天子形同虚设成了"君有权力,而臣无尊严和自由",孔子的"克己复礼",也就成了"为臣民的自由和尊严张目",一切却都被倒了过来。

六

我赞成秋风先生说的"在孔子那里,'仁'的含义很多"这句话,却不赞成他接着说的那一句:孔子之"仁"的"最基础的含义是人们平等地相互对待",更不赞成他说的"在孔子那里,仁为礼之本"。我觉得秋风先生将此二者的关系也颠倒了,因为孔子明明白白地说过:"克己复礼为仁。一日克己复礼,天下归仁焉",由此可见,孔子所谓之"礼"才是他所谓之"仁"的根本与核心。在这一点上,孔子与孟子有些区别。孟子讲"仁",更多的是体现于他的民本思想,孔子讲"仁",却更多地体现于他的等级观念,他的"礼",就是用来以上下定尊卑,让各个阶层的人,都能安分守己,各行其道的。他最不能容忍的正是臣的僭越与民的造反。文王"三分天下有其二,以服事殷",孔子夸奖说:"周之德,其可谓至德也已矣。"(《论语·泰伯》)此所谓"至德",不就是他所谓的"仁"吗?

说"孔子透过引入'仁'的概念,让礼所保障的自由和尊严平等地覆盖所有人",这话也是言过其实的。在孔子的言论中,多有君子小人之谓,而"小人"这个词语,却有双重含义:有时就身份地位而言小人,似与德行无关;有时就道德品行而言小人,似与身份无关。"君子而不仁者有矣夫!未有小人而仁者也"(《论语·宪问》)一语,则将身份与德行合二为一:

富贵为君子的不仁,只在一念之差,不仁了也依然是君子;贫贱为小人的却永远都是不道德的。由此一端即可见,"所有人"是很难被孔夫子的"'礼'所保障的自由和尊严平等地覆盖"的。官员出巡必须鸣锣开道,天下百姓还得肃静回避,这是孔子之"礼"的题中应有之义,几千年都这样沿袭下来,请问,"自由和尊严"何曾"覆盖"过平民百姓?尤其是"官逼民反,民不得不反"之时,与儒家经典紧密地结合在一起的中国历史上,有几位儒官或儒将的手上不曾沾有"民"们的鲜血?看来,"仁者爱人"的"人",是很难将他们一起包括进去的。

秋风先生曾有一个论断:不管富人有多坏,穷人仇富都是反社会。(《中国经营报》2005年10月30日)"社会"既然有富有穷,当然也应该包括富人和穷人。富人的"坏",大致表现在勾结权势人物,侵吞社会财富,敲诈穷人血汗。穷人的"仇富","仇"的往往就是这种要多坏就有多坏的富人。然而,在秋风先生看来,富人无论怎样胡作非为,横行不法,都不叫"反社会"。在他们面前,穷人只能忍气吞声,逆来顺受,倘若居然"仇富",也就一口咬定是"反社会"的了。他所谓的"社会",也是不包括穷人的,只是富人的代名词,特别是那些要多坏就有多坏的"富人"。

"古典的礼",就是这样"获得了现代的生命"的;"平等地享有自由和尊严的现代观念",就是这样"经由孔子"而出现在"中国历史上"的,而且一直流传至今。

七

要说明儒家有自由平等民主的观念,孔夫子"攻乎异端"是一道难题。有正常思维的人,难免会将此二者联系起来予以考察,难免会从这句话中

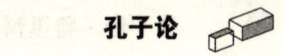

品味出"孔子具有思想专制倾向",袁伟时先生在《儒家是宪政主义的吗?》(《南方周末》2011年6月23日)一文理所当然地提出这个问题。

秋风先生凭着他的绝对自信,也是顺理成章要予以反驳的。他说:

"关于这句话的含义,汉儒、宋儒众说纷纭。总结起来,不外乎下面几种理解:第一种,攻伐、批评异端是对自己有害的,因为这会浪费宝贵的精力、时间。第二种,研究他技、小道而遗忘大道对自己有害。第三种,把'已'释为'终结',意思是,对不同的看法进行研究、取舍,分歧之害也就不复存在了。总之,不管取哪种解释,都无讨伐异端之意。尤其重要的是,在古典语文中,'异端'一词没有后世所说'宗教异端'之义,这是欧洲基督教才具有的理念。"

我想从历代儒家——包括经学家(或曰"汉儒")和理学家(或曰"宋儒")的"众说纷纭"中,举出秋风先生所归纳的三种"理解"之外的"理解"。其一,是东晋的经学大师范宁,他对于这话的解释是:攻,专治也。故治木石金玉之工曰攻。异端,非圣人之道,而别为一端,如杨墨是也。其二,是宋代的理学祖师程子,他对此言的解释是:佛氏之言,比之杨墨,尤为近理,所以其害为尤甚。(参见《论语集注》)这两位大儒之文当属"古典语文"吧,不知他们所谓的"异端",与"后世所说"的"宗教异端"有何区别?如此"异端"当如何处置?孔子所谓之"攻"当如何理解,儒家的传人其实早已做了相当充分的注解。

董仲舒的"罢黜百家,独尊儒术"是一种解释。"百家"都遭"罢黜",何况乎"异端"?不仅说说而已,董仲舒提出的"八字方针"既为汉武帝所采纳,也就意味着是同行政力量结合在一起了。敢于向已为汉武帝"独尊"的"儒术"叫板的,不要想想自己的项上人头?从这一点看,儒家似乎并非在限制"绝对权力",倒是借助"绝对权力"来对付"异端"了。

范宁所说的"专治"也是"攻"的一种解释。"治木石金玉之工曰攻",到底是锯是劈是敲是砸是磨是琢莫知其详,那么,不妨看看史实。魏晋时期"非汤、武而薄周、孔"的嵇康死于非命,其罪名之一,就是钟会说的"害时乱教"、"非毁典谟",这大概就叫"专治"。范宁是将后汉之王弼、何晏也视为"异端"的,认为"其罪大于桀、纣",亏得他与王弼、何晏并非同时代人,已经无法予以"专治"。但在中国历史上,因为是"异端"或仅是"疑似异端"而死于非命的何止一个嵇康?

程子对付"异端"的办法,则是"当如淫声美色以远之,不尔,则骎骎然入于其中矣"(《论语集注》),大致是把它当做如今所谓的"黄毒"或会传染的麻风病吧。

秋风先生应该知道这几位大家的主张以及与此相关的漫长的中国历史吧。

八

孔子诛少正卯也是绕不过的一道坎。袁伟时先生批评秋风先生的文章提到了这件事,秋风先生倒是爽快,只用一句话就打发了。他说:"袁老师引用孔子杀少正卯的故事来说明礼之不公正和孔子之不容异己。但很多学者通过对此一故事记述源流的文本分析已证明,它出自荀子的编造。"

此处所谓的"很多学者",都是些什么人,秋风先生没有明说,别人似也没有必要穷根究底。但就我所知,"很多学者"中,至少有"现代新儒家的代表人物"徐复观先生,也有秋风先生本人。我拜读过他的《孔子诛少正卯是专制理念杜撰的故事》一文,其论点与论据,大多是从徐复观先生处搬来的。例如，春秋时代所谓的相，"不过是礼仪活动中的赞礼人"，并非秦汉以后能够执国政的丞相宰相，没有那么大的权力；例如，孔子诛少正卯之事不见于《荀子》之前的典籍；例如，诛少正卯的孔子"与《论语》中所展示的孔子，根本对不上号"。对这三条理由，我曾有《孔子不可能诛少正卯吗》一文提出质疑，此处不赘。

我想着重说的是"编造"二字，顺便也说说荀子。

秋风先生在那篇文章的题目中，都已点明"孔子诛少正卯是专制理念杜撰的故事"，只是没有落实到具体的人头上，此处总算说出"编造"即"杜撰"这个"故事"的有"专制理念"的人是荀子。然而，秋风先生回避了一个重要的事实：荀子本身就属儒家。如果他还是像评法批儒时那样将荀子当做"杰出的法家代表人物"，那么，不妨去读读《荀子》一书，看看荀子怎样评价孔子及其创立的儒学，怎样论述强秦之忧并严肃批评李斯"不求之于本而索之于末"（《荀子·议兵》），再看看荀子怎样叙说自己"迫于乱世，鰌于严刑；上无贤主，下遇暴秦；礼义不行，教化不成；仁者绌约，天下冥冥"（《荀子·尧问》）的处境。当然，这很可能使秋风先生陷于"二难"境地：要么荀子并非秋风先生所说之"专制理念"的代言人。那么，他说"孔子诛少正卯"是"专制理念杜撰的故事"就会落空；要么荀子确有"专制理念"，那么，他所崇敬与追随的儒家祖师孔子也免不了与"专制理念"有扯不断的关系。

若以秋风先生对儒家的竭力推崇推测，他似乎应该读过《荀子》。倘若如此，却一口咬定荀子"杜撰"或"编造"了孔子诛少正卯的故事以张扬"专制理念"，那就关系到学者的良知与学术的规范了。

九

君臣"共治体制",是秋风先生所谓的儒家"一直都想限制绝对权力"的重要支柱。他说:"秦以后的中国历史就是抱持着复封建之理想的儒生反对秦制的历史。这种反抗不仅体现在气节之类的精神与王道、仁政等理念上,更体现在制度上,这就是士大夫与皇权共治体制。余英时先生在《朱熹的历史世界》中,阐述了宋代儒者追求'共治'的努力。笔者将这一概念予以扩展,并认为董仲舒所策动的汉武帝时代及以后的'复古更化',就是一场宪政主义革命,其结果则是建立了'共治体制'。"从这段引文看,秋风先生的贡献,只是将余英时先生的"共治"拓展而成为一种"体制"。

中国有"汉承秦制"之说。具体体现于几个方面:一是承袭了秦的专制主义中央集权制度,包括至高无上的皇权,以丞相为核心的中央官制;二是承袭了秦的郡县制,汉初曾经实行郡国并行制,先后分封过异姓王与同姓王,实践证明不可行,所以,到汉武帝时逐渐形成了州、郡、县三级管理体制;三是承袭了秦的监察制度,但不是"监察"皇权或秋风先生所说的"绝对权力",而是代表皇权监察公卿大臣皇室宗亲以及地方官吏,只是名称稍有不同;四是承袭了秦的以察举与征辟为主的官吏选任制度。可见,从制度的层面上说,秋风先生发现的汉武帝时代的"宪政主义革命",可谓子虚乌有,纯属主观臆测。

从思想的层面上说,"董仲舒所策动的汉武帝时代及以后的'复古更化'",就是让汉武帝"罢黜百家,独尊儒术"。这与秦始皇的"焚书坑儒"固然不同,与春秋战国时代的"百家争鸣"也迥然有别——除了被皇权即"绝

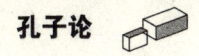

对权力"所"独尊"的"儒术",其余"百家"都被"罢黜"了,还能"争鸣"得起来吗?除了战乱不断,政局多变的魏晋时期儒术之"独尊"相对淡化,于是曾有玄学与佛学兴起,从汉武帝直到清末的两千年的历史之中,有过"宪政主义"所必需的"思想自由"么?

十

秋风先生说:"董仲舒非常简练地描述了汉儒所向往的治理结构:'以人随君,以君随天'……万民确实应当服从君王,这是维持秩序之所必需。但是,君王绝不是最高的,君王之上有天。秦始皇相信自己就是天。儒者则宣告,皇帝不是天,不过是'天之子',他必须服从天。更为重要的是,天意只有儒者能够理解,也只有儒者有能力提出政策方案,对上天的意见作出正确的回应。"

在秋风先生说的这种"治理结构"中,要"以人随君"是实话,要"以君随天"是鬼话,历代帝王以"天子"自居,大致与"君权神授"说相类,或可称为"皇权天授"。我说"历代帝王",是包括秦始皇在内的。秋风先生说"秦始皇相信自己就是天"不知有何依据?在司马迁的《史记·秦始皇本纪》中,当宰相、御史与廷尉一起"昧死上尊号"说"王为'泰皇'。命为'制',令为'诏',天子自称曰'朕'"时,秦始皇只回答"去'泰',著'皇',采上古'帝'位号,号曰'皇帝'。他如议",对于"天子"二字是默认了的,并没有因为他以"天"自居人家却将他"降格"为"天子"而怒发冲冠。

秋风先生说"天意只有儒者能够理解",似乎由此找到了儒家能以"天"的名义监督"绝对权力"的依据,则更是天方夜谭。孔夫子就说过:"天何言哉?四时行焉,百物生焉,天何言哉?"(《论语·阳货》)宋真宗想改元,王钦若曾为他策划过一出"天书"的闹剧,龙图阁待制孙奭,就以"'天何言哉'?岂有书也!"来责问宋真宗的,问得宋真宗哑口无言。孙奭日后还说了一句振聋发聩的话:"国将兴听于民,国将亡听于神。"王钦若与孙奭都是读了儒家经典而以科举入仕的,一个与皇帝合谋以"天"欺人。一个以"天何言哉"来戳穿西洋镜,却没有一个能与秋风先生说的"天意只有儒者能够理解"相符。不知道秋风先生凭什么说"只有儒者有能力提出政策方案,对上天的意见作出正确的回应"?

十一

其实,所谓的"共治体制",即"士大夫与皇权共治体制",并非是董仲舒的"宪政主义革命"之后才有的。管仲与齐桓公的"共治"曾使齐国成为春秋五霸之首,这是孔夫子前一百几十年的事。晏子甚至能让齐国三代君主接受他的政治主张,使齐国乱而复治。即使是秦始皇,也有李斯之类的"士大夫"与他"共治",尽管李斯提出并为秦始皇采纳的"焚书坑儒"影响恶劣,郡县制却是一直沿袭了下来的。何况,除了李斯,还有专治《尚书》的儒生博士所积极鼓吹封禅说,为秦始皇的封禅活动造势,这也是一种"共治"。可见,仅就"共治体制"而言,并不是董仲舒的首创与贡献。

我想说的倒是,秦汉之后的"士大夫",与春秋战国时期的"大士夫",就其"士节"而言,不可同日而语,并不像秋风先生所说的那样,"有明确而强烈的道德和政治主体性意识",并"一直试图对皇权予以控制和约束"。秦汉之后的大一统,使人才的"卖方市场"变成了人才的"买

孔子论

方市场",使人才的"自由竞争"变成了人才的"市场垄断",说"言不用,行不合,则纳履而去,安往而不得贫贱哉"这句话的田子方,倘若活在这种大一统的时代,首先得担心的恰恰正是这个"安往"——想"纳履而去"都不得啊,还能翻得出如来佛的手心?于是"士"们花尽了吃奶的力气往"仕途"上挤,至于做梦也想得到权势者的提拔和赏识的,即使权势者不要你下跪,也要像贾桂那样硬是跪下去了。从秦汉到唐宋直到明清,士大夫的气节,就其总的趋势而论,可谓每况愈下。就说董仲舒的"宪政主义革命"之前之后的汉代吧。前有大儒叔孙通制订朝仪让汉高祖刘邦尝足了真龙天子的滋味,后有五经博士大讲谶纬以迎合两汉皇帝普遍信神求仙的嗜好。如此这般的"共治体制",能够"限制绝对权力"才怪!

鲁迅称"我们从古以来就有"的埋头苦干、拚命硬干、为民请命、舍身求法的人为"中国的脊梁",在这种"虽是等于为帝王将相作家谱的所谓'正史',也往往掩不住他们的光耀"的"中国的脊梁"中,确有不少崇尚清醒务实、谨记居安思危,注重气节操守的儒家士大夫。然而,他们的"入仕",毕竟是要为君王所用,助君王治民,而不是去抗衡皇权的。即使"犯颜直谏",也是为了皇家天下的长治久安,或许还为报答君王的知遇之恩。"居易所以不避死亡之诛,事无巨细必言者,盖酬陛下特力拔擢耳"(《旧唐书·白居易传》),唐代李绛为白居易说的这番话,有其一定的真实性和普遍性。孔夫子没有说过"文死谏",后世的儒家却将"文死谏"当做忠于皇上的最高境界。古代有不少士大夫越职言事,包括唐代的白居易,宋代的范仲淹,所言之事富有儒家之理,"越职言事"的本身却有违儒家之礼,虞翻对孙权说:"臣闻周公制礼以辨上下,孔子曰'有君臣然后有上下,有上下然后礼义有所错'，是故尊君卑臣，礼之大司也。"在这个儒家的结构性矛盾中，那些"为民请命、舍身求法"的士大夫不可能有大的作为，"限制皇权"云云，连想都不敢想的。

大权独揽而使皇权虚设的士大夫也有，那叫权臣擅权。史家这样评说南宋时的权臣韩侂胄："侂胄专政十四年，宰执、侍从、台谏、藩阃，皆其门庑之人，天子孤立于上，威行宫省，权震宇内"，这种权臣擅权，同样也是一种专制，而绝对不是什么"宪政主义"，也不该是钱穆先生所说的"士人政府"吧！

十二

秋风先生说："共治体制的基本框架确实是皇权制，但儒生进入，形成了汉宣帝所说的'霸、王道杂之'。皇权是霸道，儒家士大夫代表王道。儒家士大夫对皇权有所妥协，但也有所抗衡，限制了皇权的暴虐。因此，相对于秦制的皇权绝对专制，共治体制具有一定程度的宪政性质。"我很怀疑秋风先生连王道与霸道的意思都没有弄明白。

孔子是很少甚至没有说过王道与霸道这两个词语的，至少在《论语》中没有。孟子与荀子都说得比较多。在孟子那边，王道就是以仁（义）服人，霸道就是以（实）力服人。荀子与孟子稍有不同，他所谓的王道，除了仁义，还有以实力支撑的威势。儒家所谓的霸道，并非后人所理解的横行霸道之"霸道"，更不是暴政的代名词，后世之变法图强，以及所谓的"弱国无外交"之类，都有霸道的色彩。管仲辅佐齐桓公"九合诸侯,不以兵车"，"称霸诸侯，一匡天下"，成为春秋五霸之首，孔子还连称"如其仁"呢！司马迁说孔子（其实说孟子更为合适）"小管仲"，也只是抱怨他没能辅佐齐桓公称王而已。

汉宣帝所说的"霸、王道杂之",或许含有权术、权势与礼义并用的意思。其"杂之"的方式,也可有各种体现:例如明的是王道,暗的是权术;说的是王道,行的是权势,却绝对不会是秋风先生说的那种意思,即皇上代表的是霸道,士大夫代表的却是王道。而且,就像霸道不能等同于暴政一样,王道也并不等同于民主,无论是王道、霸道还是"霸、王道杂之",都是拿来为他所用,都是为了牧民、畜民、治民,即使是富有民本思想的孟子,从根本上说,也旨在使权势人物能够称王天下。秋风先生不是明明白白地说:"万民确实应当服从君王,这是维持秩序之所必需"吗?所以,在老百姓那边,日后所谓的"王道"与"霸道"似乎就没有多大的区别,故有"称王称霸"之说。

何况,日本人搞的"大东亚共荣圈",也叫"王道乐土"呢。

十三

秋风先生说儒家一直都想限制绝对权力,说汉武帝时,中国曾有过宪政主义的革命。最后落实到对中国几千年的"专制统治"这种定性的否定。他说:"假如中国两千年甚至五千年确实皆行专制,那就足以证明,限制、剥夺人的尊严和自由的制度最适合中国的国情、民情。这个族群只能过被人管制、奴役的生活,不可能过有尊严和自由的生活。"按照秋风先生的这个逻辑,几千年来,中国的百姓见官都得下跪,中国的官吏见到上司都得下跪,那就足以证明,这个族群只配下跪吧!难怪康有为会说,不下跪,还要这膝盖何用?

当然,秋风先生是用来反证的,他要说的是,这个民族因为有儒家的"宪政主义传统",所以,能在漫长的历史中"过有尊严和自由的生活",真是"天不生仲尼,万古长如夜"啊!

  自从董仲舒的"宪政主义革命"之后,孔子及其儒家思想,就一直是中国的统治思想,因为这是维护君权、等级与正统的思想。谁想在大一统的中国坐稳了皇位,就会与孔子及其儒家思想结下不解之缘。朱棣"靖难"之时,骨子里是反正统的,不仅逼走了朱元璋的法定继承人,还用极其残忍的手段处死铁铉、景清、练子宁,灭了方孝孺的十族。"靖难"之后,他由燕王成了明成祖,却戴着皮帽子去向孔夫子行四拜礼了,说是"见先师,礼不可简",还将著书批驳程朱理学的读书人朱友季钦定为"儒之贼者"。永乐十二年,又命胡广、杨荣、金幼孜等儒家士大夫修《五经大全》、《四书大全》,并亲自为之制序。这个典型的实例大概可以说明,权势者或想当权势者的人们为什么要把孔夫子抬到吓人的高度,而将以孔夫子为祖师的儒家思想当做自己的命根子了吧。

  秋风先生将中国两千年历史描绘成"有时很混乱,有时很清明;有时很残酷,有时很理性;人民好像是自由的,转眼间他们又毫无尊严可言"。他所说的"很混乱"、"很残酷"的时代,大概是鲁迅所说的"想做奴隶而不得的时代";他说的"很清明"、"很理性"的时代,大概就是鲁迅所说的"暂时做稳了奴隶的时代"。但无论是"想做奴隶而不得的时代"还是"暂时做稳了奴隶的时代",都是维护或者争夺专制权力的时代。能像秋风先生那样说"这个族群只能过被人管制、奴役的生活,不可能过有尊严和自由的生活"吗?

  在孔夫子以及儒家思想中,确实有不少思想资源至今依然鲜活,值得借鉴吸取——这是历代帝王以及官僚政客(也不排斥相当一部分的所谓"士大夫")只想用来撑门面而未必就想真正实行的——却也有不少糟粕早就应该抛弃。甲午中日战争期间,严复在天津《直报》连续发表政论,将中西文化作过一番比较。其中《论事变之亟》一文说:"中国最重三纲,而西人首明平等;中国亲亲,而西人尚贤;中国以孝治天下,而西人以公治天下;中国尊主,而西人隆民;……"请问,中国与西方不同的这几条,哪一条不是儒家的主张?包括孔夫子在内的历代儒家确实希望能够出现或造就一个好皇帝,然而,巴望一个好皇帝,难道就是秋风先生的"宪政主义"理想吗?

然而,秋风先生却说,中国人"必须回到儒家"去呢!

鲁迅辩

書 政 辨

鲁迅，永远的话题

一

鲁迅诞辰一百二十周年前夕，绍兴县报来信要我写一篇文章以示纪念，鉴于这些年来围绕鲁迅的是是非非，我为自己出了这个题目：鲁迅能不能批评？

鲁迅是人，当然也有缺点，鲁迅是可以批评的。神化鲁迅，或以鲁迅的是非为是非，只会扭曲鲁迅。鲁迅本人也不拒绝批评。在与"革命文学"家们论战时，他就曾希望有几个操马克思主义枪法的人出来阻击他。而且，他解剖自己并不比解剖别人来得留情面。瞿秋白的《鲁迅杂感选集序言》对鲁迅前期的思想有许多尖锐的批评，鲁迅是感到心悦诚服的。

鲁迅是可以批评的，别人应当尊重批评者的批评权利，但也有权利不同意批评者的观点。鲁迅作古多年，他本人早已不能申辩，批评鲁迅的人更应当允许别人的反批评。

伟人的名字只会通过批评的利器越擦越亮，经不起批评的伟人倒有假冒伪劣之嫌。热爱鲁迅的人大可坦然，不必为别人批评鲁迅沉不住气。

二

鲁迅生前或死后，一直都有人批评有人非议有人在骂，从来就没有停止过，这种文化现象至少能够说明这样两点：

其一，鲁迅的伟大与不朽。毫无影响的人，除了他周围的几个人，还有谁去批评他？像过眼烟云一样的人，几年几十年后，还有谁去非议他？遗臭万年的人确实一直都有人骂，但那已是众矢之的，不可同日而语。

其二，时代的发展与变迁。人必有所缺，才会有所需。时代变了，有所缺的有所需的都会变，于是对鲁迅思想鲁迅作品的着眼点就都会有所不同。鲁迅研究会不断研究下去，也会不断挖出新意；骂鲁迅的人也会不断出现，除了鲁迅的博大精深外，也因为在不同的时代看待鲁迅作品和鲁迅思想的着眼点的不同。

鲁迅在不断经受着历史的鉴定，或一时代所崇尚的东西即所谓的时尚之利弊得失，也有待于历史的鉴定。

使人遗憾的倒是对于鲁迅的批评，有不少只是老调重弹，不但没有新意，而且显得无聊。

三

20世纪80年代有一位叫邢孔荣的批评过鲁迅小说，几乎说得一无是处。一翻史料，便知毫无新的见解。早在《呐喊》出版后不久，就有成仿吾写过《〈呐喊〉的评论》，邢孔荣的批评与成仿吾说的如出一辙，连口气和腔调都差不多。

不久前又有人在批评鲁迅小说时说，没有长篇的作家称不上伟大的作家。我对鲁迅小说缺乏研究,只是觉得鲁迅之后似乎尚未曾有像《阿Q正传》这样的作品,尚未曾有人塑造出阿Q这样时时都伴随着我们的国民的灵魂,在这位批评者身上或许就有阿Q的影子。他是有长篇的,但有几个人记得他长篇中的人物?

鲁迅只会骂人这话也说了几十年了,这是非议鲁迅杂文的。鲁迅生前有人说,大致都是鲁迅的对手,不免有些悻悻然。如今重弹这种老调的人,我只想提醒他们,不能光看鲁迅怎么骂别人,也要看看别人怎么骂鲁迅,这样才能作出客观公正的评价;不能以鲁迅当年说某人的话来给几十年后的某人定性,也不能以几十年后的某人来评说鲁迅当时言论的是非。毕竟,再高明的摄影师也拍不出一个人几十年后的身韵。倘若真想挑剔鲁迅杂文,最好去看看隐藏在这人事关系后面的思想到底有多大的涵盖面和渗透力。

鲁迅很希望后人能够超越他。倘若后人对他一直都只能高山仰之,不可企及,他会感到悲哀。当然,倘若后人仍然只会像当年某些人那样用粉笔去搪别人的脸以显出自己高明,那他也十分厌恶。

关于李长之的《鲁迅批判》

翻阅刚刚出版的《世纪末杂文 200 篇》,见有杨岳鹏《"批判"有何不好?》(《文汇报》1999 年 2 月 9 日)一文。杨先生关于"批判"这个词语的见解,本人基本赞同,真正意义上的批判,就是"好处说好,坏处说坏"的实事求是的评论,既不是讨伐,也不是溢美。但文章说"李长之先生三十年代写了一部《鲁迅批判》,得到鲁迅的热心支持",却与事实大有出入,有必要予以澄清。

李长之 1910 年出生于山东利浦,当时是清华大学哲学系的学生,兼任天津《益世报·文学副刊》的编辑。从 1935 年 5 月起,天津《益世报·文学副刊》和《国闻周报》连载他撰写的《鲁迅批判》的部分章节,例如,《〈鲁迅批判〉序》发表于 1935 年 5 月 29 日,《鲁迅作品之艺术的考察》发表于 1935 年 6 月 12 日,后经修改补充,该书于 1935 年 11 月由上海北新书局出版。从有关书信可以判断,李长之写《鲁迅批判》,鲁迅事先根本就不知道,他是从报上发表的部分章节得知有这回事的。鲁迅在 1935 年 6 月 19 日给孟十还的信中说:"李长之不相识,只看过他的几篇文章,我觉得他还应一面潜心研究一下;胆子大和胡说乱骂,是相似而实非的。看那《批判》的序文,都是空话,这篇文章也许不能启发我罢。"从这些话中可以看出,鲁迅对于李长之及其《鲁迅批判》是冷漠和反感的,没有丝毫"热心支持"的迹象,不知杨岳鹏先生说的"热心支持"所据何本?

鲁迅对李长之及其《鲁迅批判》的冷漠与反感,当然不是因为"批判"二字刺眼扎眼,也不是因为鲁迅听不得别人的"批判",他懂得批判的准确含义和实际作用。这种冷漠与反感是另有原因的。李长之当时在天津《益世报·文学副刊》兼职,他的不少文字是在《益世报》上发表的,梁实秋也常在《益世报》上发表文章,鲁迅不会不注意到这一点;李长之还常在苏纹、杨村人、韩侍桁编的《星火》杂志上发表文章,这更引起鲁迅的警觉。因而,鲁迅后来在给李长之的信中说:"因为忙于自己的译书和偷懒,久未看上海的杂志,只听见人说先生也是第三种人里的一个。上海习惯,凡在或一类刊物上投稿,是要被看作一伙的。"可见,鲁迅对李长之及其《鲁迅批判》的冷漠和反感,其主要原因,在于鲁迅怀疑李长之是否属于那种"死抱着文艺不放"的"第三种人"。

鲁迅的这种怀疑,还有一个根据,就是在李长之的《鲁迅批判》中确实也有某种"死抱住文艺不放"的气息。看得出来,李长之试图从美学的角度、纯文艺的角度来分析研究鲁迅及其作品。他认为:鲁迅"纯艺术的作品不很多",这是因为"鲁迅在生活上的余裕太少,至少是在心理的感觉上";鲁迅"在《呐喊》和《彷徨》之后,就不见类似的作品",这是因为鲁迅"也陷于这样的苦闷——在社会的改革感到迫切的时候,能不能觉得这种余裕的东西还是有价值的呢?从情感上看当然觉得它的淡漠,从理论上就不能不有所动摇了……到了文艺似乎是武器,又不能忘怀于创作必须得没有束缚的时候,冲突就来了"。他说:"恐怕这,是像一切青年作家的搁笔似的,也是鲁迅此后少有创作的最大的根由。"在李长之看来,有余裕才会从容,才会有纯文艺的作家。这种文艺观,其利弊得失此处不论,但与鲁迅当时的文艺观显然是有距离的。从这种文艺观出发,李长之当然也不可能充分认识到鲁迅杂文的价值,就连鲁迅的散文诗集《野草》,他也认为"名为散文,其实依然不过是在回忆中杂了抒情成分的杂感"。也正是从这种纯艺术的角度出发,李长之在他的《鲁迅批判》中提出了"完整的艺术"和"失败之作"这样两个命题,并且对此二者界定过于极端,因而,就连《药》这样的他认为"没有毛病的好作品",也仅仅因为"结束"之"那末了草",而归于"失败之作"了。难怪鲁迅会说这是"相似而实非"的"不能启发"他的"空话",说李长之"还应一面潜心研究一下"了。

李长之当时毕竟还只是一个青年学生,并不属于"那一伙",他的"胆子大"或"相似而实非"的批评,并不带有什么恶意。从1935年7月起,李长之曾几次写信向鲁迅求教并作解释。是年9月12日,鲁迅在给胡风的信中说:"李'天才'正在和我通信,说他并非'那一伙',投稿是被拉的。我也回答过他几句,但归根结蒂,我们恐怕是弄不好的,目前也不过是'今天天气哈哈哈……'而已。"可见他并不轻信李长之的解释,却也没有把李长之完全拒之门外,就在同一天,他还是给李长之回信说:"不过这也无关紧要,后来大家会由作品和事实上明白起来。"在此两年之后,徐懋庸在评论李长之的《鲁迅批判》时说:"李长之太爱把'杂感家'的名称送给鲁迅了,所以把'杂感'两字的含义扩大,差不多就等于'思想',虽然用意和正人君子不同。"这或许就应验了鲁迅说的那一句话,即大家已由"作品和事实上明白起来"了。

　　李长之的《鲁迅批判》,应该是中国鲁迅研究的第一部专著,此前曾有李何林的《鲁迅论》闻世,那毕竟是论文汇编,还不具有系统研究之品质。从《鲁迅批判》的内容来看,其实也是有得有失,其中不少论述是可取的,但这都是另一码事。既定的历史事实是无法改变的,说李长之的《鲁迅研究》曾"得到鲁迅的热心支持",总有当年鲁迅说的"胆子大和胡说乱骂"之嫌。

"做鲁迅"？

"做"字有多种含义。光是"做人"的"做"，就使人难以把握，"做人还没有做过"的"做"与"做人做过了"的"做"本不相同，"做人做得很好"的"做"与"很会做人"的"做"也大有分别，如今偏偏又冒出一个"做鲁迅"，实在费人思忖。

我是从《南方周末》的众议版上看到"做鲁迅"这个字眼的，那篇文章题为《就〈动物上阵〉的一点说明》，作者邵建。文章最后一段说："在做鲁迅时，我不止一次和朋友包括同样做鲁迅的朋友交流说：鲁迅杂文骂人，如果我们批评鲁迅，就一定不能用骂的方式，一定要超越。"从字面上看，邵建先生所谓的"做鲁迅"，指的肯定不是"要做鲁迅那样的人"，他是不屑与鲁迅为伍的，因为"鲁迅杂文骂人"；也肯定不是"要造就一个鲁迅"，因为他以及他的那些"同样做鲁迅的朋友"是要"超越"鲁迅的，而且是"一定要超越"。

那么，这个"做鲁迅"到底是什么意思呢？且听我从头细说。

鲁迅辩

《书屋》杂志发过邵建先生的一篇文章，题为《动物上阵》。据说此文"主要梳理鲁迅杂文中的'骂人'现象，并对这种现象提出批评"，不料王乾荣先生在《南方周末》发文章说他"以骂制'骂'"，使邵先生忍不住要辩解了，说他原先写的是"这'狗系列'和前面的'鸟系列'，真让人担心，动物上阵，会不会先自与动物为伍"，却被《书屋》杂志的编辑改为"动物似的上阵，会不会先自与动物为伍"了。他为此喊冤："如果这是在骂鲁迅，过不在我。"按照邵建先生的看法，说鲁迅"动物似的上阵"是"骂鲁迅"，说鲁迅"与动物为伍"就不是"骂鲁迅"了。该叫什么呢？按他自己的说法，该是"做鲁迅"。邵建先生（或许还有他的那些"同样做鲁迅的朋友"）即使不把鲁迅"做"成动物，似也要把鲁迅"做"成"与动物为伍"的。这样一来，倒是让我明白了，原来"做鲁迅"的"做"，取用的乃是"做了他"的"做"。《官场现形记》中就有一句说："难道他们竟串通一气，来做我们的。"

对于"做鲁迅"，邵建先生还另有一种说法，叫做"批评"鲁迅。诚然，鲁迅是可以批评的，因为鲁迅不是神；鲁迅也一直都有人在批评，或者叫骂也行，从他生前到死后直到现在。但批评鲁迅，总得批评出个道道来，即使是骂，也得骂出一个水准。诸如"鲁迅杂文骂人"之类，实在是老掉牙了。邵建先生的全部发明，只是从鲁迅杂文中"梳理"出了两个动物系列，即"狗系列"和"鸟系列"。他倒是忽略了鲁迅杂文中还有比动物甚至植物更低级的东西，例如"沉滓"。但这都是比喻，就像李敖把某些清流人物比成"蝙蝠"，秦牧把某些跟在狼后面吃人肉的人比成"鬣狗"一样。只要用得贴切，只要喻体与对象之间确有某种相通之处，那么，这"名号一出，就是你跑到天涯海角，它也要跟着你走，怎么摆也摆不脱"（鲁迅语）。这就叫艺术。没有这样的前提,才叫做谩骂。鲁迅曾说"我的言论有时是枭鸣",他把自己比成了"枭",是否也叫骂人,也使自己进入了"鸟系列"?

据说,中国要有五十个鲁迅,王蒙先生就会惊呼"我的天",因为那会"引发地震"。看来他是多虑了,中国只有一个鲁迅,还不断有人想"做"了他呢!

武松活着会怎样

不少人爱做假设鲁迅还活着的文章,我却由此想到另一个题目,武松活着会怎样?只是这题目仍与鲁迅有关。

陆陆续续地看到过不少非议鲁迅的文章,大致都是因为当年被鲁迅批评(或曰"骂")过的人,由于种种原因,如今一个一个地都风光了起来,于是鲁迅就成了重新审议的对象。这时间段,原先大致在鲁迅的中后期,现在却是大大地提前了,一直推进到"五四"之前的新文化运动。

读到一篇文章,是为"学衡派"翻案的。以《学衡》杂志的创刊号为标志,"学衡派"面世也当在 1922 年,但因为它是"专一和新文化派作对"的,于是翻案文章就做到了"五四"之前的新文化运动,被指控的有胡适,有陈独秀,自然少不了也有鲁迅,他们同属"新文化派",鲁迅的一篇《估〈学衡〉》,据说还"为后来的石一歌提供了炮弹"。

翻案者说:"学衡派与新文化派的对立有个总的聚焦,在各个文化领域的争论都围绕着这一聚焦。它就是如何对待祖国传统文化和西洋文化的问题；对中国传统文化是全盘否定，一概打倒，还是甄别优劣，优者保存继承，劣者扬弃？对西洋文化是盲目崇拜，臣服在地，全盘引入，还是有区别地明白辨析，审慎取择，供我所用？"打出这块招牌很适时，对于"传统文化"当然不能"全盘否定"，对于"西洋文化"当然不能"全盘引入"，完全符合如今的主流说法。作者之所以一口咬定"学衡派""最终被证明是胜利者"，一口咬定"他们当年的主张、观点经得住历史的验证，得到准确的定位"，大概就以为这种主流说法为他提供了支撑，而新文化运动以及以后的"五四"运动，在这两个问题上确也有其缺憾。

但有这样两点，本来是不该被人忽略的：

其一，不能忘了当时的背景，在中国这块土地上的改革之难，往往是"改革一两反动十斤"，往往总是等到你要拆屋顶了他才同意开个窗子。如果懂得这一点，也就不会过分地的挑剔和责难八十年前的新文化运动的先驱。何况他们的功绩显而易见，且不说提倡民主与科学，为"德、赛"二先生张目，就是提倡白话文这一条，至今仍使后人受益。

其二，不能忘了"学衡派""专一和新文化派作对"时的实际表现，他们的"谨慎取择"，"谨慎"到连国际通用的"新式标点"也拒绝"供我所用"。《民心周报》自发刊以至停版，除小说及一二来稿外，全用文言，不用新式标点，《学衡》杂志的主编先生就大为赞赏，说："即此一端。在新潮方盛之时。亦可谓砥柱中流矣。"（吴宓：《新文化运动之反应》）遗憾的是"砥柱中流"者连一个"新式标点"都未能抵住，以至于八十年后有人要为之翻案之时也不得不用"新式标点"。

然而，写《八十年的沉冤案要翻》的先生还是理直气壮地宣称：新文化派是胜利过的失败者，学衡派是失败过的胜利者。

鲁迅辩

于是就不由自主地想到了武松。

我想，如果武松活着，一定会被有些人指控为千古罪人，而且罪在不赦。武松打死了老虎，却也损伤了打虎现场的草木，功劳大可忽略不计，"破坏环保"却是罪在不赦，何况这"功劳"本身也大可质疑：老虎已经成了保护对象，当年在景阳冈上打虎的武松岂不更是千古罪人？

许寿裳与《鲁迅年谱》

撰写《鲁迅年谱》的工作,按许寿裳原先的想法,是想以周作人为主的。1937年2月3日,许寿裳在给许广平信中就提出:"年谱事,裳意最好仍由岂明兄起草,君与乔峰兄及裳补充,请乔峰兄复函一商,何如?"然而,他同时也考虑到周作人是否能够顺顺当当地应承下来,所以在这封信中又说:"倘岂兄仍以病不能述作,则届时由裳起草亦可,惟总须反平后方能动手耳。"1937年2月21日,许寿裳在北平见到了周作人,并与他商定,《鲁迅年谱》由周作人起草,许寿裳分担一部分,出版时一同列名。

周作人起草的其实只是前28年。3月底,许寿裳催促周作人,知"尚未脱稿";到了4月底,许寿裳再次催促,答曰"本星期内可以脱稿"。当许寿裳读到这一部分稿子时又不免感到失望,28年的经历,只写了四张纸,所述内容过于单薄。他在1937年5月3日给许广平的信中说到这种感觉。就在这封信中,他明确提出,《鲁迅年谱》第一段即1881年至1909年由周作人承担;第二段即1909年至1925年由许寿裳承担,他那时正在赶阅鲁迅在北平期间（1912—1925）的日记；第三段1926年至1936年由许广平承担。鉴于这一段不可避免地会涉及鲁迅与朱安及许广平的婚姻关系，许寿裳说，将来"仍用裳名可也"。

1937年5月7日，许寿裳即将由他承担的那一部分《鲁迅年谱》抄录，连同周作人写的那个部分一起寄给许广平。他在信中特别提到两点："（一）豫兄有一篇试作小说（按：系鲁迅第一篇文言小说《怀旧》）载在民元二年之《小说月报》，篇名及月报号数尚未查出，如弟处已查得，应请补入。（二）关于弟个人婚事，裳拟依照事实，直书为'以爱情相结合……'，并于民七特示'爱情之意见'一条，以示豫兄前此所感之痛苦。言隐而为，想荷谅解。如尊意以为未妥，仍可修改，务请明示为盼。"5月17日，许寿裳查到《怀旧》一文的出处，又写信给许广平，希望"年谱于辛亥冬添一条：'第一篇试作小说《怀旧》成，发表在民国二年《小说月报》第四卷第一号。'"许广平曾将她承担的后十年《鲁迅年谱》初稿寄给许寿裳，许寿裳悉心审阅，"略增减数字"，并于1937年5月21日函告许广平。

在5月21日的这封信中，许寿裳又说到"起孟与裳分编之部分，实嫌太简"。他先提出，"惟一九〇三年为《浙江潮》撰文，一九〇六年为《河南》杂志撰文（已见前）以及民十三起为《语丝》撰文，民十四编《莽原》及为《国民新报》副刊作编辑（日记上虽未载），均可即时添入，希弟代为增加可也"，两天后是星期天，许寿裳稍有空隙，便特地前去拜谒鲁迅母亲，从她那边新得若干材料，充实后送周作人核定，没有想到周作人回信说："尊稿奉还，唯为添注一处，乞察收。鄙意此谱还以由兄单独出名为宜，已接连将凡例涂改矣。盖弟所写者本只百分之二三，只算供给材料，不必列名，且赞扬涂饰之辞系世俗通套，弟意以家庭立场措词殊苦不称，如改为外人口气则不可笑也。"许寿裳虽然不知周作人何出此言,但他在1937年5月25日给许广平信中细说了这个过程,且明确表示:"裳意不欲勉强,迳由个人出名亦可。"他这样说,也有"当仁不让"之意。对于"年谱",他不仅自己执笔,而且也确实起了统筹与统稿的作用。

由许寿裳署名的《鲁迅先生年谱》,作为附录,收入第一部《鲁迅全集》,许寿裳在"年谱"之前,有"凡例"五条,其中第一条称:"本谱材料,有奉询于先生母太夫人者,亦有得于夫人许广平及令弟作人建人者,合并声明。"

鲁迅也怕世俗

我们读鲁迅,总觉得他是无所顾忌无所畏惧的人,包括不顾世俗,不畏人言,真正做到了"天变不足畏,祖宗不足法,人言不足恤",他把但丁那句名言融化在血液中了。这句名言大家都很熟悉,叫做"走自己的路,让别人说去吧"。

日前重读许钦文所著之《〈鲁迅日记〉中的我》,却意外发现,鲁迅也有所畏惧。

鲁迅的小说《幸福的家庭》有一个副题,叫做"拟许钦文"。关于这个副题,他还专门写了一个《附记》。然而,小说发表后,仍然引发了不少议论。有所谓的"广告"说,说这是为许钦文做广告;有所谓的"同乡"论,说为许钦文做广告,乃是因为"同乡"的关系。我原先想,对于这些闲言碎语,他会置之不理,"走自己的路,让别人说去吧"。然而,事实并非全然如此。许钦文的小说集《故乡》是由鲁迅负责选编垫资印刷甚至亲自校对的,但他偏偏没有为这部由他全力推出的青年作家的作品写序。他对许钦文说:

"引言,我特地叫别人写,我不写,避开同乡的关系。"由此可见,他其实也怕人言。

鲁迅曾与许广平一起去过杭州,那是 1928 年 7 月。他们在杭州待了五天,许钦文全程陪同,白天陪,晚上也陪。他们住的是清泰第二旅馆的一间有三个铺位的房间,许钦文就睡在居中一铺。这房间是由川岛按照鲁迅的意思预订的,许钦文睡居中一铺,也不是他自己想当"电灯泡"。这是夏天,已经 31 岁的许钦文与他们同住一室,不仅非常尴尬,而且彼此都不方便。不少人说,鲁迅此行杭州,是与许广平去度蜜月的。许钦文却一直没有弄懂,直到 82 岁时还说:"有谁的度蜜月要旁人在一起的呢?"但我忖度,鲁迅如此安排,明摆着是要许钦文作见证的,见证在这五天中鲁迅与许广平的清白。由此可见,他其实也怕世俗。

世俗往往表现为人言,人言处处透露出世俗。这种看不见摸不着却又无处不在无时不有的东西具有极大的束缚力与杀伤力,以至使"大无畏"如鲁迅者也有所畏惧。比如说,在世俗的眼光中,乡党乡曲都需忌讳,所以,尽管鲁迅认定许钦文是很有作为的青年作家,尽管对于许钦文的《故乡》最熟悉的莫过于鲁迅,尽管鲁迅也曾为不少非绍兴籍的青年作家的作品写序,却因为那世俗的议论而要特地为"避开同乡的关系"不写引言;比如说,在世俗的眼光中,男女大防更不可破,何况还是师生之恋。所以,尽管鲁迅自己认定的与他两情相悦的终身伴侣也就是一个许广平,尽管在此一年两个月之后,他们的小海婴也就来到人世,他却在旅居杭州的"蜜月"期间还要许钦文去扮演这个尴尬的角色。凡此种种,在后人看来,似乎大可不必,却很难体会到当事人内心的苦衷。那种"有冤无头,有怨无主"的世俗能够吞噬人的灵魂。鲁迅也是人,他已经受了太多伤害,有时候也不得不穿上这厚重的铠甲。

我于是理解了鲁迅为什么要写《论"人言可畏"》,还在文章中说:"且不要高谈什么连自己也并不了然的社会组织或意志强弱的滥调,先来设身处地地想一想罢,那么,大概就会知道阮玲玉的以为'人言可畏',是真的"。我想,就凭这"设身处地"四个字,也就可知此中其实也融入了他自己的体验。

《夸张规律》异议

舒芜先生的《夸张规律》(《文汇报·笔会》2007年11月8日）一文，批评传播过程中的夸张，举的实例，乃是胡兰成致朱西宁信中转述的"战时"在上海许广平对他说的一段话："虽兄弟不睦后，作人先生每出书，鲁迅先生还是买来看，对家里人说作人先生的文章写得好，只是时人读不懂。"他认定胡兰成的转述"有不尽准确之处"，换句话说，是"夸大其辞"了。根据是《鲁迅日记》中的记载以及《鲁迅日记》每年后附录的"书账"。舒芜先生说：自1927年10月鲁迅最后定居上海至1936年10月逝世，许广平能够亲见的这十年中，周作人出版的著译有《谈龙集》等共二十三种，而同期《鲁迅日记》每年后附录的"书账"中，却只1932年有"周作人散文抄一本"和"看云集一本"这两条。

看来，舒芜先生只是很慎重地检索了《鲁迅日记》每年后附录的"书账"，连对《鲁迅日记》本身也未曾予以细致的审察。例如，1928年9月2日《鲁迅日记》中有"午后同三弟往北新书局，为广平补买《谈虎集》上一本，又《谈龙集》一本，共泉一元五角"的记载，恐怕就没有进入舒芜先生的视野。《谈龙集》是周作人的文艺杂论集，1927年12月由开明书店印行，《谈虎集》是周作人的杂文散文集，1928年1月由北新书局印行。鲁迅"同三弟"去买此二书时，此二书印行不久。《谈虎集》分上下两卷，只因缺了上卷，鲁迅还专门"为广平补买"，其实却与为他自己"补买"已无太大的区别。众所周知，这十年正是鲁迅与许广平相濡以沫的十年，倘若许广平真的说过"作人先生每出书，鲁迅先生还是买来看"，并不算太离谱，胡兰成的"转述"也未必就是"夸大其辞"。

舒芜先生考虑到了这样一层因素："会不会有买了书而不记日记不入'书账'的呢？"他回答说："按鲁迅一贯习惯，似乎不会有，当然也不能绝对排除例外，但无论如何，周作人'每出书'鲁迅都'买来看'，这样的全称肯定，总是不确切的。"尽管胡兰成"转述"的"作人先生每出书，鲁迅先生还是买来看"，与舒芜先生再"转述"的"周作人'每出书'鲁迅都'买来看'"或"周作人每出书鲁迅就买"有不少差异，我还是认为如此推断倒也顺理成章。问题是他没有想到另一种情况，就是"周作人'每出书'许广平几乎（！）都'买来看'"，或是"周作人'每出书'鲁迅与许广平几乎（！）都以许广平的名义'买来看'"，因而买了之后"不入'书账'"，这恐怕还不是极端的"例外"。我想，如此这般，很能体现"兄弟失和"之后，鲁迅心中的隐痛以及他对周作人的那一种相当复杂的情感。

《夸张规律》一文写《鲁迅日记》记载"上午托广平往开明书店豫定插图本《中国文学史》一部"的日期为"一九三四年十月三十一日"，查一下《鲁迅日记》，应为"一九三二年十月三十一日"，这大概是笔误，顺便指正。

舒芜先生说"引用辗转传播的文字时，总要慎重核实"，我很赞赏这"慎重"二字。做任何学问都得相当慎重，真要做到"慎重"二字相当不易。

"北平五讲"缘何没有清华

1932年11月,鲁迅从上海到北京探视母病期间,总共做了五次讲演——11月22日在北京大学第二学院讲演,题为《帮忙文学与帮闲文学》,同日在辅仁大学讲演,题为《今春的两种感想》;11月24日在北平大学女子文理学院讲演,题为《革命文学与遵命文学》;11月27日去北京师范大学讲演,题为《再论"第三种人"》;11月28日在中国大学讲演,题为《文学与武力》。这五次讲演,被称为"北平五讲"。

"北平五讲"没有清华,是清华大学没有人出面去请吗?不是的。朱自清一生之中,与鲁迅相见总共三次,有两次就在1932年11月的鲁迅北平之行期间。而且,刚刚从欧洲游学回来正式出任清华大学中国文学系主任不久的朱自清,两次登门拜访鲁迅,就是来请鲁迅到清华大学去讲演的,但他都没有如愿以偿。

第一次是在11月24日,当日《鲁迅日记》记载:"上午朱自清来,约赴清华讲演,即谢绝。下午范仲澐来,即同往女子文理学院讲演约四十分钟,同出至其寓晚饭,同席共八人。"朱自清在这一天的日记中则写道:"访鲁迅,请讲演,未允。"他事后在《我和鲁迅》一文中这样回忆,这天他去西三条约请鲁迅先生时,鲁迅"大概刚起来,在抽着水烟,谈了不多一会儿我就走了,他只是说有个书铺要将近来文字集起来出版,叫《二心集》,问北平看到没有,我说好像卖起来有点不便似的。他说这部书是卖了版权的"。无论从《鲁迅日记》,还是朱自清日记以及朱自清日后的回忆看,朱自清与鲁迅都没有深谈。鲁迅的《二心集》在那年十月即由上海合众书店出版,不久便被国民党政府禁止,后由合众书店送交国民党图书审查机关审查,将删余的十六篇,改题为《拾零集》,到 1934 年 10 月出版。关于此书,鲁迅只是问朱自清在"北平看到没有",没有谈及其中更深一层的意思。朱自清说"好像卖起来有点不便似的",几乎已接触到这一层意思,鲁迅也没有将这话题接过去,只说"这部书是卖了版权的"。那天下午和晚上都有活动安排,晚上在范文澜家中的便宴,其实乃是与北平左翼文化团体的代表见面,但是鲁迅守口如瓶,都没有对朱自清说。

  第二次是在 11 月 27 日。《鲁迅日记》也有记载,曰:"午后往师范大学讲演。往信远斋买蜜饯五种,共泉十一元五角。下午静农来。朱自清来。孙席珍来,不见。晚得广平信,二十四日发。"这一天的朱自清日记也有记载,曰:"下午访鲁迅,请讲演,未允。"因为鲁迅"午后往师范大学讲演",讲完之后还"往信远斋买蜜饯",家里人说很快就回来,朱自清就在那里等候。朱自清事后回忆:"一会儿,果然回来了,鲁迅先生在前,还有 T 先生和三四位青年。我问讲的是什么,他说随便讲讲;第二天看报才知道是《穿皮鞋的人与穿草鞋的人》(原题记不清了大意如此)。他说没工夫给我们讲演了;我和他同 T 先生各谈了几句话,告辞。他送到门口,我问他几时再到北平来,他说不一定,也许明年春天。但是他从此就没有来,我们现在也再见不着他了。"看来,这一次朱自清与鲁迅相见,他们也没有深谈。鲁迅刚从北京师范大学讲演回来,这是一次露天讲演,场面很壮观的,但关于这次讲演,鲁迅没有与朱自清多说,只以"随便讲讲"应付过去,连讲演的题目是什么也没有说。台静农来,是请鲁迅往其寓参加北平各左翼社团欢迎会的,鲁迅对朱自清也是只字未提。鲁迅在北京师范大学的讲演,1981年版的《鲁迅全集》注为《再论"第三种人"》,朱自清说是《穿皮鞋的人与穿草鞋的人》也事出有因,因为在鲁迅的讲演中,确实有一段专讲"穿皮鞋的人与穿草鞋的人",而且给人留下的印象很深。他对前去他家的年轻人也说过这些话,当时有一位叫王森然的还特地做了记录。王森然说,他以后在北京师范大学操场上又听到了这个论述,"北京的几家报纸特别为此事发专文,攻击先生"。所以在朱自清的记忆中,这次讲演是《穿皮鞋的人与穿草鞋的人》也就不足为怪,何况他还有括弧中的说明。

鲁迅真的没有时间去清华大学讲演么?如果只听11月27日下午他与朱自清如是说,大致还能说得过去,因为11月28日傍晚鲁迅便离开北平,就是"北平五讲"之中的最后一场,即题为《文学与武力》的讲演,也是11月28日午前赶去中国大学完成的。然而,这次北平之行,鲁迅在北平总共十五天。说是"北平五讲",其实每次讲的时间并不长,最后一次在中国大学的讲演才二十分钟。因为讲演时间不长,有时还可"连续作战",例如11月22日在北京大学第二学院讲四十分钟,结束后又往辅仁大学演讲四十分钟,看在朱自清两次真诚相邀的份儿上,要去清华大学讲演几十分钟,大约问题不会太大。

两次相约,都未能如愿,朱自清当然也会有所感觉,他回校后对学生们说:"他不肯来,大约他对清华印象不好,也许是抽不出时间,他在城里好几处讲演,北大和师大……只好这样吧,你们进城听他讲罢。反正一样的。"然而,与"抽不出时间"站不住脚一样,"他对清华印象不好"也无从说起。"他不肯来"倒是真的,说得更确切一些,很可能是"他不便来",朱自清不了解内情,只能感觉到"他不肯来",很难想得到"他不便来"。

在这"不肯来"或"不便来"的后面,更深一层的原因,很可能与陈沂给陈漱渝的一封长信中说的那个背景有些关联:"鲁迅的五讲是由左联、教联、文总出面安排的,具体负责是我、范文澜、陆万美三人","关于如何接待鲁迅问题,我们文总讨论过,我同范文澜同志特别交谈过"。朱自清没有加入"左联",不是左翼作家,他的文章也较少政治的色彩,所以,鲁迅与他只是泛泛而谈,更未曾说到有关"左联"的事。尽管朱自清约请鲁迅去清华讲演颇为真诚,但"左联"、"教联"、"文总"没有"出面安排",鲁迅也就不便去——难怪当年北平文总号召向鲁迅学习的内容中有一条,是要学习他的"组织性"和"纪律性"了。

"左联"的工作有某种"左"倾关门主义倾向。从"左联"成立之时起,鲁迅就十分警惕这一点。他在《对于左翼作家联盟的意见》中还专门提出,"战线应该扩大"。北平的左翼文化团体严密安排鲁迅的"北平五讲",总的来说,是为了"鲁迅的安全"和"大家的安全",其中是否也有一点"左"倾关门主义味道呢?鲁迅在北平只待十几天,不便下车伊始,但据陈沂回忆,他在与北平文总的负责人谈话时,还是提出了"反对左倾关门主义"和"一定要团结可以团结的人"的要求。在此之后,北平文总的工作也"有些转变"。

由此看来,朱自清两次约请鲁迅去清华大学讲演而未能如愿,在鲁迅来说,其实也是出于无奈。可以证实这一推断的,是在此五个月后,鲁迅给王志之的那一封信。1933年4月23日,朱自清、郑振铎一起参加了左翼的文学杂志社在北平北海公园举行的文艺茶话会,当时在北平"左联"工作的王志之写信告诉鲁迅这个消息,鲁迅十分高兴,他在5月10日给王志之的信中说:"郑、朱皆合作,甚好。我以为我们的态度还是缓和些好。其实有一些人,即使并无大帮助,却并不怀着恶意,目前决不是敌人。倘若疾声厉色,拒人于千里之外,倒是我们的损失,也姑且不要太求全,因为求全责备,则有些人便远避了,坏一点的就来迎合,作违心之论,这样,就不但不会有好文章,而且也是假朋友了。"此信所谓"郑、朱皆合作",指的是"郑、朱"与"左联",或"左联"与"郑、朱"的合作。鲁迅为这种"合作"由衷地叫好。这一段话,体现了鲁迅认为"左联"的"战线应该扩大"的策略思想,也反映了他对朱自清的基本态度,他是将朱自清和他的老友郑振铎等同看待的。在他看来,"左联"倘若连"郑、朱"也团结不了,"拒人于千里之外,倒是我们的损失"。

鲁迅愿不愿当"国学大师"

网络时代的花样很多,"新鲜出炉"的令人目不暇接。一会儿是几百强富豪的排行,一会儿是最喜爱的华语作家的公选,一会儿又有"十大国学大师"的网评。这后面的一条,在我得知之时"出炉"已经有些日子,据说鲁迅的入选引起了各界强烈争议,"'鲁迅算不算国学大师',成了这场争议热点中的焦点",这便多少使我感到有些"新鲜"。

参加网评的是网友,卷入争议的已是学者。读了反对鲁迅入选的和赞成鲁迅入选的理由,却觉得争议的双方都有失水准,甚至还显得有些滑稽。

反对鲁迅入选者认为,国学大师对国学的研究一定要深要透,要成为专家,"鲁迅不但没有做到这点,还推行白话文毁灭文言,怎么能算是国学大师呢?"鲁迅确实是力主现代人用白话文的,还曾有使人过目不忘的比喻:甲学了文言文后用文言文写作,再让乙学了文言文去读甲写的文言文,就像是拿着放大镜在方寸象牙版上刻了《兰亭序》,再让别人拿着放大镜去欣赏一样。如果持此论者认为文言就是国学，能使文言大行其道的就是国学大师，那么，"怎么能算是国学大师"的恐怕也不仅是鲁迅了，且不说胡适反对用文言写作的力度大可与鲁迅相当，你去排一排，在评出的这十位之中，有几位生前还用文言写作？

这些年来"国学"被喊得震天价响，"国学大师"的头衔也日趋时髦。令人遗憾的是往往没有弄清什么是"国学"，就在那边起哄。章太炎是人们公认的国学大师。据说他提出的国学的主体部分就是"义理、考据和辞章"；据说他与梁启超等人提出的"国学"的主要内容是包括训诂、文字、音韵在内的"小学"以及"经史子集"。据此而论，恐怕就不能轻言鲁迅"没有做到"对国学之研究"要深要透"。蔡元培评说鲁迅"著述最谨严徒非中国小说史"：《中国小说史略》既在"经史子集"的范围之中，自当毫不客气地在国学之中占有一席之地，他的《汉文学史纲要》对经、书、诗的研究之"深"之"透"恐怕也很少有人可以企及，况且他"本受清代学者的濡染，所以他杂集会稽郡故书，校嵇康集，辑谢承后汉书，编汉碑帖，六朝墓志目录，六朝造像目录等，完全用清儒家法"（蔡元培语），在这方面的成就还与他的创作翻译被人并称"三绝"。直接受业于章太炎的鲁迅，其小学、经学以及文言根基都相当深厚，一篇《估〈学衡〉》便"估"出了反对新文化的"学衡"派诸君（包括钱锺书的业师吴宓）的斤两。仅就国学水准以及对国学研究方面的成就而论，将他与其他几位并称为"国学大师"，不相称的还不知该是什么人呢。

支持者则指出，鲁迅不但有巨大的文学成就，还有深邃的鲁迅思想，传统文化方面底蕴也很深厚，所以当选"国学大师"当之无愧。其实，文学成就巨大，可以称之为文学家；思想深邃，可以称之为思想家；传统文化方面的底蕴之深厚，或许也正是他之成为文学家和思想家的一个重要因素。诸如此类，都不是鲁迅可以称为"国学大师"的依据。说得靠谱一些是清华大学的一位刘姓教授，他列出的"评选鲁迅为'国学大师'的四点理由"虽如蜻蜓点水，却都还沾得上边。然而，我之认为赞成鲁迅入选为"国学大师"的一方也同样"有失水准，甚至还显得有些滑稽"，主要的还不在于其理由是否充足，倒是在于有没有必要为鲁迅去争这个头衔。问题并不只在于鲁迅算不算"国学大师"，还得看看鲁迅愿不愿当"国学大师"。

有反对者认为鲁迅"曾努力贬低传统，对国学也没有推崇。这好像不是国学大师应有的态度"，说这话的好像是人大国学院的院长助理，对鲁迅的偏见是显而易见的，但这话也有可取之处，鲁迅确实反对过所谓的"保存国粹"，他不希望将中国的当做专供洋人鉴赏的古董；鲁迅也不赞成在国难当头的时候引导年轻人都"踱进研究室"去"整理国故"，就是国学之研究也与众不同。蔡元培在说他"完全用清儒家法"之时，便指出"惟彼又深研科学，酷爱美术，故不为清儒所囿"。鲁迅对待传统，也是采取"拿来主义"的，当然不会盲目地推崇。如果说，这"不是国学大师应有的态度"，那么，这样的"国学大师"，他确实是不屑为之的。章太炎先生晚年"身衣学术之华衮，猝然成为儒宗"，鲁迅就很为他惋惜和不取。

鲁迅活着的时候，不屑于当这样的"国学大师"，在他去世七十年之后，却有堂堂专家学者汗流浃背地在那边争论他算不算"国学大师"，如此这般，岂不滑稽可笑？！

关于《随感录·三十八》

收录在鲁迅的杂文集《热风》之中那篇叫做《随感录·三十八》的杂感，许多人都读过，也记得这篇杂感中所说的"合群的爱国的自大"的典型心态——"胜了，我是一群中的人，自然也胜了；若败了时，一群中有许多人，未必是我受亏"。然而，这一杂文名篇未必出于鲁迅之手，倒很可能是周作人的作品。

十四五年前，我在周作人的《关于鲁迅》（上海《宇宙风》半月刊1936年11月16日第29期）一文中首次接触这个话题。文中有一段话说："新青年"时期，鲁迅"所作随感录大抵署名'唐俟'，我也有几篇是用这个署名的，都登在《新青年》上，后来这些随感编入《热风》，我的几篇也收入在内，特别是三十七八，四十二三皆是。"我以为周作人所说基本可信。理由有二：其一，在鲁迅的著作中，就有类似的实例。《王道诗话》、《曲的解放》、《出卖灵魂的秘诀》等十二篇杂文是瞿秋白写的，都曾以鲁迅的笔名发表，也都收录在鲁迅的杂文集中，1918年时的鲁迅和周作人也几乎无话不谈不分彼此,周作人的杂文署鲁迅的笔名且收入鲁迅的集子毫不足奇;其二,周作人没有为此造假的必要。《会稽郡故书杂集》一书的"发意作序,编排考订,起草誊清"全是鲁迅一人之所为,付印时序文后却署"会稽周作人记",若非周作人在《关于鲁迅》一文中披露真相,人们仍会以为这是周作人的撰述。周作人说:"整本的书籍署名彼此都不在乎,难道二三小文章上头要来争名么?"

不久前翻阅《许寿裳书信选集》(浙江文艺出版社1999年版),方知早在1937年春许寿裳先生就已接触这个话题。日本改造社率先出版七卷本的《大鲁迅全集》,周作人在给该社山本先生的信中说到他在《关于鲁迅》一文中说的那些话,引起正在为出版第一部《鲁迅全集》殚精竭虑的许寿裳的高度关注。他曾为此事与周作人有过几次交谈,还问过周作人:"你从前既无声明,现在选入《全集》而被译出了,将如何办?"周作人答:"既已选入登出,也没有什么关系,至多或声明一句,说'从前《新青年》投稿时,间有二人通用唐俟名而已'。"1937年4月29日,许寿裳致许广平说:"裳意此事或有可信性,因为大先生为人坦白,毫无求名之意,他对兄弟本无界限,故于二先生之著,同署一名,事所可有,观于《会稽郡故书杂集》署作人名,益信。《热风》又是友人所辑(《题记》上明明说着:'但几个朋友却以为现状和那时并没有大两样,也还可以存留,给我编辑起来了'),一时忘未剔出,不足为病。"1937年5月3日许寿裳致许广平信说:"《随感录·三十八》条登《新青年》时,裳已查过,确系鲁迅之名,彼时大先生自己不愿居名,凡译著有关学术者概用周作人之名,而于《随感录》等攻击时弊露骨易招注目者则用别名(鲁迅、唐俟),此全是大先生之一番好意,起孟亦深知之,故起孟云,即将来中文《全集》中,要收入亦可,剔除亦可无关轻重云,改造社亦只于便时略加说明可也。"1937 年 5 月 7 日许寿裳又致许广平信说:"《热风》我已送起孟一阅,他指出三十七、三十八及四十三共三条为他所作,特奉闻。"从"新青年"时期到鲁迅逝世,事隔近二十年,周作人记忆可能会有偏差,但以"大先生"的"别名"发表于《新青年》的有几篇杂感(尤其是《随感录·三十八》)是周作人的作品这一点,许寿裳也认为是可信的。

在 1981 年版的《鲁迅全集》中,对瞿秋白写的那十二篇杂文是有注释说明的,对周作人所说的几篇随感录却未有任何说明。这也难怪,由蔡元培先生撰写总序的第一部《鲁迅全集》因为没有注释也就未加说明,以后几版《鲁迅全集》的编者,或许鉴于周作人的身份不想节外生枝避开了这个话题。然而我想,2005 年版《鲁迅全集》应该对此有所交代,毕竟周作人说的"略加说明"并非过分的要求。即使只是引录周作人的话,再加一句"此说目前尚无其他资料可以佐证,录以备考"也行。于是兴冲冲地找来查阅,结果却使我大为失望,这或许也是新版《鲁迅全集》留下的一个不大不小的遗憾。

关于"尚无佐证，录以备考"

我在《关于〈随感录·三十八〉》(《福建日报》2008年1月21日）一文中提出，2005年版《鲁迅全集》应该对《随感录·三十八》等文的作者问题有所交代，并在此文的最后一段中说："即使只是引录周作人的话，再加一句'此说目前尚无其他资料可以佐证，录以备考'也行。"我说的这句话是有来历的，陕西师范大学出版社出版的《鲁迅杂文全编》就在《随感录·三十七》之后加了这样一条注释：

> 周作人在1936年11月16日出版的《宇宙风》第29期发表《关于鲁迅》一文，其中说到，五四时期鲁迅"所作随感录大抵署名'唐俟'，我也有几篇是用这个署名的，都登在《新青年》上，后来这些随感编入《热风》，我的几篇也收在内，特别是三十七八、四十二三皆是"。周作人此说目前尚无其他资料可以佐证，录以备考。

对于这条注释，我给予有所保留的肯定。肯定的是"录以备考"，这毕竟比新版《鲁迅全集》对此干脆装聋作哑不予理睬来得可取。对于"尚无佐证"云云，却仍有些看法。其一，周作人写的杂感，用鲁迅之笔名在《新青年》杂志上发表，尔后又收到鲁迅的杂文集中，这样的事，可能还有别的人（例如当时《新青年》的编辑）知道，也很可能就只有鲁迅与周作人知道。倘属后面这种情况，周作人说出其中弯曲，又有谁可为之"佐证"？！这种"可以佐证"的"其他资料"，不仅"目前尚无"，以后也很难出现。其二，《会稽郡故书杂集》一书的"发意作序，编排考订，起草誊清"全是鲁迅一人之所为，付印时在序文之后却署"会稽周作人记"，这一真相也是周作人在《关于鲁迅》一文中披露的，要不，人们至今仍会以为这是周作人的撰述。为何对此无须"可以佐证"的"其他资料"就改署"会稽□□□记"，对彼就要"可以佐证"的"其他资料"？！凡此种种，反映了有关编者在事关周作人时的那种特有的"谨慎"。因此，"尚无佐证"云云，就显得有些滑稽。如果不是日后与鲁迅"兄弟失和"且有附逆劣迹的周作人，事情或许就没有那么复杂。

从"五四"时期到鲁迅逝世，事隔将近二十年，周作人的记忆也可能会有偏差，例如，他说"五四"时期鲁迅"所作随感录大抵署名'唐俟'，我也有几篇是用这个署名的"，其实，《随感录·三十八》署的恰恰不是"唐俟"，而是"迅"。许寿裳是谨慎的，他发现了这一偏差，并在给许广平的信中说："《随感录·三十八》条登《新青年》时，裳已查过，确系鲁迅之名"，但对周作人的那些话，他仍以为基本可信，只是将周作人说的"署名'唐俟'"改说成"则用别名（鲁迅、唐俟）"。

做学问是应当谨慎的。这种谨慎，怕的只是弄错事实，不是冒犯禁忌。

许寿裳与《鲁迅全集》

　　许寿裳为出版第一部《鲁迅全集》所作出的努力和贡献，是不应该被后人所忘怀的。

　　绍兴鲁迅纪念馆编注的《许寿裳书信选集》中，选录自1936年10月28日到1938年5月29日许寿裳给蔡元培和许广平的三十余封信，就无不与编辑出版《鲁迅全集》有关。鲁迅逝世两天后，即1936年10月21日，许寿裳就写信给蔡元培，提出出版《鲁迅全集》之事。从那时起，他就为出版第一部《鲁迅全集》殚精竭虑，四处奔走，做了多方面的努力，举其要者，大致有五：

　　其一，关于《全集》的注册。

　　《鲁迅全集》的注册，先是报国民政府内政部，以后又转到国民党中央宣传部。在此过程中，许寿裳始终予以密切关注。当时国民党中央宣传部部长是邵力子，许寿裳一面请求蔡元培出面与邵力子先生协商，一面又通过他自己的人事关系进行疏通。例如：1937年4月29日致信许广平，云：

"《全集》注册事，既已全部由内政部专致中央党部，自当从速接洽，裳拟致函熟人方君，请其竭力设法。"1937年5月3日，致信许广平，云："注册事，时机不可失，裳已函蔡先生及中央党部方希孔（治），请其设法，予以通过，陈大齐、沈士远二兄处亦同样函托"。5月21日给许广平转去蔡元培托邵力子的信，5月25日，又向许广平转告蔡元培函商的情况；5月27日，许寿裳给蔡元培回信说："鲁迅遗著事，承先生亲与力子部长一谈，部中必能知所注意，免除误解，使一代文豪，荣于身后，亦全国文化之幸也。"从中穿针引线，可谓紧锣密鼓，不遗余力。

其二，关于鲁迅先生纪念委员会以及《鲁迅全集》编辑委员会。

鲁迅逝世之时，有一个治丧委员会，后转为鲁迅先生纪念委员会的筹委会。许寿裳在为第一部《鲁迅全集》出版奔走过程中，深感成立鲁迅先生纪念委员会迫在眉睫，并为促成此事，做了不少力所能及的工作。1937年4月29日许寿裳为《全集》注册事致信许广平时，就说及鲁迅先生纪念委员会"确非从速成立不可"，提及汤尔和等五人可由他去接洽，斯诺夫妇已托人去"面询"。5月27日致蔡元培信说到北京方面已征得汤尔和、胡适之、马幼渔、周启孟等七人同意。1937年7月1日致蔡元培信及7月2日致许广平信中则不仅说到纪念委员会，也说到了《全集》的编印（辑）委员会："纪念会成立公布，稍候或不候均可。《全集》编印（或用编辑，何者为宜？应决定）委员会委员七人，其中马（裕藻）、沈（兼士）及启明（周作人）三君，已由裳函知，茅盾处，请由弟通知，对商务亦可以七委员名通知。"《鲁迅全集》编辑委员会除蔡元培、许寿裳以及信中所说四人，原先尚有台静农；鲁迅先生纪念委员会的主任为蔡元培，副主任为宋庆龄，委员人头较多，但从这些信件看，基本上是由蔡元培、许寿裳以及许广平分头联络的。

其三,关于《鲁迅全集》的出版机构。

从1936年11月10日许寿裳给许广平的信中可知,他在那时已开始为《全集》的印刷事宜操心。当时,许寿裳"亦以为最好自印"的,因而,他在信中说,"惟须立定计划,先将著译两方面字数核计一下,共有若干?然后向印刷所估价,不妨多找几家,以资比较。北平方面,可由裳往询,请求知字数大略。"然而,自印毕竟也不是那么容易的,于是,又转请马幼渔先生出面找胡适之,请胡适之与商务印书馆的王云五先生商谈。此托请在稍有眉目之后,1937年3月30日,许寿裳就写信告知许广平:"与商务馆商印《全集》事,马幼渔兄已与胡适之面洽,胡表示愿意帮忙,惟问及其中有无版权曾经售出事,马一时不便作肯定语,裳告马决无此事,想马已转告胡矣。商务回音,俟后再告。"请胡适之担任纪念委员会委员是许寿裳在5月3日致许广平的信中提议的。5月17日,许寿裳又致许广平信,云:"胡适之为委员事已得其同意。拟请弟直接致胡一函……表示谢意,并请其鼎力帮忙。《全集》事与商务馆接洽经过如何?亦可提到。"许广平就是在接此信之后,给胡适之去信的。由胡适之帮忙,事情进展或许较为顺利,到了1937年7月5日,许寿裳给蔡元培写信时,已是为"版税一层",要蔡元培先生"赐函,与商务磋商"了。

其四,关于《鲁迅全集》的总体构想。

现在有文章说:"1936年11月,许广平就在友人协助下将全集的目录整理好,报送国民党内政部登记审批。等拿到批件已经是次年4月30日了,批件上写道,'……《南腔北调集》、《二心集》及《毁灭》等书三种,于二十三年经中央宣传部委员会函请本部通行查禁各案,所请注册,未便照准……'正式公开出版《鲁迅全集》已经不可能了。"从许寿裳于1937年

5月25日致许广平信中转告蔡元培函商的情况看,所谓内政部的"批件",很可能就是转呈国民党中央宣传部的意见。许广平报送内政部注册的"目录"也并非是已经"整理好"的《全集》的目录。1937年7月2日,许寿裳致许广平信中,提出了编辑《鲁迅全集》的总体构想,许寿裳说:"总之,既名《全集》,应该全盘计划,网罗无遗,不过可分为若干部,如(一)创作、(二)翻译、(三)纂辑(如《谢承后汉书》、《古小说钩沉》、《会稽郡故书杂集》及所搜汉唐碑板)、(四)书简、(五)日记……。翻译中,凡《域外小说集》之三篇,《日本小说译丛》之若干篇,均应列入。现在最先应准备者,是《全集》总目及《全集》总序,此事非弟担任不可。请着手为盼。"日后出版的《鲁迅全集》,基本上就保持了这样一个格局。《鲁迅全集》的序言,也是许寿裳提出并出面请蔡元培撰写的。1937年7月5日,他致信蔡元培说:"又《全集》总目,现正由景宋夫人准备初稿,将来脱稿后,当呈尊核,并求赐序,以增《全集》声(身)价。"同日给许广平的信则说:"总序可俟总目编成后,送请蔡先生主笔,惟仍须由弟供给材料(顷致蔡先生书中亦已述及求其作序)。"许广平编《全集》总目,碰到疑难问题时,总是咨询于许寿裳,许寿裳也总是热心相助。在1937年7月5日许寿裳致许广平的信中,可以看到他们在这方面的交流。

其五,关于作品收集与文字考订。

早在1936年10月28日,许寿裳给许广平的信中,就已关注到鲁迅作品的收集了。除了"已经刊行之单行本",许寿裳还特别指出,"其余未完成之稿"。他自己也时时留意。例如,在香港的讲演,除了《无声的中国》,尚有《老调子已经唱完》一文,鲁迅在《三闲集》序文上说:此文"寻不到底稿了"。许寿裳在曹聚仁选由群众图书公司刊印的《散文甲选》中看到这篇讲稿，末尾注明选自《鲁迅在广东》（大概是书名），当即抄录一份，于1937年3月17日寄给许广平。许寿裳在整理《鲁迅年谱》时，接触到鲁迅于1913年发表于《小说月报》的文言小说《怀旧》，于是在1937年5月7日给许广平的信中，特别提及："豫兄有一篇试作小说载在民元二年之《小说月报》，篇名及月报号数尚未查出，如弟处已查出，应予补入。"许寿裳还在由他当院长的北京女子文理学院所办的《新苗》杂志上刊登征集鲁迅书信的启示，他自己也开始整理鲁迅的书信，并于1937年4月14日先将民国十二年的鲁迅给他的书信寄给许广平。

有关文字考订，只要许广平来信提出，许寿裳都尽其所能寻找依据予以考证。例如，《关于太炎先生的二三事》中有二句，杂以×××，许寿裳写信告诉许广平，"大约一句指吴稚晖，一句指张东荪"；又如，《嵇中散集》（即《嵇康集》）序文中有空白，许寿裳于1937年3月17日致许广平说："白不易填，因不见原稿，无从推测，只好稍缓缴卷。"十余天后，即1937年3月30日致许广平信中又说："《嵇康集》序，已圈点，空处亦已托戴荔生填入，所填是否相符，非细校无从悬揣，裳意出版时只得照原样从空后加说明可也。"

除此之外，许寿裳还为《鲁迅全集》刊登广告，筹集资金（陈仪以福建省政府名义汇一千元，郁达夫汇四百五十元，都由许寿裳联系及收转的），可谓不遗余力。

就在许寿裳写信要蔡元培"赐序"（7月5日）两天之后，"七七"卢沟桥事变爆发，三个月后的11月12日上海沦陷，在此前后，国民党政府迁都，商务印书馆内迁，北平大学、北平师范大学及天津北洋工学院三校合并为西北临时大学，许寿裳也随之到了陕西。所有这些，都使《鲁迅全集》的出版工作很难再按原先的轨道运行。于是，第一部《鲁迅全集》的出版工作，遂以民间的方式在上海运作，由胡愈之等人创办的"复社"出版。然而，这并不意味着许寿裳为《鲁迅全集》所做的努力全都付之东流，实际上，"鲁迅先生纪念委员会"和"《鲁迅全集》编辑委员会"基本上还是原先那些人员，《鲁迅全集》的大致框架与许寿裳先前向许广平提出的没有多大出入，许寿裳提出的一些具体意见（例如《老调子已经唱完》等作品的归属）也基本都被采纳。邵力子日后对《鲁迅全集》的支持，当然也与蔡元培以及许寿裳的工作密切相关。总序仍是蔡元培所作，直到 1938 年 5 月，已经离开北平的许寿裳还为此提供了背景资料。有关书信的征集，更为后几部的"全集"之"全"作出了贡献。可以这样说，许寿裳与许广平等人前期的努力，为日后"复社"能在短短的四个月中出版《鲁迅全集》打下了基础。

这一两年来，因为 2005 年版的《鲁迅全集》面世，而使鲁迅研究界人士回顾《鲁迅全集》出版之里程，难免也会说到第一部《鲁迅全集》的出版。然而，在读了有关专家的文章之后，我有一个突出的感觉：许寿裳先生被忽略了。这倒使我想起一个民间传说：有人在一家小吃店吃了五个大饼，没有吃饱，又到另一家小吃店吃，没有想到只吃半块大饼就饱了。于是此人说：就后面这家小吃店的大饼管用。我想，说第一部《鲁迅全集》的出版，只提"复社"后期的工作，只提"许广平、胡愈之、王任叔等人的共同努力"，只提"由许广平、郑振铎、王任叔定出方案"而不提许寿裳等人在此之前的种种努力与贡献，就像说"就后面这家小吃店的大饼管用"一样，既有违史实，也有失公道。

被忽略的预言

鲁迅的思想是很有预见性的,他的话也往往成为预言。鲁迅自己就说过:"我有时决不想在言论界求得胜利,因为我的言论有时是枭鸣,报告着大不吉利事,我的言中,是大家会有不幸的。"他有不少预言,几十年来,经过这个革命,那个改革,已为正反两方面的无数事实所证明,给人留下深刻的印象。此处所说的一条,却是被人们忽略了,直到现在,似也未曾有人说起。

那是鲁迅为周建人的译著《进化和退化》所作之小引中说的一番话:"沙漠之逐渐南徙,营养之已难支持,都是中国人极重要,极切身的问题,倘不解决,所得的将是一个灭亡的结局。可以解中国古史难以探索的原因,可以破中国人最能耐苦的谬说,还不过是副次的收获罢了。林木伐尽,水泽湮枯,将来的一滴水,将和血液等价,倘这事能为现在和将来的青年所记忆,那么,这书所得的酬报,也就非常之大了。"《进化与退化》一书出版于 1930 年。七八十年之后，当我们目睹自然环境的恶化，土地的沙化以及水资源的短缺，尤其是 20 世纪 90 年代之后沙尘暴的频频出现，再去读鲁迅的这一段话，就不能不为他的预言所折服，不能不佩服他在环境保护方面的远见卓识了。

鲁迅的话，往往成为预言，既不因为他有先见之明，也不因为他能事事亲历，只是得益于他能善假于物，及时吸取人类文明成果，而使自己见多识广，登高望远。比如说，他自己并没有去沙漠考察，他关于环境问题的上述预言，便是以收录于《进化与退化》一书的匈牙利英吉兰兑尔所著之《沙漠的起源，长大，及其侵入华北》一文为依据的。当然，其中自有他的鉴别、分析与判断，他能通古今，知中外，在多维空间中看出文中所述之事所占的位置，掂出其分量，并由此"以见中国人将来的运命"。

环境问题在当时没有引起人们的高度关注，乃是因为鲁迅在那篇《小引》中也曾说到的社会政治方面的原因，并非仅仅是"种树与治水"那样的简单。例如，当时也有树木保护法，然而，他以见之于"史沫得列女士"笔下的《中国乡村生活断片》中的实例为据，指出"这样的树木保护法，结果是增加剥树皮，掘草根的人民，反而促进沙漠的出现"。所以，鲁迅所说的"这事"，未能为当时和后来的"青年所记忆"，鲁迅所说"这书所得的酬报"也未能有"非常之大"。

环境问题在以后依然没有引起人们的高度关注，恐怕就与一味地"与天奋斗，其乐无穷；与地奋斗，其乐无穷；与人奋斗，其乐无穷"有关了，尤其是人口的膨胀，导致人们对于自然资源的过度开发，包括过量的砍伐森林与过度的开垦土地，而这，其实是鲁迅在那篇《小引》中已经警告过国人的。

鲁迅的预言，有关人与人的容易引起人们的关注，这一条却是有关人与自然的，它始终没有引起人们应有的关注，正是时代的折影。尽管如今的"一滴水"尚未与"血液等价"，我们为此付出的代价却已够为惨重。

鲁迅与绍兴历代先贤*

一

上卷说的是鲁迅与绍兴历代先贤，先得弄清绍兴这个地域概念——此处所说的绍兴，不能完全等同于现在的绍兴市或绍兴县，这是一个相对稳定却又不断变更的历史的地域概念。

绍兴号称为越，始之于少康之子无余。贺循《会稽记》说其来龙去脉："少康封其少子，号曰于越。越国之称始于此"；到了勾践之父允常"拓土始大"并"称王"，其范围远远大于如今的绍兴。吴越夫椒一役，勾践只剩残兵五千，退居一隅，尚且"南至于句无（诸暨），北至于御儿（桐乡），东至于鄞（宁波），西至于始蔑（龙游），广远百里"，何况其强盛之时。

绍兴古称会稽，设郡始之于秦，但同是会稽郡，所辖地域也大小不等。秦之会稽，包括江苏、浙江大部及皖南一部，至西汉更含浙闽全部，东汉永建四年（129）分设吴郡、会稽郡，会稽郡之郡治自吴移至山阴，三国（吴）

---

* 本文系《鲁迅根脉》上卷序言，该书由福建教育出版社2008年出版。

分设临海（台州）等郡后，会稽郡辖境继续缩小，却也还包括句章（慈溪）以至于鄞。

会稽郡之改称越州，始之于隋，经唐直到北宋。隋时又改山阴县为会稽县，至唐分设山阴、会稽二县。越州于宋高宗绍兴元年（1131）改为绍兴府，元改为路，明清复为府，直至晚清，旧绍兴府依然包括山阴、会稽、嵊县、新昌、上虞、余姚、诸暨、萧山八县。山阴、会稽则于民国时合为绍兴县。

在历史的变迁之中，也自有其始终不变的内涵。无论是于越是会稽还是越州，也不管其辖区是大是小，都始终包含了今天的绍兴市和绍兴县；其地域核心之所在，除了会稽郡之郡治曾一度在吴，包括越国的国都，东汉永建四年之后的会稽郡的郡治，起始于隋的越州的州治以及南宋之后的绍兴府（路）的治所也都在今天的绍兴县。

所以，此处所说的绍兴，既不完全是今天的绍兴，又不完全是古代的于越、会稽或越州。这是介于此数者之间的，既有其确定性又有其不确定性的一个特殊的概念，准确地说，也就是曾被鲁迅视之为故乡的那一个历史的地域概念。

所谓的绍兴历代先贤，也就是鲁迅心目中的他的故乡的先贤。

二

绍兴出贤士，出俊杰，出人才，历来如此。

根据我所接触的现有的史料，最早注意到这一点的，是东汉末年的会稽太守王朗。他曾这样询问当时会稽郡的功曹吏虞翻："闻玉出昆山，珠生南海，远方异域，各生珍宝。且曾闻士人叹美贵邦，旧多英俊，徒以远于京畿，含香未越耳。功曹雅好博古，宁识其人邪？"（《鲁迅辑录古籍丛编》第 3 卷）他问的是会稽的旧时"英俊"，却在不经意间说到了"英俊"与地域的关联，说出了"英俊"之出于会稽，就像玉出昆山，珠生南海一般，有其内在的规律。

1914 年，鲁迅在《〈会稽郡故书杂集〉序》中曾说"会稽古称沃衍，珍宝所聚，海岳精液，善生俊异"（《鲁迅全集》第 10 卷），此中的"海岳精液，善生俊异"八字，即出自虞翻答王朗问的那一番话："夫会稽上应牵牛之宿，下当少阳之位，东渐巨海，西通五湖，南畅无垠，北渚浙江，南山攸居，实为州镇，昔禹会群臣，因以命之。山有金木鸟兽之殷，水有鱼盐珠蚌之饶，海岳精液，善生俊异，是以忠臣系踵，孝子连闾，下及贤女，靡不育焉。"（《鲁迅辑录古籍丛编》第 3 卷）虞翻的这一番话，未必全都可取，但"海岳精液"与"善生俊异"之间，确乎有其内在的联系。1912 年，鲁迅在《〈越铎〉出世辞》中，也曾引用过虞翻的这八个字，说是"于越故称无敌于天下，海岳精液，善生俊异"（《鲁迅全集》第 8 卷）。可见，他把这视之为虞翻对王朗提问的一种解答。

在绍兴历史上接踵出现的思想家、政治家、文学家、艺术家（不全是虞翻所说的"忠臣"、"孝子"与"贤女"）确实足以使人应接不暇，很值得社会学家和历史学家们去深入研究。

沃野千里的绍兴山清水秀，"山有金木鸟兽之殷，水有鱼盐珠蚌之饶"。这是此处经济发展而能成为鱼米之乡的客观条件，也是有识有志之士将做学问当做一种精神的需要与实现自我价值的方式而不只是谋生的手段之物质基础。此地的才俊多为文化名人和饱学之士却少有剽悍骁勇的战将，而无论是在古代的会稽郡、越州，还是在近代的旧绍兴府八县中，地理条件更为优越的山阴、上虞以及余姚，出现的才俊也更为密集，便都是佐证。

在这块土地上，贫如谢沈（山阴人），"闲居养母，不交人事，耕耘之暇，研精坟籍"（《晋书》）；雅若虞喜（余姚人），"守道清贞，不营世务，耽学高尚，操拟古人"（《晋书》）。直至今日，也依然有开米店的研究古镇历史，扛煤气罐的研究桥梁文化，当农民的研究中国文化通史。这是一种流动不居的活的文化氛围。在这种活的文化氛围之中，历代名人的精神和风范才会得到继承和发扬，包括文化名人在内的贤士才俊才有得以孕育的土壤。

地处滨海之地的绍兴"东渐巨海，西通五湖，南畅无垠，北渚浙江"，本来就是开放型的，并不封闭；本来就有极大的包容性，并不排外。自汉代起，曾有几次中原的人口南迁，绍兴是很重要的接纳地。一是汉武帝时为抑制强宗大姓，使其不得族居而实施的迁徙，后来成为中国历史上首任"西域都护"的郑吉，就在那个时候迁居此地；二是属于汉末避乱或逃难的迁徙，所谓"天下新定，道路未通，避乱江南者，皆未还中土"（《鲁迅辑录古籍丛编》第3卷），其中相当一部分便留在会稽；三是随着政治中心的转移而实施的迁徙，例如西晋之为东晋，北宋之为南宋，便都有大批文官武将以及他们的子弟来此落户。这个地方又能以其富庶与开放吸引人才。东晋时的王羲之，之所以"初渡浙江，便有终焉之志"，其重要原因之一，就是因为"会稽有佳山水，名士多居之"。这一方沃土既使各种人才的成长获得物质的基础，也为他们施展才华提供了一个平台。因此，尽管绍兴的开发迟于中原，其后发优势却在汉末以及三国、两晋之后迅速体现出来。

这种开放性和包容性，也有利于形成各种才俊横向交汇竞争互补的格局。曾有学者称"滨海之地的人，由于大自然的关系，一般思想开放，敢于想象，而'异端邪说'也最易在这里传播"。这位学者执意要坐实会稽先贤王充以及赵晔之著述多为"异端邪说"，却在无意中说出了"海上交通和外来影响"十分明显的会稽,使人易"受外来之影响",因而"思想开放,敢于想象"的事实。而这,恰恰是不拘一格地造就才俊的必要因素。

在绍兴这块土地上,还一直都有为乡贤作传的传统——既有外地人在本地成才或施展才赋的,也有本地人在外地成才或施展才赋的,以至连嵇康这般原籍会稽上虞,"以避怨徙铚(今安徽宿县)"的人,也被后人引以为乡贤并为之立传。

虞翻如数家珍一般地向王朗列举的会稽郡的历代先贤,其实就是他心目之中的"乡贤谱",且已隐含了立德、立功、立言的分类格局。朱育与濮阳知府对话时所列举的会稽先贤,则是对于虞翻的"乡贤谱"的一个补充。在此之后,无论是谢承《会稽先贤传》、贺氏《会稽先贤像赞》,还是虞预《会稽典录》,几乎都按照这个格局以及这个"乡贤谱"为会稽郡的先贤作传。明末的张岱也曾写过《明于越三不朽名贤图赞》。他按照"大上有立德,其次有立功,其次有立言,虽久不废,此之谓不朽"(《左传·襄公二十四年》)之意,明确标出以立德、立功、立言分门别类,为有明一代越中先贤镌像立传,并系以赞语。直至晚清,也有李慈铭作《越中先贤祠目序例》。此"祠目"以西汉的西域都护郑吉为首,直到清代为止,"溯君子六千人"。从李慈铭为"越中先贤祠"所撰的一副长联可以看出,他的"越中先贤祠目序例"大致能与他的前人所作的乡贤传赞相承接。

毋庸讳言,这种为乡贤作传的传统也曾招人非议。唐代刘知几在他的《史通·杂述》中,就说虞预《会稽典录》等郡书"矜其乡贤,美其邦族,施于本国,颇得流行,置于他方,罕闻爱异"。其实,此类"郡书"就像现在的乡土读物。"矜其乡贤,美其邦族",用以激励后人,只要事实并无大的出入,即与阿Q式的"先前阔"不能同日而语。所谓赤县神州,既由一邦一乡所组成，中华民族的优秀传统，也就体现于一邦一乡的先贤。这种彰显乡贤之业绩以激励后人的事情，虽未必就能立竿见影地生效，却能潜移默化地厉俗。例如，在谢承的《会稽先贤传》中，有茅开当督邮时"历其家，不入门，当路向堂朝拜"的记载，这情形就很像大禹治水"三过家门而不入"的传说。倘若茅开确因公务之必须"历其家，不入门"，那么，在他"当路向堂朝拜"之时，很可能会有这样一种搅拌着辛酸的崇高感油然而生。清末的陶成章为革命到处奔走，曾四次到杭州而不归家门，以至时近除夕，也因"恐被人情牵累，不能复出"而没有回家过年，也会使人产生类似的联想。

绍兴出贤士出俊杰出人才而且代代不息，这种纵向的传承也具有不可替代的作用。

三

贤士才俊的出现，既有其地域原因，作为一代文豪，鲁迅自然也不例外。

鲁迅是中华民族的儿子，但他首先由稽山镜水所孕育，无论从物质上，还是从精神上，都可以而且也应该作这样理解。在鲁迅之成为鲁迅的过程中，接受过绍兴地域文化的熏陶，吸收过绍兴历代先贤的精神营养。他与绍兴历代先贤之间，有一种割不断的精神联系。鲁迅接触绍兴历代先贤的途径，除了青少年时期生活的环境——几乎是"十步之内，必有先贤遗迹"，几乎随时都能听到关于乡贤的事迹与传说并感受到他们的精神与魂魄——除了20世纪初与清末秋瑾等先烈曾有过直接的交往，便是他幼时起就开始阅读的书籍，尤其是越先正的著述。

鲁迅早年汇集的《旧绍兴八县乡人著作目录》中，就有陆游及其祖父陆佃的著述，包括陆游的《入蜀记》《南唐书》《老学庵笔记》以及陆佃的《埤雅》《陶山集》等八种，若从鲁迅祖父"示樟寿诸孙"的字条看，鲁迅幼时就开始诵读"志高词壮，且多越事"的陆游诗作。鲁迅晚年在答日本友人增田涉的信中，说到他的历史小说《铸剑》的出处，"因为是取材于幼时读过的书，我想也许是在《吴越春秋》或《越绝书》里面"，可见早在"幼时"，他就读过这两部出于会稽先贤之手，记述吴越两国历史地理以及重要历史人物的事迹，尤其是越王勾践生聚教训，最后兴越灭吴称霸中原的经过的著述。鲁迅在《会稽郡故书杂集》序言中说他"幼时""尝见武威张澍所辑书，于凉土文献，撰集甚众。笃恭乡里，尚此之谓。而会稽故籍，零落至今，未闻后贤为之纲纪。乃创就所见书传，刺取遗篇，累为一帙"，可见他在1902年去日本留学即"中经游涉"之前，就已注意并收集此类郡书，即关于会稽"人物山川"的故书杂籍。

以上所说，都在"幼时"，至少是在鲁迅留学日本之前。在此"十年已后，归于会稽"，他即开始着手辑录整理会稽郡故书杂集。

1911年1月2日，鲁迅在致许寿裳的信中说："近读史数册，见会稽往往出奇士，今何不然，甚可悼叹！"此处所谓"读史数册"，既能使鲁迅"见会稽往往出奇士"，很可能就在会稽郡的郡书之列而并非一般的史书，当视为鲁迅辑录与整理会稽郡书之始。从1912年到临时政府的教育部供职起，这项工作已有条不紊地进行；到1915年1月，辑成《会稽郡故书杂集》，包括李慈铭为"越中先贤祠"所撰长联中隐含的谢承《会稽先贤传》、虞预《会稽典录》、钟离岫《会稽后贤传记》、贺氏《会稽先贤像赞》，以及朱育《会稽土地记》、贺循《会稽记》、孔灵符《会稽记》、夏侯曾先《会稽地志》八类郡书，并以周作人之名印行。

几乎与此同时进行的是谢承《后汉书》，谢沈《后汉书》，虞预《晋书》，虞喜《志林》以及《魏子》、《任子》、《范子计然》与《嵇康集》等古籍的辑录与整理。历时最长用功最深费力最多的是《嵇康集》，这个在1913年初步完成的四万余字的鲁迅辑录本，经过1915年、1921年、1924年直到1931年四次校勘。在鲁迅眼中，《嵇康集》也是会稽乡贤的著述，或曰乡邦文献。

在整理和辑录乡邦文献的过程中，鲁迅参阅了《史记》、《汉书》、《东观汉记》、《后汉书》、《三国志》、《晋书》、《嘉泰会稽志》、《宝庆会稽志》等大量史书，《艺文类聚》、《事类赋》、《北堂书钞》、《太平广记》、《太平御览》、《初学记》、《太平寰宇记》、《白氏六帖》等大量类书以及《世说新语》等笔记、杂书以至野史。对于此类书籍，鲁迅并非都只是一般的查阅，有的还下过很深的功夫。

此外，通过鲁迅的作品，也不难发现他与其他越先正的著述，例如张岱《陶庵梦忆》和《琅嬛文集》、章学诚的《乙卯札记》、《丙辰札记》和《实斋文钞》，赵之谦的《仰视千七百二十九鹤斋丛书》、李慈铭的《越缦堂日记》的不同程度接触。

所有这些，都是鲁迅熟悉和了解绍兴历代先贤的重要途径。

四

校辑会稽郡故书杂集，"集资刊越先正著述"，目的在于以此"用遗邦人，庶几供其景行，不忘于故"(《鲁迅全集》第10卷)，而首先受到影响和激励的，则是鲁迅本人。这种影响和激励，与他日后将绍兴历代先贤的精神在新的时代发扬光大，从而为复兴中华民族做出杰出贡献，有其客观之联系。以鲁迅的著作、鲁迅的书信、鲁迅的日记为线索去追溯，不难发现绍兴历代先贤的精神、思想、节操、学识，在鲁迅一生中所留下的痕迹。

不妨举其大略：通过《理水》，可以直观形象地感受到在鲁迅心目中的夏禹为民的"勤劳卓苦之风"，这种"勤劳卓苦之风"，又为鲁迅所终身服膺并身体力行；通过《铸剑》以及《女吊》，可以真切地触摸到勾践复仇的"坚确慷慨之志"在鲁迅心灵中留下的深刻烙印。在绍兴的历史上，这种志图恢复的"坚确慷慨"，又由南宋的大诗人陆游、明末的思想家朱舜水以及辛亥革命时期的女侠秋瑾一脉相承，因此，王思任的一句话——"夫越乃报仇雪耻之国，非藏垢纳污之地"——方才会引起鲁迅的强烈共鸣。鲁迅的那一篇题为《魏晋风度及文章与药及酒之关系》的讲演，对于嵇康的内心世界的分析之贴切可谓前无古人，嵇康之敢于反对传统、蔑视权贵、不入世俗的品格，也融入了鲁迅的血液。至于陈老莲的酒牌与鲁迅的倡导木刻运动，张岱的《陶庵梦忆》等小品文与鲁迅的《朝花夕拾》中的有关作品以及他对所谓"性灵"、"闲适"的种种批评之间的关系，则都显而易见。

鲁迅与绍兴历代先贤之精神联系，并不是单一的线性的孤立的。在我看来，造就一个鲁迅，应有这样几方面的因素：一是中国古代先贤（其中包括绍兴历代先贤）的影响；二是域外文明的影响，其中包括域外的启蒙思想、科学思想以及欧洲弱小民族的文学；三是他自己在现实社会这部大书中读取的真谛。在这个总体格局之中考察，便可知来自于故乡先贤的精神影响，往往与来自于别的方面的精神影响以及他在现实生活的实际感受相交汇，他与故乡先贤之精神联系，是在这种综合作用的过程中得到实现的。比如说，"夫越乃报仇雪耻之国，非藏垢纳污之地也"这句话，会使鲁迅那么的刻骨铭心，恐怕就与他介绍欧洲弱小民族的文学时引起的那种情感不无关联，而首先就因为在那个时代，鲁迅自己的民族，依然是积弱积贫饱受列强欺凌的民族。

鲁迅与绍兴历代先贤之精神联系，也并非都是那么直接，而且又显而易见的。比如说，鲁迅与徐文长有许多相似之处，他们的行为都一样的不拘流俗，不拘礼法；他们的思想都一样的新颖而且严谨；他们的作品都一样的能开风气之先，且具有一种扫除污秽的力量。然而，从鲁迅的书信日记以及全部作品看，鲁迅直接接触到的有关徐渭的东西并不很多。徐渭是被人称为"绍兴师爷"的，对此有专门研究的一位学者说："鲁迅受到绍兴师爷影响的途径，主要的并不是受到哪一个绍兴师爷的影响，而是受到了整个绍兴师爷群体所酿成的师爷文化的影响，也就是说，绍兴师爷对于鲁迅的影响，主要的并不是个人性，直接性的，而是群体性，文化性，间接性的。"我想，徐渭与鲁迅的精神联系可以这样理解，绍兴其他先贤与鲁迅的精神联系也可以这样理解；师爷文化与鲁迅的关系可以这样理解，整个绍兴的地域文化与鲁迅的精神联系也可以这样理解。

地域文化是在历史的过程中长期积累而成的，它是一种氛围。生于斯长于斯的人杰，都会为它注入新的因素，因此这种地域文化丰厚而且鲜活；生于斯长于斯的人杰，又都会受到它的熏陶与浸润，此所谓一方水土育一方人才。

五

似乎一直都有这样的误解，以为鲁迅与孔夫子以及儒家的思想势不两立。鲁迅还是孔子，乃是一个两难抉择：选择了鲁迅，就势必反孔；选择了孔子，也就必定要排斥鲁迅。这两种倾向，尤其在祭孔、读经业已成为新的时尚的今天，还表现得格外明显。

然而，倘能平心静气地检视鲁迅的所有著述，则不难发现，鲁迅的"反孔"，其实就像嵇康的"非汤、武而薄周、孔"一样，只在这样两个层面：其一，他反对以孔子的是非为是非，你越要把孔子说成句句是真理的圣人，他才越要找出孔子的破绽；其二，他反对把孔子当做"敲门砖"，借尊孔以达到自己的目的，至于孔子所倡导的却未必真想去实行。也就是说，鲁迅反对的，只是出于权势者的目的而被挂满了各种光环的那一个令人厌恶的偶像，以及被专门用来对付别人的儒家的教条与戒律，对于作为一个古代学者的孔子本身以及儒家的思想，他从未一概否定。比如说，鲁迅称颂"孔丘先生确是伟大，生在巫鬼势力如此旺盛的时代，偏不肯随俗谈鬼神"，尽管也顺便指出了孔子使人"看不出他肚皮里的反对来"的狡黠。鲁迅整理的会稽郡故书杂集所记载的先贤，无论是立德、立功还是立言，几乎都有浓厚的儒家色彩，执政为官的有不少还是当时的大儒。例如，钟离意出为鲁相，"视事五年，以爱利为化，人多殷富"；孟尝任合浦太守，"革易前敝，求民病利"，不到一年，便使"去珠复还，百姓皆反其业，商货流通"；谢夷吾"省奢从约，事从清俭"，郑弘"清亮质直，不畏强御"，《会稽记》的作者贺循，"位处上卿，而居身服物盖周形而已，屋室财庇风雨"，在东晋时还被引以为一代儒宗。此类先贤，都在鲁迅所谓的"我们从古以来就有"的"埋头苦干、拚命硬干、为民请命、舍身求法"的"中国的脊梁"之列，而鲁迅的这段名言，本身就含有对儒家价值取向的某种认同。

鲁迅对于孔夫子以及儒家的这种态度，与东汉时的王充也十分相似。

今人都说"人非圣贤,孰能无过",王充却认为,即使是圣贤,也是会有过失的。圣贤经过反复思考写下的文章,"尚未可谓尽得实",何况"仓卒吐言",哪能句句是真理;即使圣贤说的都对,不多问几个为什么,又怎么能知道对在哪里?因此,他责问那些以为"贤圣所言皆无非"而"不知难问"的"世儒学者":"(追)难孔子,何伤于义?伐孔子之说,何逆于理?"也因此,便一直有人以为王充是"离经叛道"的反孔派,其实,王充本身就在汉儒之列,他反对的只是那种"非必须圣人教告,乃敢言也"的学风,他不是孔夫子的"凡是"派,而这,恰恰正是至今尚须大力提倡的"学问之法"。

对于绍兴的历代先贤,鲁迅也取之以这种"学问之法"。对于虞翻所谓的"忠臣"、"孝子"与"贤女",他当然不会按照传统的调子一味地歌颂,即使是古代反对偶像崇拜的先驱王充,鲁迅也没有把他当成新的偶像。鲁迅早年校辑虞预《会稽典录》,遇到"上虞孟英三世死义",即引王充的《论衡·齐世篇》所云为之作注,可见他对《论衡》之熟悉;鲁迅为许寿裳的长子许世瑛开的书单,共计12种书中就有王充的《论衡》,可见他对《论衡》之推崇。然而,鲁迅并未言必称王充,读遍《鲁迅全集》,能看到他提到王充的恐怕只有《女吊》中的一处,说是"看王充的《论衡》,知道汉朝的鬼的颜色是红的"。对于别的故乡先贤也一样,例如,他提到南宋大诗人陆游的,恐怕也只有那篇叫做《豪语的折扣》的杂文,说他"自然也是慷慨党中的一个"。鲁迅尊重故乡先贤,珍惜他们留下的精神遗产,但无论对于哪一位先贤,他都取之以"平视"而不是"仰视"。在他眼里,他们都只是人而不是神。他可以把那些先贤的思想当做自己的思想资料,却不会把自己的大脑变成他们中的某一个人的思想的跑马场;他可以从故乡先贤那边吸取精神的养分,却总是像他自己所说的那样,吃下去一个猪蹄,却绝不会从后脑勺长出一个猪蹄来。

　　这是鲁迅与绍兴历代先贤之精神联系并非都是那么直接那么显而易见的一个原因，更是鲁迅之为鲁迅的一个重要特征。

鲁迅与绍兴同代名贤*

1911年1月2日,鲁迅在致许寿裳的信中说:"近读史数册,见会稽往往出奇士,今何不然,甚可悼叹!"后来的事实却足以使人感到欣慰。在鲁迅的同代人中,绍兴的名贤如群星灿烂,蔚为大观。包括鲁迅在内的这些名贤,在为中国以至整个人类做出贡献的同时,也使于越山水大增其色。套用一句古诗,这也可谓是"江山代有才人出,各领风骚数百年"了。

下卷旨在研究鲁迅与绍兴同代名贤的同气相求、精神互补以及鲁迅精神的传承,从鲁迅与蔡元培篇直至鲁迅与柯灵篇,包括鲁迅与许寿裳、鲁迅与马叙伦、鲁迅与范文澜、鲁迅与胡愈之、鲁迅与孙伏园、鲁迅与徐懋庸等等。其中,像许寿裳那样,从20世纪初在日本留学起直到鲁迅逝世,在长达三十五年的岁月中,与鲁迅心心相印、同舟共济、相濡以沫,可谓感人肺腑;像蔡元培那样,从民国之初提携鲁迅使之走上中国社会的宽广

---

* 本文系《鲁迅根脉》下卷序言,该书由福建教育出版社2008年出版。

舞台,直到鲁迅逝世之后为其张罗出版全集,撰写总序并以"新文学开山"五字为鲁迅盖棺论定,也是相当难得;《阿Q正传》的"助产师"与"催生婆"孙伏园,已与鲁迅的《阿Q正传》一起在中国现代文学史上留下难以磨灭的佳话;《海上述林》上卷终于在鲁迅逝世前夕出版,见证着鲁迅与夏丏尊、胡愈之、章雪琛这些乡贤之间的良好合作;至于稍后于鲁迅的绍兴名贤,则恰如柯灵所说:"他们……就都曾受过他的血的哺育而成长,一往无前,争取他所指明和向往的'将来'。"如此等等,都应视为鲁迅与绍兴同代名贤之联系的主流。

梳理鲁迅与绍兴同代名贤之间的联系,同样应当实事求是,不能都往好处说。月有阴晴圆缺,人有悲欢离合,人际关系也会有曲折的变化,连兄弟之间(例如鲁迅与周作人)也未能幸免,何况乎同乡?!在鲁迅与绍兴同代名贤之间的关系,也会有种种曲折微妙的变化。例如:范文澜与鲁迅在"五四"之后的一时疏远,蔡元培与鲁迅在"清党"时期的一度冷落,孙伏园、孙福熙兄弟与鲁迅在1927年12月之后的逐步疏离以至到1929年4月13日后不再在《鲁迅日记》中出现。造成这种种变化,并非全是政治上的因素,也有种种非政治的因素。因此,本书在考察鲁迅与绍兴同代名贤之联系时,也不乏对他们的思想、情志、性格异同以及前后关系变化的具体分析。其实,当我们把鲁迅当做人而不是神来看待的时候,就不难发现,他也有通常所说的"人性的弱点"。他在给许广平的信中,曾说到自己对孙伏园的怀疑。在给章廷谦的信中,也曾说到自己对蔡元培的不满,诸如此类,乃是写在私人信件里的"微词"或"腹诽"。这种"腹诽"与"微词"表达的不满,既可以由日后出现的新的事实加深,也可以由日后出现的新的事实淡化以至于消失。对此,避而不谈自有"为尊者讳"之嫌;恰如发现了新大陆，津津乐道，夸大其辞，似也大可不必。

鲁迅与绍兴同代名贤，活跃在中国现代历史的舞台上，他们亲历过辛亥革命、"五四"运动、"三一八"事件、国民党的"清党"以及20世纪30年代的左联和中国民权保障同盟的活动，梳理他们之间的交往与联系，不能脱离这个历史的大背景。对于这个大背景与在这个大背景下的鲁迅，如今可谓是众说纷纭，新见迭出，在本书的写作过程中，我曾对有关"众说"与"新见"予以认真审察，汲取其中有益的成分，以补自己认识之局限，同时保持独立思考之权利，绝不受大潮之挟裹而人云亦云。

下卷与上卷不同的还有以下两点，一是下卷中的绍兴名贤，地域范围较小，基本限于现在的绍兴市，包括绍兴县、上虞市、诸暨市、嵊州市、新昌县，与晚清时期所谓的旧绍兴府八县有别，与唐宋之间的越州有别，更与这之前的区域不断变更的会稽郡有别。二是下卷中的绍兴名贤，既与鲁迅是同代人，也与鲁迅有过直接交往。不像上卷，只是精神上的联系。在他们之间，精神的联系与形体的联系是结合在一起的。没有浓墨重彩地写上一篇《鲁迅与周恩来》，原因就在于此：鲁迅与周恩来未曾有过直接的交往；截止于《鲁迅与柯灵》，也出于这一考虑。

《要不要读中国书》有"硬伤"

如今读书读报,硬伤时时可见。硬伤的确切含义,以我之见,就是"伤"得明明白白,"伤"得确凿无疑,"伤"得没有什么可以商量。假如有人说1918年的"中苏关系"如何如何,那么,硬伤就在其中了,那时候世界上虽已有了苏维埃政权,却尚未有苏联,更没有"中苏关系",这种答案只有一个,不存在"见仁见智"。

手边有《要不要读中国书》(《大公报》2009年5月31日)一文,其中就不乏硬伤。此文说,施蛰存在《大晚报》上向青年推荐《庄子》与《文选》,"遭到鲁迅的痛批","引起一场要不要读中国书的论争",这便是硬伤。引起"要不要读中国书的论争"的,是鲁迅的《青年必读书》,那篇表格式的杂文应孙伏园之约所写,发表于1925年2月21日的《京报副刊》。鲁迅在文中所说的"我以为要少——或者竟不——看中国书,多看外国书"这句话,一直使人争议不休。所谓施蛰存推荐《庄子》与《文选》"遭到鲁迅的痛批"的,大概指鲁迅的《重三感旧》,写于1933年10月1日,并于10

月6日发表于《申报·自由谈》。1933年秋的文章是无论如何也不能引起1925年春就开始的争论的。而且,《重三感旧》只是在说到"别一种现象"即"新瓶装旧酒"时,提到"劝人看《庄子》《文选》了",谈不上"痛批"。日后施蛰存与丰子余(鲁迅的笔名)你来我往的十五六篇争论文章说到"新瓶装旧酒",说到选本的局限;也说到"洋场恶少",却与"要不要读中国书"无关。

此文还说,1914年,鲁迅应许寿裳之邀,给他读清华大学中国文学系的长子(许世瑛)开过书单,列的全是中国书。作者说这是他"读许寿裳《亡友鲁迅印象记·和我的友谊》"时发现的,此中亦有硬伤。许世瑛出生于1910年,1930年秋考入清华大学化学系,不久便转入中国文学系,鲁迅的书单当开于此时。1914年时许世瑛方才四五岁,即使是神童,也很难考入清华大学,许寿裳曾请鲁迅为四五岁的许世瑛"开蒙"(鲁迅给他认了两个字,一个是"天",一个是"人"),却不会请鲁迅为他四五岁的儿子去开书单,鲁迅也不会开了书单让四五岁的许世瑛去读王充的《论衡》,读葛洪的《抱朴子外篇》,读刘义庆的《世说新语》的,这都没有疑义。

搬出鲁迅为许世瑛开的这张书单,目的是要说明鲁迅的人格不一:公开发表文章叫中国人不要读中国书,私下开的书单,要人家读的都是中国书。但我想,作者至少忽略了许世瑛这个对象的特殊性,他是学中国文学的。作者还说:"即使不看这个书单,人们也都知道鲁迅曾博览中国书。"这是老问题了。《青年必读书》发表后不久,就有一位学者向学生发议论,说周氏兄弟"读得中国书非常的多。……如今偏不让人家读……这是什么意思呢!"鲁迅答复说:"读确是读过一点中国书,但没有'非常的多';也并不'偏不让人家读'。"他还打了个比方,说他曾经喝过不少酒,食量减下去了,知道酒精已经害了肠胃，和青年谈起饮食来时却总是说：你不要喝酒。听的人虽然知道他曾经纵酒，却都明白他的意思。他的那篇短文，题目就叫"这是这么一个意思"。《要不要读中国书》的作者不知道他提出的问题，早在1983年前就有人说过，鲁迅也早在83年前就作过答复，这不奇怪，也不在"硬伤"之列，谁都有不知道的东西，不去说他了。

我想再说两句的，是造成"硬伤"的原因。我想，就像游泳一样，会出事的大致有这样两种情况：一种是游泳基础很好而过于自信的；一种是游泳基础很差却过于大胆的。我不想妄断造成《要不要读中国书》一文之"硬伤"的原因属于哪种情况。但我想，两种情况殊途同归，都会使人失之粗疏与浮夸，这大致是不会错的。鲁迅应许寿裳之约而为许世瑛开的书单，1981年7月版的《鲁迅全集》中就有，在第8卷第441页，书单开于何时，一翻全集就知道的。许寿裳的《亡友鲁迅印象记》中没有说书单是1914年开的，如果不是看得那么粗疏浮夸，大概也不会凭空冒出个1914年来，让这张书单提前16年出世。至于鲁迅的《重三感旧》等文，是否引起过一场"要不要读中国书"的争论，以及"洋场恶少"在什么样的语境下出现，白纸黑字于今犹存，都不难弄清楚的。

"硬伤"大概也与某种时尚有关。当"新文化运动以来对鲁迅最不认同的声音"，会被出版商当卖点打在图书的封面（或封底）上做广告的时候，沉不住气的人是很容易把那种"最不认同"鲁迅的声音轻率发出去的，甚至还会竞相逐"最"，连稍微做些查证的工作都嫌费事。

但愿《要不要读中国书》的作者不在此列。

鲁迅与《沈下贤文集》

鲁迅辑录的古籍，历时最长费力最多的是《嵇康集》（共十卷），篇幅可与《嵇康集》相当的则是《沈下贤文集》（又称《沈下贤集》）。《沈下贤文集》共十二卷，第一卷为赋与诗，收赋三题诗十八首；第二、三、四卷为杂著，《异梦录》、《秦梦记》和《湘中怨》这几篇传奇文，分别收在卷二卷四之中；第五、六卷为杂记，大多是为他人所作之"厅记"；第七、八卷为"书"，包括"上书"与"谏书"，大致是对上司或地方官的批评规劝与讽谏；第九卷为序，第十卷为策问并对；第十一卷为碑文塔铭墓志及表，第十二卷除《为汉中宿宾撰其故府君行状》外均为祭文。此书与《嵇康集》《云中谷记》、《说郛录要》以及《百喻经》合为《鲁迅辑录古籍丛编》（人民文学出版社 1999 年版）的第 4 卷。

鲁迅辑录《沈下贤文集》的过程，大致可以追溯到民元之前。他在《〈唐宋传奇集〉稗边小缀》中说得分明：

《沈下贤集》今有长沙叶氏观古堂刻本,及上海涵芬楼影印本。二十年前则甚希觏。余所见者为影钞小草斋本,既录其传奇三篇,又以丁氏八千卷楼钞本校改数字。同是十二卷本《沈集》,而字句复颇有异同,莫知孰是。

　　此文写于1927年8月下旬,文中所说之"二十年前",是他还在日本留学的时候了。文中所说之"小草斋"乃是明代文学家谢肇淛的书斋名,也就是说,沈下贤的那三篇传奇,鲁迅最早是从"影钞小草斋本"抄录的,而从1912年3月起,鲁迅在南京临时政府教育部工作之余,常与许寿裳一起到江南图书馆去,这个图书馆是以清廷四大藏书楼之一的"八千卷楼"的藏书为基础于1908年创办的,馆中多有珍本,鲁迅说"又以丁氏八千卷楼钞本校改数字"当在那个地方,由校录"传奇三篇"而涉及的《沈下贤文集》,大概也是在那边辑录的。1912年6月9日,鲁迅又从北京琉璃厂购得善化童氏刻本《沈下贤集》一部二册。《鲁迅日记》记载,1913年3月30日,鲁迅收到二弟周作人从绍兴老家寄来《沈下贤集》抄本二册,"日记"注释认为,鲁迅本日收到之抄本,系1912年年初在南京时与许寿裳借江南图书馆藏书录出并校勘的,1914年4月6日起到1914年5月24日又据此本誊正。然而,读《鲁迅辑录古籍丛编》(人民文学出版社1999年版)第四卷中的《沈下贤文集》,多有与"童本"比勘之夹注,倘若此"童本"即"善化童氏刻本",那么,此中可能就忽略了一个重要环节,在这一个多月的"誊正"中,包括了与"善化童氏刻本"的比勘。例如,1914年4月6日《鲁迅日记》写道:"夜坐无事,聊写《沈下贤文集》目录五纸。"1914年4月7日《鲁迅日记》写道:"无事,夜写《沈下贤文集》一纸。"如果不是一边誊正一边比勘，无论是目录"五纸"还是文集"一纸"，大概都无须整夜的时间去对付的。1914年5月24日的《鲁迅日记》写道："星期休息。上午……写《沈下贤文集》第十一卷毕。午后大风。……夜写《沈下贤文集》第十二卷并跋毕，全书成。"颇有大功告成之后松了一口气的感觉。

沈下贤何许人，鲁迅又为什么要花力气去辑录沈下贤的文集？

鲁迅在《〈唐宋传奇集〉稗边小缀》中这样介绍沈下贤其人："亚之字下贤，吴兴人。元和十年，进士及第，历殿中侍御史内供奉。太和初，为德州行营使者柏耆判官。耆贬，亚之亦谪南康尉；终郢州掾。其集本九卷，今有十二卷，盖后人所加。中有传奇三篇。亦并见《太平广记》，皆注云出《异闻集》，字句往往与集不同。今者据本集录之。"鲁迅在此简介之前尚有数语，曰："然《唐书》已不详亚之行事，仅于《文苑传序》一举其名。幸《沈下贤集》迄今尚存，并考宋计有功《唐诗纪事》，元辛文房《唐才子传》，犹能知其概略。"由此可见这个简介的来历。

沈下贤仕途不畅，官当得不大，新旧唐书皆无其传，在鲁迅写下的简介中，也无生卒时间。元和七年（812）李贺作《送沈亚之歌》，元和十年（815）进士及第，这正是李贺（26岁）去世的那一年，由此观之，其年龄大致与李贺相近，也是公元790年前后出生的人。明万历年间，有闽人徐㷆为《沈下贤文集》作跋，说沈氏曾于长庆"四年为福建都团练副使，事徐晦。"长庆四年即为公元824年，这是沈下贤"迁殿中丞御史内供奉"之前的事，鲁迅所作之简介中无此经历，但鲁迅辑录的《沈下贤文集》卷五中有《闽城开新池记》一则，可见所述不虚。徐氏又说："亚之以文辞得名，狂躁贪冒，辅耆为恶，故及于贬。"但也有文字称，柏耆之贬，是因为杀了已经走投无路而"请降"的叛将李同捷，"诸将嫉其功，比奏谮诋，文宗不得已,贬嗜循州司户参军,亚之南康尉。"可见,同是对于这件事,也有不同说法。所谓"辅嗜为恶",未必就是定论。他被贬南康尉时,张祜(?—859)还曾以诗相送,曰:"秋风江上草,先是客心摧。万里故人去,一行新雁来。山高云绪断,浦迥日波颓。莫怪南康远,相思不可裁。"(《鲁迅辑录古籍丛编》第4卷)鲁迅辑录的《沈下贤文集》在徐燉所作的"跋"之后,又缀上了这些文字,或许就有让读者自己比较鉴别的意思。

读沈下贤之文,对于了解沈下贤其人的性情与品行有所裨益,尤其是第七、第八两卷所收之"书"。在此不妨略举数例。他的《与潞鄜州书》写于元和六年即公元811年,这是"上书"地方官的,沈下贤在此书之中,将他先前听到的和后来看到的听到的做了一个比较。他先前听到的是:"鄜有长,贤大夫也。喜文学仁谊(义)之道,忻忻者走其门者日有之。"他后来在官邸门口看到的则是:"纳客之官,奔奔而入,促促而出,言不及吐,道不及陈,退居三日,不知所为。"他后来听到的则是这位长官"采取宾士之道,高下之等,则曰某自某方来,以某执事书为之轻重,书之多者,馆善宇,饱善味。书之次者又次之。其有无因而至者,虽辨智过人,犹以为狂,即与偶然之辈,徼幸之徒,退栖陋室,与百姓杂处,饭恶味",于是沈下贤"冒旌戟之严"进言潞鄜州的长官,用人只看荐书只看来头,往往导致"贤愚颠倒",并说他上此书,"亦希知言之士闻之,知亚之不想苟曲于阁下,而存其直如此。"他的《与京兆试官书》写于元和七年,即公元812年,说的则是选人用人不可"求全责备"。他借"长安中贤士"之言说:"良工为厦而选材者,不以桷废栋,不责能此而否彼","无求备于一人,此圣人采取之至言也。"他写于元和八年的《与潞州卢留侯书》,因为见一郡之大夫、豪吏对声言能"化黄金反童齿"的在押犯"尽欲德之",使其纵马"驰过其家,且暮不暇",而进言潞州留侯,对这种"左道乱政"者任其为所欲为,"亚之虽不肖,也知为阁下畏。"此三书均写于他元和十年进士及第之前。未得功名,先就如此直言长官之过,难免被世俗视为"狂躁贪冒",很可能就是沈下贤之仕途不畅的原因之一。

　　沈下贤的诗名大概是不小的,与他唱和往来的基本上都是中唐大家。除了他科举落第时李贺曾作《送沈亚之歌》,他被贬官时张祜曾作《送沈下贤谪尉南康》,就在《沈下贤文集》第一卷所收的十八首诗中,也就有《春词酬元微之》:"黄鸟啼时春日高,红芳发尽井边桃。美人手暖裁衣易,片片轻花落翦刀。"这"元微之",便是与白居易并称为"元白"的元稹(779—831)。李商隐与杜牧这两位比沈下贤以及李贺、元稹、张祜晚二三十年,在他们的诗集中,也都留下了"拟沈亚之"或追念沈亚之的诗篇。

　　李商隐(813—858)《拟沈下贤》诗云:"千二百轻鸾,春衫瘦著宽。倚风行稍急,含雪语应寒。带火遗金斗,兼珠碎玉盘。河阳看花过,曾不问潘安。"杜牧(803—852)追念沈下贤的诗云:"斯人清唱何人和,草径苔芜不可寻。一夕小敷山下梦,水如环佩月如襟。"这首诗是唐宣宗大中四年即公元850年,杜牧任湖州刺史时写的。诗中所说之"小敷",即为沈下贤之故地,归属湖州(吴兴)。沈下贤并世难觅同调,不为流俗所重,生前落寞,身后凄清。杜牧以地方官之身份,寻访沈下贤之踪迹,凭吊沈下贤之亡灵,也算是隔代知音了。凡此种种,都可见沈下贤之诗文,在当时确是独树一帜——"李贺许其工为情语,有窈窕之思"——称声甚盛,且也曾影响过整整一代人,倒并不是因为他年轻时"尝游韩愈门"而浪得虚名。

　　沈下贤最为后人称道的其实还是他的传奇文,尤其是《异梦录》、《秦梦记》和《湘中怨》。《湘中怨》记郑生偶遇孤女,相依数年,一旦别去,自云"蛟宫之娣",谪限已满矣,十余年后,又遥见之画舻中,含颦悲歌,而"风涛崩怒",竟失所在。《异梦录》记邢凤梦见美人,示以"弓弯"之舞;及王炎梦侍吴王久,忽闻笳鼓,乃葬西施,因奉教作挽歌,王嘉赏之。《秦梦记》则自述道经长安,客橐泉邸舍,梦为秦官有功,时弄玉婿萧史先死,因尚公主,自题所居曰翠微宫。穆公遇亚之亦甚厚,后公主忽无疾卒,穆公乃不复欲见亚之,遣之归。次日亚之与友人崔九万具道其梦;九万对亚之说,"《皇览》云,'秦穆公葬雍橐泉祈年宫下',非其神灵凭乎?"亚之更求得秦时地志,果如九万所云。于是感叹:"弄玉既仙矣,恶又死乎?"鲁迅在《中国小说史略》之第八篇《唐之传奇文(上)》中,极其简略地介绍了这三篇传奇文,并指出:

> 亚之有文名,自谓"能创窈窕之思",今集中有传奇文三篇(《沈下贤集》卷二卷四,亦见《广记》二百八十二及二百九十八),皆以华艳之笔,叙恍忽之情,而好言仙鬼复死,尤与同时文人异趣。

这也就是沈下贤之传奇文的艺术风格或艺术个性了。

在唐代诗人之中,鲁迅特别喜欢李贺,而李贺则因"许其工为情语,有窈窕之思"而推崇沈下贤;在中国古籍之中,《太平广记》是鲁迅接触的相当之多的一部,而沈下贤的《异梦录》、《秦梦记》和《湘中怨》,既见之于《沈下贤文集》卷二卷四,亦见之于《太平广记》之二百八十二及二百九十八;唐之传奇文在中国小说发展的历史上,是一个极其重要的环节,"传奇者流,源盖出于志怪,然施之藻绘,扩其波澜,故所成就乃特异,其间虽亦或托讽喻以纾牢愁,谈祸福以寓惩劝,而大归则究在文采与意想,与昔之传鬼神明因果而外无他意者，甚异其趣矣。"而沈下贤在唐之传奇作者之中，又是一个"与同时文人异趣"的极有个性的作者，凡此种种，都可以说明，鲁迅花工花力去校录《沈下贤文集》，可谓事出有因，不足为怪。反过来说，校录《沈下贤文集》，既是他日后辑录并出版《唐宋传奇集》的一个组成部分，也是他日后撰写《中国小说史略》的一项案头工作，而鲁迅对于中国小说历史之研究所花工夫之深，亦就由此可见。

鲁迅的气度

我想说说鲁迅的气度。

萌生这个念头,是因为读到不少"气度"文章,有说梁实秋气度的,有说胡适之气度的,有说叶公超气度的,大致都与鲁迅有关。例如,1934年,梁实秋在《现代文学论》中论及"散文的艺术"时,将鲁迅列为"新文学运动以来,比较能写优美的散文的"五人之一,这是体现梁实秋气度的;例如,胡适曾在鲁迅去世之后秉公直言,"说鲁迅抄盐谷温,真是万分的冤枉。盐谷一案,我们应该为鲁迅洗刷明白",这是体现胡适之气度的;又如,叶公超曾写长文对鲁迅的文学成就予以肯定,认为"五四之后,国内最受欢迎的作者无疑的是鲁迅",连胡适也忍不住对叶公超说,"鲁迅生前吐痰都不会吐在你头上,你为什么写那样长的文章捧他",这是体现叶公超气度的。

他们都很有气度,那么,鲁迅呢,他的气度?

我想起鲁迅在《〈中国新文学大系〉小说二集序》中的一段话:"《现代

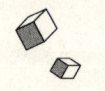

评论》比起日报的副刊来，比较的着重于文艺，但那些作者，也还是新潮社和创造社的老手居多。凌叔华的小说，却发祥于这一种期刊的，她恰和冯沅君的大胆，敢言不同，大抵很谨慎的，适可而止地描写了旧家庭中的婉顺的女性。即使间有出轨之作，那是为了偶受着文酒之风的吹拂，终于也回复了她的故道了。这是好的，——使我们看见和冯沅君、黎锦明、川岛、汪静之所描写的绝不相同的人物，也就是世态的一角，高门巨族的精魂。"我以为这段话能够体现鲁迅的气度，具有窥一斑而知全豹的价值。

凌叔华的小说大致都发表于《现代评论》。那个时候，陈西滢与凌叔华正在热恋之中。有文章批评凌叔华有抄袭行为。陈西滢怀疑是鲁迅之所为，弄出一个鲁迅《中国小说史略》抄袭日本人盐谷温的学术公案。陈氏说："拿人家的著述做你自己的蓝本，本可以原谅，只要你书中有那样的声明。可是鲁迅先生就没有那样的声明。在我们看来，你自己做了不正当的事也就罢了，何苦再挖苦一个可怜的学生，可是他还尽量的把人家刻薄。"此处说的"可怜的学生"就是凌叔华。

鲁迅为他选编的《〈中国新文学大系〉小说二集》作序，已在1935年3月。其时，凌叔华早已是陈西滢的太太，盐谷温的《支那文学概论讲话》也有了中译本，因陈西滢以及凌叔华的原因而背了近十年黑锅的"抄袭案"已经水落石出。然而，鲁迅选编《〈中国新文学大系〉小说二集》，不忘收入凌叔华的作品，并在序言中肯定凌叔华小说的"好"处，也给发表凌叔华小说的《现代评论》予以客观评述，绝无他与"现代评论"派论战时那种尖锐与凌厉。

我于是想起《论语·宪问》中的一段话。有人问孔夫子："用恩德来报答怨恨怎么样？"孔夫子说："那么，又用什么来报答恩德呢？只能用正直来报答怨恨,用恩德来报答恩德。"我想,从所谓"抄袭案"看鲁迅的气度,似乎用得上这段话。

鲁迅没有"以德报怨"。他曾说过:"在《中国小说史略》日译本的序文里,我声明了我的高兴,但还有一种原因却未曾说出,是经十年之久,我竟报了我的私仇。"他并没有忘了这被诬陷的"私仇",被人打了左面颊而反将右面颊也凑上去不是鲁迅的做派。但这"私仇"的"报"法,只是洗刷了自己的冤屈。

鲁迅没有以怨报怨,就像陈西滢在这一事件中所做的那样,因为怀疑鲁迅写文章说他的恋人"抄袭"而捕风捉影地诬陷鲁迅抄袭,也没有借着选编《〈中国新文学大系〉小说二集》的权力,轻而易举地公报私仇——这其实很简单,他只要对《现代评论》发表的小说,尤其是凌叔华的小说视而不见就足够了。

然而,鲁迅没有这样做,他是凭自己的良知来选编小说并予以公正评述的,就像孔夫子所说的那样"以直报怨"。

这就是鲁迅的气度。

钱锺书对鲁迅的评价是负面的吗

鲁迅之于钱锺书,是一个值得研究的问题。

谢泳先生《靠不住的历史》(广西师范大学出版社 2009 年版)中有《钱锺书与周氏兄弟》一文专门论述钱锺书为何一辈子"不愿意提及鲁迅",他认为"钱锺书不提鲁迅,不是一个偶然的习惯问题,而是有意识的选择"。可以看得出来,他认为钱锺书对鲁迅的评价基本上是负面的。为了说明这一点,谢泳先生用了两种"捆绑"术。

一是用"周氏兄弟"这个词汇将鲁迅与周作人捆绑在一起,把钱锺书批评周作人等同于钱锺书批评鲁迅,连文章标题都叫《钱锺书与周氏兄弟》。谢先生说:"钱锺书不愿意提及鲁迅,不等于他从来没有提过鲁迅,而是说他可能从青年时代起就对周氏兄弟的学问和人格有自己的看法。"以下这段话说的便是他的主要依据:

从目前已见到的史料判断,钱锺书最早提到周氏兄弟是在 1932

年 11 月 1 日出版的《新月》杂志（第四卷第四期）上。在这一期杂志的书评专栏中，钱锺书以"中书君"的笔名发表了一篇评论周作人《中国新文学的源流》的文章，这一年钱锺书只有二十二岁，还是清华大学的学生。虽然钱锺书在文章中对周作人的书先做了一个抽象的肯定，认为"这是一本可贵的书"，但在具体评述中，基本是对周作人看法的否定。在文章中钱锺书有一段提道："周先生引鲁迅'从革命文学到遵命文学'一句话，而谓一切'载道'文学都是遵命的，此说大可斟酌。研究文学史的人都能知道在一个'抒写性灵'的文学运动里面，往往所抒写的'性灵'固定成为单一模型；并且，进一步说所以要'革'人家'命'，就是因为人家不肯'遵'自己的'命'。'革命尚未成功'，乃需继续革命；等到革命成功，便要人家遵命。"

如果不细加分辨，确实会误以为"青年时代"的钱锺书"对周氏兄弟的学问和人格有自己的看法"，既批评了周作人，也批评了鲁迅。其实未必如此。

"从革命文学到遵命文学"这句话，是 1932 年 11 月 24 日鲁迅在北平女子文理学院讲演时说的。他还举出这样几类人作为典型例证：一是"在上海以革命文学自居之叶灵凤之流。叶自命为左倾作家，而他后来因怕被捉，于是成为民族主义文学之卒丁矣，彼之革命文学，一变为遵命之文学矣"；二是"有些人一面讲马克思主义，而却走到前面去，如张资平之流，他所讲者，十分高超，使人难以了解，但绝非实际所可作到，似此表面虽是革命文学，其实仍是遵命的文学"；三是"一些人打着'为艺术而艺术'之牌子，不顾一切，大步踏进，对于时代变迁中之旧道德，旧法律，彼等毫不问及，不关心世事,彼借此幌子,而保自己实力,表面上虽是前进,实则亦是遵命文学"。(《鲁迅讲演全集》之第九节《流氓与文学 革命文学与遵命文学》,珠海出版社 2007 年版)由此可见,鲁迅对他在这句话中所谓的"革命文学"与"遵命文学"都是否定的,钱锺书对"革命文学"与"遵命文学"的批评,包括"等到革命成功,便要人家遵命"等等,对于鲁迅此言,并非批评与否定,倒是支持与发挥。他否定的乃是周作人"谓一切'载道'文学都是遵命的"这个观点,认为"此说大可斟酌"。

要用"周氏兄弟"这个词汇将鲁迅与周作人捆绑在一起予以否定,对于钱锺书来说,这既不可能,也没有必要。周作人是周作人,鲁迅是鲁迅,尤其是 1932 年那个时候,"周氏兄弟"早已分道扬镳,周作人的观点,怎么能够代表得了鲁迅呢?比如说,同是写"喝茶",周作人写的与鲁迅写的,其格调就大相径庭。何况,即使对鲁迅的"学问和人格有自己的看法",钱锺书也不必用这种方式去表达。他既能指名道姓地批评周作人,怎么就不能直截了当地批评鲁迅——那个时候,批评以至于攻击鲁迅的多着呢。

二是用"钱氏父子"这个词汇将钱锺书与他父亲钱基博捆绑在一起,似乎钱基博非议鲁迅,就是钱锺书非议鲁迅。钱基博的《现代中国文学史》于 1933 年 9 月由上海世界书局出版。谢泳先生说:"本书是中国早期文学史中较早对新文学和鲁迅有明确评价的学术著作。本书中对鲁迅的评价,很有可能是钱氏父子讨论的结果。"(《靠不住的历史》第 158 页)还提醒读者"特别注意"此书对周作人的一段评价:"语堂又本周作人《新文学源流》,取袁中郎'性灵'之说,名曰'言志派'。呜呼,斯文一脉,本无二致;无端妄谈,误尽苍生!十数年来,始之非圣反古以为新,继之欧化国语以为新,今则又学古以为新。人情喜新,亦复好古,十年非久,如是循环,知与不知，俱为此'时代洪流'疾卷以去，空余戏狎忏悔之词也。"（《靠不住的历史》第159页）先生谢泳认为"本段行文及意思与钱锺书在《新月》杂志上评价周作人的观点完全相同"。

所谓"取袁中郎'性灵'之说，名曰'言志派'"，说周作人说林语堂则可，说鲁迅却是颠倒黑白的。鲁迅写过不少关于小品文的文章，除了《小品文的危机》、《小品文的生机》、《杂谈小品文》，他的《病后杂谈》、《病后杂谈之余》以及《题未定草（六至九）》等，也都与"小品文"有关。那么密集地谈论小品文，其背景正是"论语派"对小品文的提倡。这种提倡的要旨，正在于小品文的"性灵"与"闲适"；这种提倡的范本，就是晚明（不仅是袁中郎）的散文小品。他说："现在大家所提倡的，是明清，据说'抒写性灵'是它的特色。那时有一些人，确也只能够抒写性灵的，风气和环境，加上作者的出身和生活，也只能有这样的意思，写这样的文章。虽说抒写性灵，其实后来仍落了窠臼，不过是'赋得性灵'，照例写出那么一套来。当然也有人豫感到危难，后来是身历了危难的，所以小品文中，有时也夹着感愤，但在文字狱时，都被销毁，劈板了，于是我们所见，就只剩了'天马行空'似的超然的性灵。"尽管这段话见诸鲁迅写于1935年的《杂谈小品文》，但这些观点，鲁迅却是一以贯之的。钱锺书既关注文坛是非，又何尝不知鲁迅的这些观点，能说出鲁迅"始之非圣反古以为新，继之欧化国语以为新，今则又学古以为新"这样的混话吗？

前面那段话，连钱基博也分明是说周作人说林语堂，是谢泳先生硬将鲁迅一起捆上去的，但他引述的《大晚报》上署名为"戚施"所做的《钱基博之论鲁迅》一文却是专门"论鲁迅"的了："钱先生又曰，自胡适之创白话文学也，所持以号召天下者，曰平民文学也！非贵族文学也。一时景附以有大名者，周树人以小说著。树人颓废，不适于奋斗。树人所著，只有过去回忆，而不知建设将来，只见小己愤慨，而不图福利民众，若而人者，彼其心目，何尝有民众耶！钱先生因此断之曰，周树人徐志摩为新文艺之右倾者。"然而，诸如此类，能说"钱锺书的文学观和钱基博何其一致"吗？说"树人颓废"也好，说"树人所著……只见小己愤慨"也罢，暂且都不去管它，就说"周树人徐志摩为新文艺之右倾者"这样的昏话，钱锺书能说得出来吗？如此这般地将鲁迅与徐志摩硬扯在一起，让他们同为"新文艺之右倾者"《靠不住的历史》第159页）难道也"很有可能是钱氏父子讨论的结果"吗？

在对鲁迅的评价上，要将钱锺书与钱基博捆绑在一起的，同样也是不可能的。钱锺书是钱基博的儿子，但他们的气质与文学观未必都一样。钱锺书曾将弄文舞墨的人分为文人与学究，钱氏父子或许就有文人与学究之分。钱锺书甚至还有文章与他的这位"家大人"先生"商榷"呢！何况，钱锺书要批评鲁迅，也没有必要躲在他父亲的身后，附在他父亲的身上。

钱锺书对鲁迅略有微词的倒是1979年他访问美国时的答记者（水晶先生）问。水晶先生问的关于鲁迅的观感，钱锺书回答说："鲁迅的短篇小说写得非常好，但是他只适宜写'短气'（Short-winded）的篇章，不适宜写'长气'（Long-winded）的，像是阿Q便显得太长了，应当加以修剪（Curtailed）才好。"（《靠不住的历史》第163页）认为"钱锺书在晚年不得已提到鲁迅的时候，主要倾向是否定的"的谢泳先生，没有放过这一段不可多得的材料。然而，他大概忘记了，前面所说的同样被他当做珍贵材料引用的并且认为"很有可能是钱氏父子讨论的结果"的那一段钱基博对鲁迅小说的评价，即"树人颓废，不适于奋斗。树人所著，只有过去回忆，而不知建设将来，只见小己愤慨，而不图福利民众"云云，相比之下，钱锺书晚年说"鲁迅的短篇小说写得非常好"的"主要倾向"是"否定"的或"负面"的吗？

钱锺书与鲁迅的相通之处

在钱锺书一生中,有三个与鲁迅的关系不好的人与他的关系非同一般。

一个是吴宓。鲁迅曾与主张复古的"学衡"派论战,《学衡》杂志的主编吴宓便是"学衡"派的主要代表人物之一。鲁迅曾有《估〈学衡〉》一文,将《学衡》杂志的创刊号"估"了一下,使"学衡"派的几位代表人物无言以对,又有《"一字之学说"》,说的则是《学衡》主编吴宓。然而,这个吴宓,偏偏就是钱锺书在清华大学读书时的老师,以后又曾在西南联大有过短暂的共事。

一个是叶公超。鲁迅批评"新月"社或"新月"派的文章相当不少,最典型的大概要算《新月社批评家的任务》,而叶公超则是"新月"派代表人物之一,并编过《新月》杂志。按照胡适的说法,"鲁迅生前吐痰都不会吐在你(叶公超)头上"的。然而,叶公超与吴宓一样,也是钱锺书在清华大学读书时的老师,在西南联大教书时的同事。

一个就是杨荫榆。在所谓"女师大"事件中,作为"女师大"校长的杨荫榆与鲁迅是直接对立的。杨荫榆压制学生，鲁迅支持学生，杨荫榆在鲁迅的不少杂文中，都是被无情抨击的对象。这个杨荫榆，却正好是钱锺书妻子杨绛的姑姑。杨绛与钱锺书1933年订婚，1935年结婚，那时鲁迅与杨荫榆都还健在，离"女师大"事件相去不远。

按常人的思维，这些与钱锺书关系密切的人对于鲁迅的看法，难免影响钱锺书。所以，谢泳先生说"钱锺书对鲁迅的看法，还有一个可能是和他与杨绛的婚姻有关"也就不足为奇。然而，读孔庆茂所著之《钱锺书传》中，我发现在不少问题上钱锺书偏偏与鲁迅的观点甚有相似相通相近之处。

其一，关于"大团圆的结局"。

鲁迅在《中国小说史略》中说："这因为中国人底心理，是很喜欢团圆的，所以必至于如此，大概人生现实底缺陷，中国人也很知道，但不愿意说出来；因为一说出来，就要发生'怎样补救这缺点'的问题，或者免不了要烦闷，要改良，事情就麻烦了。而中国人不大喜欢麻烦和烦闷，现在倘在小说里叙了人生底缺陷，便要使读者感着不快。所以凡是历史上不团圆的，在小说里往往给他团圆；没有报应的，给他报应，互相骗骗。——这实在是关于国民性底问题。"

钱锺书则说："中国戏剧事实上缺乏真正的、作为戏剧最高形态的悲剧。儒家传统思想形成等级与正统观念，被提倡的正统的伦理道德观念，往往要绝对地战胜与此相左的观念。结果，中国戏剧家所持的'命运'的要领实际上只是'诗的正义'，而不是西方剧作家如莎士比亚悲剧中所表现的'悲剧的正义'……尤其是在结局时常常让替代性灾祸使人们软弱，带着内心的苦恼，希冀一些安慰和对善行、正义的勉励，更大削减了悲剧的力量。"

一个说的是小说，一个说的是戏剧，意思却是一样的。鲁迅说的"大团圆的结局",当然不是钱锺书说的中国戏剧所缺乏的"悲剧",钱锺书所谓的"悲剧",当然也难免鲁迅说的"要使读者感着不快",如果这还不足以表明二者的相通之处,那么,胡适在《文学进化观念与戏剧改良》中说的一段话,则直接将此二者连接在一起了。这段话说:"中国文学最缺乏的是悲剧的观念。""……做书的明知世上的真事都是不如意的居大部分,他明知世上的事不是颠倒是非,便是生离死别,他却偏要使'天下有情人都成了眷属',偏要说善恶分明,报应昭彰。"

其二,关于林语堂式的幽默。

对于林语堂以及"论语派"倡导的幽默,鲁迅是很不赞同的,他曾写过不少文章,例如《从讽刺到幽默》、《从幽默到正经》以及《"滑稽"例解》予以批评。鲁迅在《"滑稽"例解》中指出:"……中国向来不大有幽默。只是滑稽是有的,但这和幽默还隔着一大段,日本人曾译'幽默'为'有情滑稽',所以别于单单的'滑稽',即为此。那么,在中国,只能寻得滑稽文章了?却又不。中国之自以为滑稽文章者,也还是油滑、轻薄、猥亵之谈,和真的滑稽有别。"这篇文章发表于1933年10月26日的《申报·自由谈》。

对于林语堂式的幽默,钱锺书也是不赞同的。他说:"自从幽默文学提倡以来,卖笑变成了文人的职业。幽默当然用笑来发泄,但笑未必就表示着幽默。刘继庄《广阳杂记》云:'驴鸣似哭,马嘶如笑',而马并不以幽默名家,大约是因为脸太长的缘故。/……/ 所以,幽默提倡以后,并不产生幽默家,只添了无数弄笔墨的小花脸。"

钱锺书所谓的"幽默文学提倡以来"的"幽默",与鲁迅所说的"幽默",无疑是同一回事,所谓的"提倡"者,也无疑是同一个人。钱锺书说的"幽

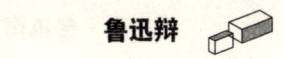

默当然用笑来发泄,但笑未必就表示着幽默",与鲁迅所说的幽默有"别于单单的'滑稽'",钱锺书所说的"弄笔墨的小花脸",与鲁迅所说的"和真的滑稽有别"的"油滑"文人,似也正相一致。在鲁迅与"论语"派的论争中,钱锺书是毫不含糊地站在鲁迅一边的了。

其三,关于偏激与偏见。

鲁迅是"反中庸"的,他不会四平八稳,更不会貌似公允,因此常被人称之为偏激,鲁迅的见解,也难免被人称为偏见。这种"偏激"或"偏见",在鲁迅来说,也是不得已的。他曾说过:"老先生们保存现状,连黑屋子开一个窗也不肯,还有种种不可开的理由,但倘有人要来连屋顶也掀掉它,它才魂飞魄散,设法调解,折中之后,许有一个窗,但总在伺机想把它塞起来。"(《两地书》1935 年 4 月)因为屋子里"黑",就"连屋顶也掀掉它",这或许是"偏激"或"偏狭"的"偏见",然而,对于那些总想"保存现状"的"老先生",你想在"黑屋子"里开一个"窗",有时也真得提出"连屋顶也掀掉它"的。

对于所谓的偏见,钱锺书也曾提出过自己的见解。他说:"假如我们不能怀挟偏见,随时随地必须得客观公平、正经严肃,那就像造屋只有客厅没有卧室,又好比在浴室里照镜子还得做出摄影机头前的姿态。""只有人生边上的随笔、热恋时的情书等等,那才是老老实实、痛痛快快的一偏之见。"这些"反中庸"即反对那种貌似"客观公正"、"不偏不倚"的"一偏之见",与鲁迅所说,有异曲同工之妙。

在这些问题上,钱锺书与鲁迅的观点之相近相似或相通,我以为有两种可能。一是他们各自从所经历的现实生活或所阅读的中外书籍中悟出这些道理,所谓"偏激"与"偏见",或许可以作这样的理解;二是作为晚辈的钱锺书直接或间接地受到鲁迅的影响。鲁迅的《中国小说史略》出版于1923年,那时候钱锺书才十三岁,但他在清华大学读书时既已读过鲁迅的《小说旧闻钞》,想必不会不读《中国小说史略》。鲁迅关于"大团圆的结局"那些话,很有可能触动过钱锺书的心灵,并融入他的血液。至于对林语堂以及"论语"派提倡的"幽默",钱锺书与鲁迅差不多是同时都会接触到的,鲁迅比钱锺书会来得更直接一些,因此,以上两种因素可能兼而有之。

钱锺书的文笔,与鲁迅也有相同之处。他们的笔调都很幽默,也都很深刻,以至于都被人称之为"刻薄"。鲁迅自己也说,"在中国,我的笔要算较为尖刻的,说话有时也不留情面","尤其是用于使麒麟皮下露出马脚"。看看钱锺书的《写在人生边上》及其序言,或许能够感受到这一点的。

钱锺书一辈子很少提到鲁迅是事实,谢泳先生断言这是因为钱锺书对鲁迅的"学问和人格有自己的看法"而"不愿"却是有些武断。翻遍《鲁迅全集》,能在他的创作中看到他提到王充的恐怕只有《女吊》中的一处,说是"看王充的《论衡》,知道汉朝的鬼的颜色是红的";提到陆游的,也只有那篇叫做《豪语的折扣》的杂文,说他"自然也是慷慨党中的一个",这些都是鲁迅故乡的先贤,能说鲁迅因为对他们的"学问和人格有自己的看法"而"不愿"提到他们吗?

钱锺书是吴宓、叶公超的学生,又是杨荫榆的侄女杨绛的丈夫,他与鲁迅的经历与背景有很大的区别,在情感上在气质上或许也有距离,但他并不排斥鲁迅,至少在理智上,这其实倒是钱锺书的不同凡响之处。

钱锺书"排斥鲁迅"评说

我曾有文,通过钱锺书与鲁迅的相通之处,说明钱锺书并不排斥鲁迅,乔世华先生为此作文,题为《钱锺书并不排斥鲁迅?》(《杂文报》2011年3月15日),意思是了了分明的,即"恃才傲物的钱锺书对鲁迅是有排斥情绪的",他举了"几个具体例子来说"。我数了一下,总共六个,以下除第一例外依次分述。

第二个例子,说的是钱锺书在《小说识小续》一文中对《儒林外史》的看法,其中有一句话说:"近人论吴敬梓者,颇多过情之誉。"乔先生认为这里的"近人"就包括鲁迅,因为鲁迅"对《儒林外史》评价颇高"。鲁迅称《儒林外史》,"说部中乃始有足称讽刺之书",这评价是否就是"过情之誉",要看《儒林外史》是否"足称讽刺之书",《儒林外史》之前,"说部中"是否有"足称讽刺之书"。因此,将鲁迅放在"近人"之例,只是乔先生的推测。

第三个例子,乔先生说"钱锺书40年代小说《灵感》也许对鲁迅有点讽刺",这句话本身就说得相当含糊,"也许"二字能当做例证么?接下去是对这个"也许"的补充说明:原来这个"也许"来自夏志清在《中国现代小说史》中提及这篇小说时说的一段话,然而,乔先生在引述夏先生的话之后,又来了一个"也许"——"也许夏志清的评论带有着臆测的成分",如此"也许"之"也许",怎么拿得出手来做例证?

第四个例子,是紧接着第三个例子说的。大概乔先生自己也觉得第三个例子太不像话了,于是来了一个转折:"不过,钱锺书对鲁迅《阿Q正传》并不看好,倒是真的。"这是钱锺书答水晶先生问的话,他首先肯定"鲁迅的短篇小说写得非常好",接下去才说了鲁迅"只适宜写'短气'(Short-winded)的篇章,不适宜写'长气'(Long-winded)的,像是阿Q便显得太长了,应当加以修剪(Curtailed)才好"。钱锺书对鲁迅的短篇小说在充分肯定的同时略有微词,与"排斥"也沾不上边。

第五个例子说的是1986年10月19日在北京召开的"鲁迅与中外文化国际学术讨论会"上,钱锺书所作的开幕词。乔先生归纳说,"显而易见,钱锺书是主张对鲁迅的讨论可以有不同的意见的",这可以说是钱锺书对鲁迅研究只能"唱颂歌赞歌"的"习惯"之排斥,却不能说是钱锺书"排斥"鲁迅。接着这段话,乔先生说了大会现场对钱锺书这番话的不同反应:谢泳说"换来的只是一片沉默的抵制",《文学报》的报道却说"赢得全场热烈的掌声",这确实会让乔先生"丈二和尚摸不着头脑"的,却与拙作无关,倒能提醒乔先生,连自己都弄不清楚的东西,是万万不可搬到台面上来凑数的。

回头再说第一个例子,钱锺书评论周作人《中国新文学的源流》,其中有一段提到鲁迅:"周先生引鲁迅'从革命文学到遵命文学'一句话,而谓一切'载道'文学都是遵命的,此说大可斟酌。研究文学史的人都能知道在一个'抒写性灵'的文学运动里面,往往所抒写的'性灵'固定成为单一的模型;并且,进一步说所以要'革'人家'命',就是因为人家不肯'遵'自己的'命'。'革命尚未成功',乃需继续革命;等到革命成功了,便要人家遵命。"乔先生的意思是钱锺书既批评了周作人,也批评了鲁迅。其实,这个问题,因为曾有人提出,我也曾在有关文章中专门说过此事,不妨照搬如下:

"从革命文学到遵命文学"这句话,是1932年11月24日鲁迅在北平女子文理学院讲演时说的。他还举出这样几类人作为典型例证:一是"在上海以革命文学自居之叶灵凤之流。叶自命为左倾作家,而他后来因怕被捉,于是成为民族主义文学之卒丁矣,彼之革命文学,一变为遵命之文学矣";二是"有些人一面讲马克思主义,而却走到前面去,如张资平之流,他所讲者,十分高超,使人难以了解,但绝非实际所可作到,似此表面虽是革命文学,其实仍是遵命的文学";三是"一些人打着'为艺术而艺术'之牌子,不顾一切,大步踏进,对于时代变迁中之旧道德,旧法律,彼等毫不问及,不关心世事,彼借此幌子,而保自己实力,表面上虽是前进,实则亦是遵命文学"。(参见《鲁迅讲演全集》之第9节《流氓与文学 革命文学与遵命文学》,珠海出版社出版)由此可见,鲁迅对他在这句话中所谓的"革命文学"与"遵命文学"都是否定的,钱锺书对"革命文学"与"遵命文学"的批评,包括"等到革命成功,便要人家遵命"等等,对于鲁迅此言,并非批评与否定,倒是支持与发挥。他否定的乃是周作人"谓一切'载道'文学都是遵命的"这个观点,认为"此说大可斟酌"。

说完了这六个实例,我想冒昧请教一句:乔先生的哪一例能算"排斥"?

我说的是"排斥",而不是"非议"或"批评"。《辞海》对"排斥"的解释是"排挤斥逐",是与接纳、吸纳、容纳相对立的。据此而论,乔先生说的六例,即使全是钱锺书对鲁迅的"非议"或"批评",也不能证明钱锺书"排斥"鲁迅。我知道"钱锺书与鲁迅的经历与背景大有区别,在情感与气质上也有距离",所以只说"他并不排斥鲁迅",这话过分了吗?我忖度,乔先生或许也未必就要坐实钱锺书排斥鲁迅,十有八九倒是没有弄清楚"排斥"这个词汇的含义。但做学问的人,倘若既没有弄明白议题的核心词汇之实际含义,又没有搞清楚用来支撑自己观点的实例之来龙去脉,就这样匆匆忙忙地披挂上阵,是否太草率了呢?

乔先生说:"研究鲁迅的专家们向来是、到今天也是习惯于只唱颂歌赞歌的。"我以为"向来是"与"到今天也是"的断言有些一概而论。过去"贬损鲁迅"四个字,可以压得别人喘不过气,如今世道大变,还有人将"做鲁迅"当做一种事业,将"新文化运动以来最不认同鲁迅的声音"作为招徕读者的图书广告,但愿乔先生的"匆忙"与"草率"与此无关。

顺便说说,乔先生的文章是以他"赞同"的谢泳先生的"观点"结束的。其实,不仅是观点"同",连所用的实例,也有太多的"同"。到底怎么回事,想必乔先生心里是明白的。

辛亥百年重读《〈越铎〉出世辞》

在鲁迅的数百篇杂文中,《〈越铎〉出世辞》并非是十分起眼的作品,他生前未曾将其收入十四个杂文集中的任何一个,后人所编的《集外集拾遗》也未予收录而仅列入《集外集拾遗补编》。然此文写于一个重要的历史节点,透露着鲁迅与辛亥革命关系之一斑,有其特殊的意义。

民国元年(1912)1月3日,《越铎日报》由越社创办于绍兴,鲁迅是创办人之一,《〈越铎〉出世辞》便发表在《越铎日报》的创刊号上。鲁迅在《范爱农》一文中,说过它的创办背景:"'情形还是不行,王金发他们。'一个去年听过我的讲义的少年来访我,慷慨地说:'我们要办一种报来监督他们。不过发起人要借用先生的名字。……为社会,我们知道你决不推却的。'"鲁迅没有让这些"少年"失望,这篇"出世辞",便是他在那个时候留下的文字。

鲁迅在《〈越铎〉出世辞》中,热情歌颂了辛亥革命。"国士桓桓,则首举义旗于鄂",显然是指武昌起义;"诸出响应,涛起风从,华夏故物,光复太半",则是武昌起义后之天下大势,"东南大府,亦赫然归其主人。越人于是得三大自由",说的便是辛亥革命对于故乡绍兴的功德了。此中所谓"三大自由",即孙中山先生所说的"人民之集会自由、出版自由、思想自由"(《民权初步·自序》)。依此而论,则"东南大府"不仅是从"索虏"而更是从专制者手中"赫然归其主人"的,如此歌功颂德,在鲁迅先生的笔下很少出现。如此发自肺腑的称颂,也当与鲁迅在辛亥革命前后的经历有关。与绍兴籍的辛亥革命志士秋瑾、徐锡麟、陶成章等人不同,鲁迅不是职业革命家,他到日本是去读书的,然而,在与他们或深或浅的接触中,难免受到他们的影响,尤其是1907年,徐锡麟、秋瑾以及陈伯平和马宗汉的血,更是激发了鲁迅的革命热情。在此一年后,他便加入了光复会。李泽厚说他"参加过辛亥革命",并非信口雌黄。

鲁迅的过人之处,在于他并不停留于一味的歌颂。他更意识到在这历史发展的节点上,作为一个公民的责任。所谓"共和之治,人仔于肩,同为主人有殊台隶"。王金发到了绍兴之后,镇压反动势力,释放狱囚,公祭先烈,平粜施赈,兴利除弊,劝导实业,严禁鸦片,练兵筹饷,颇受越人拥戴。只是好景不长,很快就在旧势力的捧场和包围之中,忘其所以,开始以"革命"来换取个人的享受,任用同乡亲信,搜刮地皮,大发横财。创办《越铎日报》之初衷,就是为了监督他们。这是"舆论监督",也是"民主监督",而且出现并实施于百年之前。鲁迅在《〈越铎〉出世辞》中明言,"纾自由之言议,尽个人之天权,促共和之进行,尺政治之得失,发社会之蒙覆,振勇毅之精神"。民主、自由、人权,已尽在其中。新创办的《越铎日报》也确实这样去做了,用鲁迅在《范爱农》一文中的话说:"开首便骂政府和那里面的人员;此后是骂都督,都督的亲戚,同乡,姨太太"。这"骂",说的就是批评与监督。值得注意的是,鲁迅在这篇不到800字的短

鲁迅辩

文中，两处提及"专制"，一处说，"顾专制久长，鼎镬为政，以聚敛穷其膏髓，以禁令制其讥平"，这是说既往之专制统治；一处说，"唯专制永长，昭苏非易"，这是说彻底推翻专制之任重道远。

最近读到两篇有关鲁迅与辛亥革命的文章，一篇叫《旁观者鲁迅》，说鲁迅只是辛亥革命的旁观者；一篇叫《鲁迅的盲点》，这个"盲点"，大概指的是鲁迅对辛亥革命在建立民主制度方面缺乏认识。在此之前，也曾有过"鲁迅为什么不谈民主"的声音。但我想，一个对辛亥革命袖手旁观的人，一个对民主制度缺乏认识的人，是写不出《〈越铎〉出世辞》这样的文章来的。至于此后的鲁迅没有一直为辛亥革命在这方面的功德唱颂歌，乃是因为新老军阀在政治舞台上走马灯似地出现，使他觉得"久没有所谓中华民国"，更使他觉得"革命以后不多久，就受了奴隶的骗，变成他们的奴隶了"。这其实是对吞噬辛亥革命成果的专制者的讨伐，比嘴上空谈民主要有意义得多了。

今年是辛亥革命一百周年，也是鲁迅诞生一百三十周年，特作此文，以为纪念。

鲁迅是辛亥革命的旁观者吗

读过丁辉先生发表于《杂文报》的两篇文章，都是谈"鲁迅与辛亥革命"的。一篇为《旁观者鲁迅》，其文说："对于辛亥革命，鲁迅基本上只能算是个旁观者。"并认为李泽厚先生说鲁迅"参加过辛亥革命"，不是"笔误"，便是"少察"；后一篇为《鲁迅的盲点》，作者认为，鲁迅对辛亥革命确立国家政治生活中"主权在民"原则、法治原则、三权分立原则缺乏足够的认识。两篇文章之内在联系，是"'旁观者'的身份……容易让鲁迅对资产阶级革命进行评价时少了一份'同情之了解'"，"对其中的艰难、曲折无切肤之痛"。文章有板有眼，论之有据，得出的结论却使我不敢苟同。

在《旁观者鲁迅》中，丁辉先生说了三件事。一件是鲁迅曾经拒绝来自光复会的要他去刺杀某满清大员的命令，鲁迅当时给出的理由是："我要是被抓住，砍头了，剩下我的母亲，谁来负责赡养她呢？"这个资料我也见过，与丁先生引用的略有出入。这是鲁迅晚年对日本友人增田涉说的，说革命党人曾命令他去暗杀,他就说:"我可以去,也可能会死,死后丢下母亲,怎么办?"他们说:担心死后的事可不行,你不用去了,可见不是"拒绝"。另一件事就是反对"取缔规则"的风潮。因为"取缔规则",秋瑾号召留日学生全体回国,以示抗议,鲁迅、许寿裳等却反对这样做。丁辉先生认为,从理智上说,鲁迅、许寿裳他们是对的,但"让激情溃决理性的堤坝,有时甚至是革命所必须"。所以,秋瑾其时即宣判鲁迅、许寿裳们死刑,还拔出随身携带的一把小刀抛在桌子上以示威胁。这个资料来自周作人的回忆,也与丁先生所说的有些出入。按周作人回忆,秋瑾将一把小刀插在桌上,说:"如果回国投降满虏,卖国求荣,欺压汉人,吃我一刀。"并非是用来"威胁"或"宣判鲁迅、许寿裳们死刑"的。第三件事,是"迄今并无资料证明鲁迅确曾正式加入任何一个革命组织",但据我所知,同为光复会会员的许寿裳在《鲁迅先生年谱》中写着,1908年,鲁迅"从章太炎先生炳麟学,为'光复会'会员"。

有一部《鲁迅传》在写到此类事时说,当时的鲁迅与秋瑾等革命党人在革命问题上存在"某种分歧"。我以为,仅是看到"某种分歧"是不够的,还应当看到鲁迅与他们在革命问题上的"某种差距"——鲁迅不是职业革命家,他到日本是去读书的。革命党人命令他去暗杀,鲁迅不赞成暗杀,这可以说是"某种分歧"。假如革命党人要求鲁迅去做的是一件十分必要却同样有生命危险的事,当时的鲁迅会不会说"我可以去,也可能会死,死后丢下母亲,怎么办"呢?我以为很可能的,而秋瑾等革命党人却早将生死置之度外,更不要说丢下母亲或丢下儿女了。从这个角度说,丁辉先生的分析并非一无是处。

然而，仅从上述资料得出鲁迅是"旁观者"结论，却未免有些草率。其一，革命党人绝不可能让一个"旁观者"参加他们的会议，讨论与革命有关的事宜，更不可能给一个"旁观者"下达"暗杀"任务，除非他们精神失常；其二，鲁迅与革命党人的"某种差距"并非凝固不变，1907年，秋瑾、徐锡麟以及陈伯平、马宗汉等烈士的血就极大地激发了鲁迅的革命热情，"开同乡会，吊烈士，骂满洲"时，积极"主张打电报到北京，痛斥满政府的无人道"的人中，就有鲁迅。其三，革命并非只意味着"暗杀"，"参加"也有不同的方式。要不，大概连蔡元培、章太炎都被排斥在"参加者"之外了。何况鲁迅在日本时就与陶成章、许寿裳等人一起组建浙江同乡会，出版《浙江潮》杂志，赴会馆、跑书店、往集会、听讲座，甚至受陶成章之托，秘密收藏部分会党的文件，在武昌起义后，依然在为绍兴的光复奔波，包括支持反清文学团体"越社"请王金发来绍兴取代那些"咸与维新"的变色龙主政的主张，并亲自带着学生队伍去五云门外欢迎王金发的革命军。

鲁迅之于辛亥革命，是同情、支持，且在一定程度上参加了的，如果此说还算客观公允，那么，丁辉先生在《旁观者鲁迅》中说的"鲁迅对资产阶级革命进行评价时少了一份'同情之了解'"，"对其中的艰难、曲折无切肤之痛"就失去了立论的前提。至于《鲁迅的盲点》一文所说，我以为丁辉先生不妨去看看鲁迅的《〈越铎〉出世辞》，那边不仅有鲁迅对于辛亥革命在这个方面的历史功绩，包括孙中山先生所说"三大自由"即"人民之集会自由、出版自由、思想自由"的满腔热情的歌颂，也有对于"纾自由之言议，尽个人之天权，促共和之进行，尺政治之得失，发社会之蒙覆，

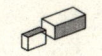

振勇毅之精神"的公民权利的清醒意识。至于此后很少说到民主却常常说到专制,却是怪不得鲁迅的。不是鲁迅不喜欢称颂民主,而是中国少有真正的民主,却多有打着民主旗号的专制,并且也相当血腥。

鲁迅与梅兰芳及其他

鲁迅曾有好几篇文章说到梅兰芳，有人说这是对梅兰芳的人格侮辱，并由此而涉及鲁迅的人格，据说连梅兰芳本人也一直对此耿耿于怀。房向东先生的鲁迅研究专著《鲁迅与他"骂"过的人》（上海书店出版社1996年版）中，有《"男人扮女人"之外》一文说到这桩历史公案。他的此类文章在报上陆续发表之时，曾请我谈谈看法，说是或"捧"或"骂"均可，那时候，我遵嘱专门选定"谈谈"的恰恰就是有关鲁迅与梅兰芳的这一篇。我赞成房向东说的鲁迅之"骂"梅兰芳，并非与梅兰芳有什么过隙，无非是借梅兰芳说事，却不赞成他的一个观点：鲁迅借以批判的是所谓的"太监文化"。我注意到，房向东将此文收入他的专著之时，曾根据我的批评做了一些文字处理，却依然保留"太监文化"之说。

在我看来，鲁迅之评论梅兰芳，在其骨子里想说的，有这样两层意思。其一，是关于艺术的雅与俗的问题。他在《略论梅兰芳及其他（上）》一文中说：

> 他未经士大夫帮忙时候所做的戏,自然是俗的,甚至于猥下,肮脏,但是泼剌,有生气。待到化为"天女",高贵了,然而从此死板板,矜持得可怜。看一位不死不活的天女或林妹妹,我想,大多数人是倒不如看一个漂亮活动的村女的,她和我们相近。
> 然而梅兰芳对记者说,还要将别的剧本改得雅一些。

从这段文字可以看出鲁迅主要批评的是将梅兰芳"罩进玻璃罩"的士大夫,同时也带及被"罩进玻璃罩"的梅兰芳,因为他接受了这种"雅",而且认为"雅"得还不够,"还要将别的剧本改得雅一些"。此处所表达的思想,与他的批评将艺术卷进"象牙之塔",将"小品文"变成"小摆设"和"士大夫的清玩"正相一致。

其二,则是相当形象和准确地体现了鲁迅的反"中庸"。鲁迅有《论照相之类》一文,分为《材料之类》、《形式之类》与《无题之类》三个部分。他在《无题之类》这个部分中,说到"北京特有"的一种现象:即"照相馆选定一个或数个阔人的照相,放大了挂在门口",只是好景不长,"其人阔,则其像放大,其人'下野',则其像不见"——这有点像如今的请"阔人"题词,其人仕途看好,其字高悬;其人"出事",则其字悄悄消失——然而,他注意到,"要在北京城内寻求一张不像那些阔人似的缩小放大挂起挂倒的照相,则据鄙陋所知,实在只有一位梅兰芳君"。他说,"惟有这一位'艺术家'的艺术,在中国是永久的。"接着,鲁迅发表了这样一通议论:

> 异性大抵相爱。太监只能使别人放心,决没有人爱他,因为他是

无性了，——假使我用了这"无"字还不算什么语病。然而也就可见虽然最难放心，但是最可贵的是男人扮女人了，因为从两性看来，都近于异性，男人看见"扮女人"，女人看见"男人扮"，所以这就永远挂在照相馆的玻璃窗里，挂在国民的心中。外国没有这样的完全的艺术家，所以只好任凭那些捏锤凿，调采色，弄墨水的人们跋扈。

我们中国的最伟大最永久，而且最普遍的艺术也就是男人扮女人。

鲁迅的这篇文章，写于1924年11月11日，发表于1925年1月12日出版的《语丝》周刊第九期。我们从鲁迅的《伪自由书》可以看到，在此八九年后，即1933年3月30日，发表于《申报·自由谈》的《最艺术的国家》一文，更进一步的挑明了鲁迅所说的这种"艺术"的真实内涵：

我们中国的最伟大最永久，而且最普遍的"艺术"是男人扮女人。这艺术的可贵，是在于两面光，或谓之"中庸"——男人看见"扮女人"，女人看见"男人扮"。表面上是中性，骨子里当然还是男的。然而如果不扮，还成艺术么？

……

此文最后一句感叹："呵，中国真是个最艺术的国家，最中庸的民族。"据《鲁迅全集》注释称：《最艺术的国家》与《王道诗话》等十二篇杂文，均系1933年瞿秋白在上海时所作，"其中有的是根据鲁迅的意见或与鲁迅交换意见后写成的。鲁迅对这些文章曾做过字句上的改动（个别篇改换了题目）"。从前后联系可见，此文当属"其中有的"之列。此文所述，也是鲁迅的观点。从前后时隔八九年的这两段极其相似的文字中，可以看出这样几点：一，鲁迅表面上说的是梅兰芳及其"男人扮女人"的艺术，其实却是讽刺所谓"中庸"；二，鲁迅讽刺的这种"中庸"之"可贵"，就"在于两面光"，也就是朱熹所谓的"不偏不倚"，孟子所说的"一乡之人皆称愿"的"阉然媚于世也者"，孔子所厌恶的"乡愿"，倒恰恰不是孔子所谓的中庸；三，时隔八九年，鲁迅的意思并没有多大的变化，可见，他对这种"中庸"的"艺术"早已胸有定识。我之所以不赞成房向东先生的"太监文化"之说，其原因也在于此：在这两篇文章中，鲁迅自己都已经明明白白地说了——《论照相之类》说的是"太监只能使别人放心，决没有人爱他，因为他是无性了"；《最艺术的国家》说的是这种"男人扮女人"与"太监"的区别，"表面上是中性，骨子里当然还是男的"。他自己都已说得那么明白，岂能再将批判"太监文化"之功绩强加于他？

其实，同样的意思，不同的表述，也见诸鲁迅别的文章，例如，鲁迅曾经写过《我来说"持中"的真相》，其中所说的"持中"，乃是"中庸"的另一种说法。此处所说的"似战，似和，似守；似死，似降，似走"，则与"男人看见'扮女人'，女人看见'男人扮'"的"似男似女"有异曲同工之妙。此处所说的"不战，不和，不守；不死，不降，不走"，则有点像房向东先生所谓"太监文化"中的"太监"了，而鲁迅也明明白白地说"作为中国人'持中'的真相之说明。我以为这是不对的"。值得注意的是这篇文章发表于1924年12月15日《语丝》周刊第五期，与鲁迅说"男人看见'扮女人'，女人看见'男人扮'"的《论照相之类》的发表时间极为相近。二者之间，无疑有着某种内在的联系。

鲁迅反对的"中庸"，大多不是孔子说的那种以"无过无不及"为主要特征的中庸，而是在两千余年的历史中逐渐流变的以"不偏不倚"为主要特征的"中庸"，这一点，可谓确凿无疑。如果细加分析，那么，还可梳理出不同的层次。

一是以"中庸"掩盖立场，表面不偏不倚，貌似公允，其实自有所偏。鲁迅之所以一直强调"男人扮女人"的"艺术"与"太监"不同，也正是这个意思——太监确实是无性的了，但"男人扮女人"的"艺术"之高明，就在于男人明明是有性的，却能做得"两面光"，这就有相当的欺骗性。同样的意思，也体现在鲁迅对于"正人君子"或"叭儿狗"的本性之揭示上。例如，他在《论"费厄泼赖"不能缓行》中说的"叭儿狗"，指的显然是某种"不偏不倚"的"正人君子"，尽管表面上"折中，公允，调和，平正之状可掬"，尽管"悠悠然摆出别个无不偏激，惟独自己得了'中庸之道'似的脸来"。其实，却只是"为阔人，太监，太太，小姐们所钟爱"，被"贵人豢养"，看到穿破衣服的穷人，却是会叫会咬的，一点也不公允。

二是以"中庸"掩饰卑怯，不敢得罪任何一方，不敢有自己的立场。同是处世"中庸"，在这一点上，却与前者稍有不同。1925 年 3 月 16 日，北京大学哲学系教授徐炳昶在给鲁迅的信中说："人类思想里面，本来有一种惰性的东西，我们中国人的惰性更深。惰性表现的形式不一，而最普通的，第一就是听天任命，第二就是中庸。听天任命和中庸的空气打不破，我国人的思想，永远没有进步的希望。"鲁迅于 3 月 29 日给徐炳昶的信中说："我以为这两种态度的根柢，怕不可仅以惰性了之，其实乃是卑怯。遇见强者，不敢反抗，便以'中庸'这些话来粉饰，聊以自慰。"这种对于"遇见强者，不敢反抗"的"卑怯"的"粉饰"，颇有点像阿 Q 式的精神取胜。那些"在狼面前是羊，在羊面前是狼"的人，当他们"在狼面前是羊"之时，往往就用"中庸"二字"聊以自慰"。

三是以中庸掩饰自己的退却，以守为攻。这与"在狼面前是羊，在羊面前是狼"有联系却又有区别。那段话还是鲁迅在回复徐炳昶时说的："所以中国人倘有权力，看见别人奈何他不得，或者有'多数'作他护符的时候，多是凶残横恣，宛然一个暴君，做事并不中庸；待到满口'中庸'时，乃是势力已失，早非'中庸'不可的时候了。一到全败，则又有'命运'来做话柄，纵为奴隶，也处之泰然，但又无往而不合于圣道。"

所谓"穷寇莫追"，所谓"以德报怨"，所谓不打"落水狗"，这些被人理解为"中庸之道"题中应有之义的言词，大致都是在这种境况中冒出来的，这在那些原先"宛然一个暴君，做事并不中庸"的人来说，便是一种"以守为攻"的策略。所以，鲁迅说："'犯而不校'是恕道，'以眼还眼以牙还牙'是直道。中国最多的却是枉道：不打落水狗，反被狗咬了。"

当然，这已经涉及与"中庸"相关的另一个概念即"忠恕"，暂且带住。

鲁迅"一个都不宽恕"的是哪些人

鲁迅说的"让他们怨恨去,我也一个都不宽恕",此中的"他们"指的是谁?

指的是郭沫若、成仿吾、冯乃超等创造社、太阳社的"革命文学"家吗?显然不是。尽管这些"革命文学"家对于鲁迅的批评,调子定得很高,什么"封建余孽"、"二重反革命"、"法西斯蒂"等等,简直罪不可赦,火力也相当密集,可谓四面埋伏,轮番作战,几成"围剿"阵势。对于他们,鲁迅曾兵来将挡,水来土掩,针锋相对,毫不含糊。然而,以后毕竟在同一目标之下,彼此和解了的。鲁迅在《答徐懋庸并关于抗日民族统一战线问题》中也曾说过:"我和茅盾、郭沫若两位,或相识,或未尝一面,或未冲突,或曾用笔墨相讥,但大战斗却都为着同一的目标,决不日夜记着个人的恩怨。"这"未尝一面"而"曾用笔墨相讥"的,说的就是郭沫若,或许也包括创造社与太阳社中的别的人物,这就双方而言,乃是一种和解;从鲁迅的角度说,便是一种宽恕。

指的是钱玄同、林语堂、周作人等曾经与他相知相伴尔后相离以至于有笔墨相讥的亲朋好友吗？同样不是。我曾在谈及鲁迅与孙伏园的"后期疏远"时，说到鲁迅性格上的欠缺。我以为这种性格上的欠缺大致有三：其一，他以十分的真诚对待别人，也要求别人以同等的真诚回报于他，一旦发现别人对他未必就有那样的真诚，心中便有老大的不快；其二，他与甲为友，与乙为敌，便希望甲以他之敌为敌，一旦发现甲与乙有来往，心中也有老大的不快；其三，他与别人有隔阂或裂痕之后，不善于主动地去消除这种隔阂，弥补这种裂痕，也不轻易谅解别人的过错。这三条，或许也可称之为人性的弱点，在不少人身上均可看到。从钱玄同、林语堂在鲁迅身后所写之纪念文字中，也可看到类似的意思。然而，对于这种原先相知相伴尔后相离以至于有笔墨相讥的人，鲁迅心中是有隐痛的。仍以孙伏园兄弟为例：1929年3月20日的《鲁迅日记》中记着"伏园、春台来"，这该是孙氏兄弟赴欧洲前向先生辞行；1929年4月13日《鲁迅日记》中记着"上午得孙伏园等明信片"，这该是孙氏兄弟到达欧洲后向先生报平安，这点点滴滴的记载，本身就体现着鲁迅对他们的宽恕。我以为，鲁迅对钱玄同、林语堂以至于周作人，也有类似的心绪。胡兰成致朱西宁信中转述"战时"许广平在上海对他说的一句话："虽兄弟不睦后，作人先生每出书，鲁迅先生还是买来看，对家里人说作人先生的文章写得好，只是时人读不懂。"舒芜先生认为胡兰成的转述"夸大其词"，因为他在《鲁迅日记》附录的"书账"中只看到"周作人散文抄"和"看云集一本"这两条（《文汇报》2007年11月8日），但舒芜先生忽略了，鲁迅所买的周作人的不少书，并不进入他自己的书账，只在《鲁迅日记》中记着"为广平买"或"为广平补买"，这是很能体现其相当复杂的情感的。这种情感，并非"让他们怨恨去，我也一个都不宽恕"可以取代。

那么，鲁迅"一个都不宽恕"的"他们"中，到底有些什么人？

鲁迅的原话是这样说的："欧洲人临死时，往往有一种仪式，是请别人宽恕，自己也宽恕了别人。我的怨敌可谓多矣，倘有新式的人问起我来，怎么回答呢？我想了一想，决定的是：让他们怨恨去，我也一个都不宽恕。"显然，他"一个都不宽恕"的不是"论敌"，而是"怨敌"。

对于依仗权势欺压弱者被他抨击而怨恨他的人，他是不会宽恕的。例如，拿着教育部为"防止学生上街游行"的鸡毛当令箭，以此来压制本校学潮，不惜借助于警察与武力来压制莘莘学子，假借"评议会"之名，开除在女师大风潮中为首学生的校长杨荫榆。例如，充当杨荫榆的后台，为杨荫榆弹压学生撑腰，滥用职权撤销因为支持女师大学生的鲁迅之教育部佥事之职务，甚至以"不受检制"、"蔑视长上"为借口，下令解散"女师大"的教育总长章士钊，等等。鲁迅更不会宽恕血腥镇压学潮，制造三一八惨案的段祺瑞执政府，要不，他就不会说三一八是民国以来最黑暗的一天；要不，他也不会写下："血债要用同物偿还，拖欠得越久，便要付出更大的利息。"同样，鲁迅也不会宽恕日后那些"杀人如草不闻声"，制造一个又一个血案的新贵，他的《为了忘却的记念》等文章，吐露的或许就是这样的心迹。

对于那些貌似公允，满口公理，却明里暗里充当权势者的帮凶或帮闲的角色，那些"损着别人的牙眼，却反对报复的人"，他是不会宽恕的。例如，在"女师大风潮"中的说"闲话"的"正人君子"陈西滢，对于"只要不合自意的，便说是赤化，是共产……甚至于到官里去告密"的角色，他是不会宽恕的。例如，写文章暗示别人"拥护苏联"和"到××党去要卢布"的梁实秋，鲁迅在那篇《"丧家的""资本家的乏走狗"》中就说得明白："为将自己的论敌指为'拥护苏联'或'××党',自然也就得合时,或者还许会得到主子的'一点恩惠'了。"此类人中,还包括向官府告密而让他们通缉"堕落文人鲁迅"的许绍棣、叶溯中与黄萍荪等人。鲁迅常常称这种权势者的帮凶或帮闲为"叭儿",他在《关于许绍棣叶溯中黄萍荪》这篇短文中就曾这样写道:

> 当我加入自由大同盟时,浙江台州人许绍棣,温州人叶溯中,首先献媚,呈请南京政府下令通缉。二人果渐腾达,许官至浙江教育厅长,叶为官办之正中书局大员。
>
> 有黄萍荪者,又伏许叶喉使,办一小报,约每月必诋我两次,则得薪金三十,黄竟以此起家,为教育厅小官,遂编《越风》,约"名人"撰稿,谈忠烈遗闻,名流轶事,自忘其本来面目矣。"会稽乃报仇雪耻之乡",然一遇叭儿,亦复途穷道尽!

鲁迅不会宽恕的,还有一种人,就是"拉大旗做虎皮,包着自己去吓唬别人"并以"鸣鞭为唯一业绩"的"奴隶总管"了。他对这类人的厌恶,其实并不亚于他的"怨敌"。这种厌恶情绪,在《答徐懋庸并关于抗日民族统一战线问题》一文中,已经体现得淋漓尽致。

就像孔子的宽恕不是绝对的一样,鲁迅的不宽恕也不是绝对的。以上所说的这一切的"不宽恕",都有一个界限,就是"改而止"。所以,假如鲁迅知道日后杨荫榆保持民族气节,惨死于日寇之手,假如鲁迅日后知道章士钊仗义出庭为陈独秀作法律辩护,如此等等,则另当别论。

孔子也有不宽恕的。若将孔子的不宽恕与鲁迅的不宽恕相比较,似乎又有若干区别。

其一，鲁迅不宽恕的都是权势者或有权势者之习气的人以及权势者的帮凶或帮闲，孔子不宽恕的，主要是与他的"克己复礼"的政治理念相悖的人。因而，鲁迅的不宽恕，仅仅表现为心理上的不宽恕，包括"最高的轻蔑，是连眼珠子都不转过去"，最多也就是以笔墨进行无情的揭露，使之"麒麟皮下露出马脚"。孔子的不宽恕，有时——当他处于权势者之位时——却可以置人于死地。

其二，鲁迅的不宽恕出自社会正义感，大多为弱势者抗争，孔子的不宽恕，未免也挟带个人恩怨。例如，他之对于阳货，固然是因为"陪臣执国政"有违他的政治理念，却也未必与他十七岁那年赴季氏之宴请而被阳货"斥退"无关；他之诛少正卯，除了他说的那五条罪状，恐怕也有少正卯讲学吸引了他的弟子使他"三盈三虚"的积怨。

其三，鲁迅的不宽恕是他明明白白地宣告了的——"让他们怨恨去吧，我也一个都不宽恕"，孔子就不敢如此直言，明明有不宽恕的行为，依然使人感到他有"宽恕"的美德。

怎样理解《狂人日记》中的"吃人"

鲁迅的《狂人日记》被称为"新文化运动的第一声春雷",它给不少人（包括肯定新文化运动的人和否定新文化运动的人）留下最突出的印象,就是"吃人"二字,或曰礼教"吃人",或曰仁义道德"吃人"。其实,《狂人日记》中"吃人"二字,其内涵要比上述印象以及建筑在这种印象基础上的理解丰富得多,也要复杂得多。

鲁迅的《狂人日记》给人留下的"礼教吃人"的印象被放大,与吴虞的一篇文章有关,这篇文章就叫《吃人与礼教》,是读了《狂人日记》之后写的。吴虞在这篇文章中说:"我读《新青年》里鲁迅君的《狂人日记》,不觉得发了许多感想。我们中国人,最妙的是一面会吃人,一面又能够讲礼教。吃人与礼教,本来是极相矛盾的事,然而他们在当时历史上,却认为并行不悖的,这真正是奇怪了！"在文章结尾时又说:

> 到了如今,我们应该觉悟！我们不是为君主而生的！不是为圣贤

>而生的！也不是为纲常礼教而生的！甚么"文节公"呀，"忠烈公"呀，都是那些吃人的人设的圈套，来诳骗我们的！我们如今应该明白了！吃人的就是讲礼教的！讲礼教的就是吃人的呀！

吴虞的这篇文章，是由鲁迅的《狂人日记》引发的，吴虞对于礼教的这种认识，却并不源于鲁迅的《狂人日记》。早在1915年7月，他就写过《家族制度为专制主义之根据论》一文，发表于1917年2月1日《新青年》第二卷第六号，着重对礼教中的"忠孝"二字予以猛烈的抨击，在当时也可谓空谷足音，振聋发聩。吴虞将"吃人"与"礼教"直接联系起来，认为"吃人的就是讲礼教的！讲礼教的就是吃人的"，与鲁迅《狂人日记》之原意并不完全一致，有过于极端之嫌，却也有闪光的真理。如今，有人为鲁迅开脱，说提出"礼教吃人"的不是鲁迅，而是吴虞，这话有一定的事实依据，但以此为鲁迅"开脱"，却是没有必要，因为鲁迅在《狂人日记》中所表达的意思，即使现在看去，也没有什么不恰当的。

在我看来，《狂人日记》中有关"吃人"的那段话，应当有这样三个层次。

其一，中国"古来时常吃人"而被"仁义道德"遮蔽了的，这并非就是礼教"吃人"。

鲁迅笔下的"狂人"在其"日记"中，说到中国历史上的几个"吃人"的例子。一是《左传》宣公十五年的宋国都城被楚军围困时的"易子而食"；二是《左传》襄公二十一年，晋国州绰说的"食肉寝皮"（鲁迅在《随感录五十四》、《随感录六十一 不满》以及《由中国女人的脚，推断中国人之非中庸，又由此推定孔夫子有胃病》等杂文中都曾说到"食肉寝皮"，可见印象之深）；三是"易牙蒸了他的儿子，给桀纣吃"；四是"《本草》什么"上"明明写着人肉可以煎吃";五是"徐锡林"的被吃;六是"去年城里杀了犯人,还有一个生痨病的人,用馒头蘸血舐"。所有这些"吃人"的实例,大概都是从每页都写着"仁义道德"的字缝里看出来的。只是"狂人忆中有误",才将易牙"蒸其首子(应为子首)而献之(齐桓)公"说成了"易牙蒸了他的儿子,给桀纣吃",又将唐代《本草拾遗》的作者陈藏器,误为明代《本草纲目》的作者李时珍。这些因为出于小说人物之口而有些"变形"的史实,未必都与"礼教"有关,例如易牙将自己的儿子蒸了给齐桓公吃,未必就符合孔子或儒家的主张。但《论语》没有提到此人此事,《孟子》虽然说到此人,说的却是他的烹调,至于他的那件灭绝人性之事,连提都没有提及。这可以说是被"仁义道德"遮蔽了的"吃人"。

其二,是那些"吃教"的人,借礼教之名"吃人",这也不是礼教"吃人"。

这样的人,也就是吴虞在《吃人与礼教》一文中说的"一面会吃人,一面又能够讲礼教"的人,他说了两个例子。一个是被孔子称为"九合诸侯,不以兵车"的齐桓公,周襄王拿祭肉给他,说他年纪大了,不必下拜尽君臣礼节。他与管仲商量后,还是下拜尽了君臣礼节,从这一点看,此公似乎也讲"礼教",然而,易牙的儿子却是给他吃了的。一个是"以太牢祀孔子"的汉高祖,吴虞称他为"崇儒尊孔的发起人",然而,正是这个汉高祖,"诛梁王彭越,醢之。盛其醢,遍赐诸侯","醢"是古代把人杀死后剁成肉酱的一种酷刑,这位"崇儒尊孔的发起人"对彭越用了这样一种酷刑之后,不但自己吃用人肉剁成的肉酱,还要让他的诸侯们都尝尝这种肉酱的滋味,大概也有点杀鸡儆猴的意思。当然,这都是"礼教"的旗号正式打出来之前的事,虽然也都与"礼"有关。"礼教"的旗号打出来之后,这样的事只会有增无减。鲁迅很熟悉的魏晋名士嵇康，就是因为钟会打了小报告而被害死的，这小报告中有一条罪名，就叫"害时乱教"，此"教"不正是"礼教"吗？然而，被嵇康目为"礼法之士"的钟会，又哪里就真的信奉"礼教"？倘若钟会真的严守纲常名教，日后会落到那个下场？当然，钟会还只是"吃教"者中的想当权势者的人，至于"吃教"者中处于权力顶层的"一面会吃人，一面又能够讲礼教"的权势者们之"吃人"，更是怵目惊心。那个采用董仲舒之"八字方针"的汉武帝"吃"了多少人谁能说得清楚，不是连他自己的亲生儿子——还是太子呢——都被他"吃"了吗？那个"效周公辅成王"的朱棣，即日后命胡广、杨荣、金幼孜等儒家士大夫修《五经大全》《四书大全》，并亲自为之制序的永乐大帝又"吃"了多少人，那些个真正信奉礼教或纲常名教的，不是都被他以极其野蛮的方式"吃"了吗——有的如练子宁被割了舌头，有的如铁玄被投入沸腾的油锅之中，那个"读书种子"方孝孺，还被灭了十族。

其三，鲁迅在《狂人日记》中，确实也有"礼教"本身吃人的一层意思。这样的实例，在这篇小说中有一个："记得我四五岁时，坐在堂前乘凉，大哥说爷娘生病，做儿子的须割下一片肉来，煮熟了请他吃，才算好人；母亲也没有说不行。一片吃得，整个的自然也吃得"。此说其实也是于史有据的，就是出于宋代的"割股疗亲"——"上以孝取人，则勇者割股，怯者庐墓。"（《宋史·选举志》）出于《二十四孝》的，则是"郭臣埋儿"。鲁迅在《我之节烈观》中所说的"表彰节烈"，即表彰那些为丈夫或未婚夫活着守寡或死去尽忠的女子。如此鼓吹孝道，表彰节烈，颇似衍太太之所为，明知小孩子在寒冬季节吃冰会肚子疼，却鼓励说："好，再吃一块。我记着，看谁吃的多"，明知小孩子打旋子旋得多会跌倒，却鼓劲说："好，八十二个了！

再旋一个，八十三！好，八十四！"让子女为"孝"、女子为"贞"而走上一条死亡之路。吴虞的《吃人与礼教》中所举礼教"吃人"的臧洪与张巡两例，则是为"忠"的了。臧洪是汉末之人，在袁绍"兴兵围洪，城中粮尽"之时，他居然"杀其爱妾，以食兵将"（《后汉书·臧洪传》）。张巡是唐代睢阳守将，在"城中粮尽，易子而食"之时，"乃出其妾，对三军杀之，以飨军士，曰：'请公为国家戮力守城，一心无二。巡不能自割肌肤，以啖将士，岂可惜此妇人！'"以此为榜样，"城中妇人既尽，以男夫老小继之，所食人口二三万"。这样血淋淋的"吃人"事迹，明明白白是在"礼教"的旗帜下出现的，还写入了《唐书·忠义传》。"礼教吃人"，当然也是通过具体的人去"吃"的，这是被"礼教"控制了的人，他们既"吃人"也被人"吃"，而这"吃"与"被吃"，都发生在不知不觉之间，《狂人日记》中的"我"说："我未必无意之中，不吃了我妹子的几片肉，现在也轮到我了……／有了四千年吃人履历的我，当初虽然不知道，现在明白，难见真的人！"最后发出这样的呼吁："没有吃过人的孩子，或者还有？／救救孩子……"

我想，《狂人日记》中说的"吃人"二字，应当从上述三个层面去理解，才是完整的，符合鲁迅的本意，而且无可挑剔。

关于周木斋的"沉冤"

2011年纪念辛亥革命一百周年的时候,我曾为丁辉先生发表于《杂文报》的两篇文章(《旁观者鲁迅》与《鲁迅的盲点》)与他商榷过一次,写的是《鲁迅是辛亥革命的旁观者吗》。这次要与丁辉先生商榷的,依然是丁辉先生发表于《杂文报》而且依然与鲁迅有关的文章——《鲁迅与周木斋》。

周木斋与鲁迅有过笔战。先是周木斋的《骂人与自骂》与鲁迅的《论"赴难"与"逃难"》,这算是鲁迅批评周木斋的;后是鲁迅署名何家干的《文人无文》与周木斋的《第四种人》,这回是周木斋批评鲁迅的,他知道何家干就是鲁迅:"以鲁迅先生的素养及过去的造就,总还不失为中国的金钢钻牌的文人吧。但近年来又是怎样?单就他个人的发展而言,却中画了,现在不下一道罪己诏,顶倒置身事外,说些风凉话,这是'第四种人'了。"这才有鲁迅在《伪自由书》前记中的那句话:"这回由王平陵先生告发于先,周木斋先生揭露于后。"二三十年前我曾有文专谈鲁迅与人笔战,并将这种笔战归结为三个类型,一是完全出于误会;二是有是非之争,也有误会相间；三是纯属原则的争论。我在第一种类型中，举的例子恰恰就是周木斋。依据是丁辉先生也引用了曹聚仁先生的追忆。如今再去翻看那一段话，发现曹聚仁的追忆于事实有些出入，他说的《文人无行》（应为《恶癖》），并非"只是主张一个作家着重在'作'"的杂文，作者也不是周木斋而是张若谷，那篇"主张一个作家着重在'作'"的杂文倒是鲁迅所写而受到周木斋批评的《文人无文》。周木斋的《第四种人》是要鲁迅下"罪己诏"的，因为这位"中国的金钢钻牌的文人"近年来也不怎样，大致也将鲁迅归入"无文"一类。但曹先生说"过了一些日子，鲁迅在我家中吃饭，周木斋也在座，相见倾谈，彼此释然"却是真的。据唐弢先生回忆，周木斋也曾亲口告诉唐弢，他与鲁迅"一见如故，倾心而谈，旧嫌完全消失了"。鲁迅还多次赞扬周木斋的杂文。这种赞扬，有的是唐弢听陈望道先生转述的，例如说"木斋《关于"点也派"的故事》等篇，深受鲁迅先生的赞许"；有的则是唐弢听鲁迅亲口说的，特别赞扬主要由周木斋以"不齐"的笔名为《太白》杂志写的《掂斤簸量》专栏，且日后加盟为这个专栏撰文，"针砭时政，扫荡文事，磨锋利刃，此呼彼应"。这种不计前嫌，倒是体现了鲁迅的气度。

在丁辉先生的文章中，不见了鲁迅的这种气度，只剩下他对鲁迅的批评。比如关于学生"逃难"问题的争论，丁辉说："若论观点，我是愿意站在鲁迅一边，也属于'逃难党'的，但若念及少年血气（木斋先生时仅23岁），涉世未深及危若累卵的国家处境，'即使不赴难也不应逃难'之论，即有不当之处，不亦可悯？"这是说鲁迅对年轻人缺乏应有之"悯"的。这未免有点苛求——鲁迅倘若知道"木斋先生时仅23岁"而并非有些政治背景的什么人的化名，误会又从何来？又如对于鲁迅说的"王平陵先生告发于先，周木斋先生揭露于后",丁辉说:"周木斋固然在文章中点出'何家干'即鲁迅,然持平求实,决无陷迅翁于不利之本心,而迅翁以之与王平陵同俦,可谓'旷世奇冤'。"鲁迅用各种化名写短评,本就为着躲避文网,既不知周木斋为何许人,又何从得知他之"本心",只能凭事实——王平陵与周木斋都说了"何家干"是鲁迅的笔名——说话。何况,他还说了:"其中也并不全是含愤的病人,有的倒是代打不平的侠客",并未一概而论。说是"旷世奇冤",未免言过其实。唐弢先生在为周木斋申辩的文章中说,鲁迅"指出'这回由王平陵先生告发于先,周木斋先生揭露于后',以说明当时文坛的风气。显然,这里不是将人——王平陵和周木斋并论,而是将事——两个人都说'何家干'就是鲁迅的化名这件事并论。在我看来,这一点很有区别,不应该随随便便地拉扯在一起"。因此而说周木斋是"反动文人"的犯了"随随便便地拉扯在一起"的毛病,说鲁迅"以之与王平陵同俦,可谓'旷世奇冤'"的丁辉,犯的也是这种毛病。如此轻率地将所谓"旷世奇冤"之责按在鲁迅头上,不也冤了鲁迅?

丁辉先生的文章批评鲁迅,他说:"鲁迅自然不会料及1949年以后,自己的只言片语也会'上纲上线'被人拿来作'阶级扑杀',周木斋'反动文人'的帽子就这样一戴就是大半个世纪。"他还特别指出:"到了上个世纪八十年代中后期,被鲁迅'骂'过的诸多文化名人大多得以抖落历史尘埃,'重见天日',即使是'宿敌'如陈源(西滢)、梁实秋者,作品也得以重新出版,名声甚或如日中天。然而,被鲁迅讽刺的利刃砍杀过的一些小人物,因为位卑人轻,遂致沉冤莫白。周木斋或许就是这些'沉冤莫白'者中的一个。"从1949年到1999年为半个世纪,依照丁辉此说,

"反动文人"的帽子,周木斋起码从1949年起戴到2000年。然而,早在1981年第四期《思想战线》上,就已有唐弢先生的《鲁迅和周木斋——四十多年前文坛上的一桩公案》一文为周木斋申辩,本文所引唐弢的有关文字,全都出于此文。此前,也有曹聚仁先生在《文坛五十年》续集中为周木斋说话。在此之后,周木斋被写入杂文史书,其作品被选入聂绀弩选编的"新文学大系",都不是"反动文人"。说周木斋"沉冤莫白",未免夸大其词。"坊间至今并无一本木斋先生的专集",似乎也算周木斋"沉冤莫白"的一个佐证。却不知1985年出版并由唐弢作序的《消长新集》,不仅收录周木斋《消长集》的全部文章,而且将"鲁迅风"杂文作家的两个杂文合集(《横眉集》与《边鼓集》)中的周木斋作品以及他的十五篇佚文全部收录在内,这是作为上海抗战时期文学丛书之一种的周木斋杂文专集。"柯灵先生为《周木斋文集》的出版上下奔走,可惜竟无结果"或许另有原因,与"被鲁迅讽刺的利刃砍杀过"并无关联。

新中国建立之后,鲁迅确实有某种被神化的迹象。其具体的表现,是有人以鲁迅的是非为是非,也有人将"反对鲁迅"作为罪名整人。整人者是根据自己的需要有选择地使用"反对鲁迅"这个罪名的。鲁迅对周扬等人的谴责相当严厉,但在"文革"之前,有谁说过周扬是"反动文人"?"文革"之时,方才被人找出"四条汉子"这个词汇,当做棍子打在他们身上。至于张春桥曾经化名狄克与鲁迅笔战的历史旧账,直到粉碎"四人帮"之后才被翻出来清算,可谓"以其人之道还治其人之身"了。早在1941年已经离开人世的周木斋从何时起在何人所写标为何题载于何种媒体的文章称其为"反动文人",我虽至今莫知其详,却相信很可能是唐弢所说的那种"奇怪的逻辑"使然。这种"奇怪的逻辑",就是"人和事可以混为一谈,更无须作具体的分析,往往抓住一点,不及其余,或者笼而统之,推至全面"。

如今再谈此类历史公案,但愿不要重复这种"奇怪的逻辑"。

再谈鲁迅的气度

鲁迅的气度，我是谈过一次的，在两年之前，题目就叫《鲁迅的气度》。引发"再谈"之冲动，是因为鲁迅与周木斋的关系。我读到的那篇文章，给人的印象便是鲁迅没有气度：连一位方才二十三岁的年轻人也不惜以"利刃砍杀"，且酿成了"旷古奇冤"。我检索了这桩历史公案的相关资料，发现事情却是适得其反。

在鲁迅与周木斋的"笔战"中，用上讽刺、挖苦和"揭露"之笔墨的，是周木斋而不是鲁迅。是周木斋批评鲁迅《文人无文》的文章在挑明"'何家干'就是鲁迅先生的笔名"之后写道："以鲁迅先生的素养及过去的成就，总还不失为中国的金钢钻招牌的文人吧。但近年来又是怎样？单就他个人的发展而言，却中画了，现在不下一道罪己诏，颠倒置身事外，说些风凉话，这是'第四种人'了。"于是鲁迅以《两误一不同》作答，又在《伪自由书》前记中说了一句："这回由王平陵先生告发于先，周木斋先生揭露于后。"然而，当鲁迅从曹聚仁先生处得知，周木斋只是一个二十几岁的年轻人，没有什么政治背景之后，便与周木斋"相见倾谈，彼此释然"；据唐弢先生回忆，鲁迅还多次赞扬周木斋的杂文，并与周木斋一起为《太白》杂志的"掂斤簸两"专栏撰文，"此呼彼应"。仅此一端，鲁迅的气度，也就烁然可见了。

这场笔墨官司发生在1933年，那年鲁迅五十三岁，长周木斋整整三十年。对于中国文坛中人来说，鲁迅之名，早已可谓如雷贯耳。初出茅庐的周木斋却公然向他叫板，不但将"文人无文"四字反扣于鲁迅的头上，还要鲁迅下"罪己诏"，就是"第四种人"这个词汇或标题，也是冲着鲁迅的"第三种人"来的。然而，鲁迅不但没有指责周木斋是"乳臭未干"的"黄口小儿"不知天高地厚，没有讥笑周木斋以杂文为武器向他"兴师问罪"是"班门弄斧"。而且，对于这个年轻人，鲁迅的气度也不表现为那种"大人不计小人过"式的"原谅"。他是将周木斋当做战友的。要不，他不会赞赏周木斋的杂文，并与他并肩作战，"此呼彼应"。

在这场笔墨官司之前，周木斋曾有《骂人与自骂》一文，指责大学生之"逃难"，他认为大学生应当"赴难"。鲁迅的《论"赴难"与"逃难"》是就此而发的。他在此文中说："孔子曰：'以不教民战，是谓弃之。'我并不全拜服孔老夫子，不过觉得这话是对的，我也正是反对大学生'赴难'的一个。"鲁迅的《文人无文》原与周木斋毫不相干。周木斋的《第四种人》却以如此笔墨对付鲁迅，很可能便与此事相关。然而，鲁迅不但没有因此而对周木斋另眼相看，没有将他当做想靠纠缠文化名人出名的小人。而且，对于这个年轻人，鲁迅的气度也不表现为那种居高临下的"宽恕"，他是将周木斋当做朋友的，要不，他不会与周木斋"相见倾谈，彼此释然"。

口口声声说鲁迅没有气度的人不妨扪心自问，仅是这两条，你们做得到吗？！

对于权势者以及权势者的帮凶或帮闲，鲁迅是没有"气度"的，可谓兵来将挡，水来土掩，针锋相对，毫不相让。对于诸如此类的人物讲什么"气度"，在他看来，或许倒是"卑怯"的一种掩饰。他与周木斋的"彼此释然"，从表面上看，在于周木斋只是一个二十几岁的年轻人，其本质却在于周木斋没有那个实行"不抵抗主义"之当局的政治背景，更不是权势者的"帮凶"或"帮闲"，这是鲁迅的气度之体现的一个显著特点。对此，周木斋本人的感受最为真切。唐弢说的不少事，还是周木斋告诉他的。在他日后的杂文中，也常在不经意间流露出对鲁迅的心悦诚服。

两年之前我谈鲁迅气度的那篇文章，从鲁迅公正评价凌叔华的小说切入，说到鲁迅之以直报怨，这是鲁迅气度的一个侧面。鲁迅与周木斋之关系的前后变化，从另一个侧面体现鲁迅的气度。倘若再去看看《二心集》中鲁迅与瞿秋白那一组关于翻译的通信，或许还能对鲁迅的气度有新的感受。可惜这样的事，常常为某些论者所忽略。

"不客气"的知己

鲁迅与瞿秋白关于翻译的通信，几十年前就读过的。因为谈的是翻译，专业性很强，读的时候，有点囫囵吞枣，属于"随便翻翻"一类。前段时间，应《杂文选刊》之邀，选编中国杂文百部之瞿秋白卷，细读"通信"，很有些翻译之外的感触。

通信是由鲁迅的译作《毁灭》引发的。瞿秋白写信给鲁迅，首先对《毁灭》的出版表示祝贺，同时对有关翻译的一种主张——"翻译绝对不容许错误。可是，有时候，依照译品内容的性质，为着保存原作精神，多少的不顺，倒可以容忍"——提出自己的看法。瞿秋白主张不但要"正确"，而且要"顺"，要用"绝对的白话"。他认为"用绝对的白话，并不就不能够'保存原作的精神'"，倒是"用文言做本位"造成的"不顺"有碍于"正确"。他指出鲁迅翻译的《毁灭》"还没有做到'绝对的白话'"，并从《毁灭》的莆理契序文（代序）中翻译了九段文字，按序列出，以供鲁迅对照参考。其中第五段用括注点出："这一段，你的译文有错误，也就特别来得'不顺'"；第七段也用括注点出："这一段，你的译文里比俄文原文多了几句副句……"第九段又用括注点出："这里，最后一句，你的译文有错误。"瞿秋白还着重分析了第八第九两段鲁迅译文之误——第八段中"甚至于比他自己还要亲近"一语，鲁迅译为"较之自己较之别人，还要亲近"，第九段中"一种新式的人物"鲁迅译为"一种新的……人类"。如此指谬，可谓毫不含糊。

与瞿秋白的直言不讳相对应的是鲁迅的虚怀若谷，回信第一句就说：瞿秋白那封关于翻译的信，使他"非常高兴"。这种"非常高兴"不是言不由衷或虚晃一枪的"闻过则喜"，是由具体内容证实的。鲁迅主动对号入座，说"我也是主张容忍'不顺'的一个"，并坦率地承认："来信所举的译例，我都可以承认比我译得更'达'，也可推定并且更'信'，对于译者和读者，都有很大的益处。"他还特别感谢"信末所举的两个例子"，分析了自己之所以错译的原因，又说："在你未曾指出之前，我还自以为这见解是很高明的哩，这是必须对于读者，赶紧声明改正的。"回信也有与瞿秋白探讨商榷的，归结起来有这样两条，一是对于容忍"不顺"的理由申述，他将读者分为甲类读者与乙类读者，并说"至于供给甲类的读者的译本，无论什么，我是至今主张'宁信而不顺'的"；二是关于"严（复）赵（景深）两大师"翻译的"虎狗之差"，他肯定严复的翻译，认为二者不可同日可语。这组通信，以后就被鲁迅收录并永远地保存在他的《二心集》中了。

瞿秋白与鲁迅关于翻译的通信，人们最喜欢引用的是瞿秋白的一段话："我们是这样亲密的人，没有见面的时候就这样亲密的人。这种感觉，使我对于你说话的时候，和对自己说话一样，和自己商量一样。"如此引用，有其一定的道理，因为不受具体语境的限制，其涵盖面更广，何况其中两句，还被瞿秋白加了着重号。然而，也因为如此引用，省略了用"但是"连接的这段话的前面几句："所有这些话，我都这样不客气的说着，仿佛自称自赞的。对于一班庸俗的人，这自然是'没有礼貌'。"更容易"忽略"瞿秋白对鲁迅的毫不含糊的指谬与毫"不客气"的"自称自赞"。而离开了"但是"之前的这一切，"我们是这样亲密的人"云云，也就少了许多鲜活的内涵和沉甸甸的分量。瞿秋白的直言不讳有一个前提，就是他相信鲁迅有这个雅量来容纳他的直言不讳。至少他相信鲁迅，不会因为一个晚辈的指谬揭短使他很没有面子而恼羞成怒；不会因为一个同行的"自称自赞"而心生疑窦以至忌恨。

友谊不是靠互相捧场来维系的，朋友就应当这样真诚相待。虚文浮礼，虚与委蛇，只能标出彼此的距离，毫无保留的揭短，并不等于党同伐异的攻讦。"人生得一知己足矣，斯世当以同怀视之"，这是鲁迅录清人何瓦琴句书赠瞿秋白的。这组书信，便是他们作为"知己"的重要例证，也是他们对于人生知己的精辟诠释。

不知如今的人们，尤其是弄文舞墨的，能否从中得到一些启迪？

鲁迅怎样评说"国学"

几年之前,网上评出"十大国学大师",鲁迅入选,引起一番争议。"鲁迅算不算国学大师"便是争议的焦点。反对鲁迅入选与赞成鲁迅入选的人,都因为与鲁迅有些隔膜而显得滑稽,他们想到的只是鲁迅能不能算国学大师,却没有去想鲁迅愿不愿当国学大师。

近日翻看《热风·题记》,说的是鲁迅为《新青年》写随感录的概况。其中一段文字说及"五四"之后:"只记得一九二一年中的一篇是对于所谓'虚无哲学'而发的;更后一年则大抵对于上海之所谓'国学家'而发,不知怎的那时忽而有许多人都自命为国学家了。"我知道鲁迅评说过"国粹"与"国故",却已记不起也曾评说"国学",便去翻阅那一年的文字。一篇叫做《估〈学衡〉》,其实是很熟悉的,只以《学衡》的创刊号为例,在刊发的文章中拣出诸多沙子,把"学衡"派的"国学家"都"估"进去了。至于其后的《"一字之学说"》,则是专说吴宓的,可算是对《估〈学衡〉》的一个补充。鲁迅批评这类"国学家",却并非因为他们的国学根基之不实,而是因为他们以"国学"来抵制新文化,连一个新式标点都在抵制之列;鲁迅不想当"国学家",并非因为不屑与这样的"国学家"为伍,倒是因为近代无数史实的教训。"古书里的弱水,竟是骗了我们:闻所未闻的外国人到了:交手几回,渐知道'子曰诗云'似乎无用,于是乎要维新",这话他在《随感录四十六》中说的。此前,鲁迅在《随感录三十五》之结尾处还这样写道:"我有一位朋友说得好:'要我们保存国粹,也须国粹能保存我们。'/保存我们,的确是第一要义。只要问他有无保存我们的力量,不管他是否国粹。"他认为老调子已经唱完,中国人必须走出新路。

在鲁迅关于国学的文章中,有一篇《所谓"国学"》,开宗明义提出的就是:"现在暴发的'国学家'之所谓'国学'是什么?"他将它归结为两条。一条是"商人遗老们翻印了几十部旧书赚钱",这是"书籍的古董化","遗老有钱",旨在"聊以自娱",这且不去说他。商人赚钱,则是"借此获利"。连茶商盐贩也"借刻书为名,想挨进遗老遗少的'士林'里去"。所刻的书,使人"辨不出是元版是清版",只是"古色古香"的"古董",价格却是不菲。想赚学生的钱,"便用坏纸恶墨别印什么'菁华'什么'大全'之类来搜括"。这些"国学"书的校勘,更是"错字迭出,破句连篇","简直是拿少年来开玩笑"。另一条则是"洋场上"的那些专写"卿卿我我""蝴蝶鸳鸯"的文豪,"忽而奇想天开,也学了盐贩茶商,要凭空挨进'国学家'队里去了"。这可称之为赶时髦,难免洋相百出。此文之前,鲁迅已有《"以震其艰深"》一文,说的是李涵秋,可作此类"鸳鸯蝴蝶"派文豪以"国学家"之面目出现"事实很可惨"的例证。鲁迅在《所谓"国学"》的结尾处写道:"试去翻一翻历史里的儒林和文苑传罢,可有一个将旧书当古董的鸿儒,可有一个以拆白饷阅者的文士?"如此等等,说的不仅是"国学家",而且是"国学热"了——其实,"忽而有许多人都自命为国学家"即"国学家"而能"暴发",本身就是"国学热"的一种体现。

鲁迅的这些文章,写在九十年前,如今读去,竟是全新的感觉。真不知该赞赏鲁迅杂文的生命力,还是感叹历史与我们开着跨世纪的玩笑?

后 记

老话说"少不读《水浒》，老不读《三国》"，或许因为年轻人本来火气就旺，再读《水浒》无疑火上加油；老年人本来城府就深，再读《三国》更加老谋深算。新话说"少不读鲁迅，老不读胡适"，不知是否也有类似的意思？就我本人而论，倒是"少读鲁迅，老读孔子"的，这与老话新话一概无关，大概是"有必然性也有偶然性"罢。

我读鲁迅，是在四十二年之前，那时方才二十出头，下放在闽东沿海。那一段读鲁迅的经历，使我对鲁迅有了一个基本的了解，并树立起对鲁迅的基本信念，我也因此与杂文结缘。我读孔子，却已在退休之后，是这几年的事情。我并不想赶"孔子热"或"国学热"的时髦，更不想再跟着别人去瞎起哄，只是想放出自己的眼光来看。不是说，要知道梨子的味道，最好亲口尝一尝梨子吗？

这个集子分为上篇与下篇。上篇为"孔子论"，收录的文章便是我"亲口尝一尝"后的感受，发自我心，出自我手，尽管我知道如今"孔子大热"，也绝不人云亦云。作为杂文，当然也自有人生的感悟，现实的思考以及对于时弊的针砭。下篇为"鲁迅辩"。摆在我面前的鲁迅与孔子，就像"跷跷板"的两头此起彼落，随着"孔子大热"出现的便是"鲁迅偏冷"，某些趁大潮而起轻薄鲁迅的，又往往失之浮躁、轻率与粗疏。杂文既是"攻守的手足，感应的神经"，不免对这种社会现象有所反映。我特别想提醒一些朋友，在这种时候做有关鲁迅的文章更需要谨慎。这种谨慎，怕的不是冒犯禁忌，而是弄错事实。自新世纪以来，我之"攻守"与"感应"的结晶，便收录于此。

这个特殊题材的杂文结集，或可称为"国学热"中的"冷思考"。

顺便说说，收录于这个集子的，并非都是杂文，有的只是读书札记或学术随笔，或与孔子有关，或与鲁迅有关，就把它们当做广义的杂文了。

这个集子的出版，得到丛书主编朱铁志先生与商务印书馆的丁波博士的真诚支持，谨此致谢。

作　者

2012 年 9 月 16 日于福州